MORT AUX HYPOCRITES

PETROS MARKARIS

MORT AUX HYPOCRITES

ROMAN

TRADUIT DU GREC

PAR HÉLÈNE ZERVAS ET MICHEL VOLKOVITCH

ÉDITIONS DU SEUIL
57, rue Gaston-Tessier, Paris XIXe

Ce livre est édité par Anne Freyer-Mauthner.

Titre original : *Η εποχή της υποκρισίας*
I epokhi tis ipokrissias

ISBN 978-2-02-147406-0

www.seuil.com

J'ai échappé aux requins
Et abattu les tigres
Mais je me suis fait manger
Par les punaises

Bertolt Brecht,
Épitaphe pour M

À Photini
et
à Josephina comme toujours

Personnages récurrents

Kostas Charitos, le commissaire.

La famille
Adriani Charitou, sa femme.
Katérina Charitou, sa fille, avocate.
Fanis Ouzounidis, mari de Katérina, médecin.
Lambros, fils de Katérina et Fanis.
Prodromos et Sevasti, parents de Fanis.

Les amis
Mania Lagana, amie de Katérina, psychologue.
Uli, compagnon de Mania, informaticien allemand.
Lambros Zissis, ancien militant communiste, créateur d'un foyer pour sans-abri, parrain du petit Lambros.

Les collègues
Thanassis Askalidis, Nikos Dermitzakis, Fotis Dervisoglou, adjoints du commissaire.
Koula, adjointe du commissaire, spécialiste d'Internet.
Stella, secrétaire.
Dimitriou, directeur de l'Identité judiciaire.
Karabetsos, directeur de l'Antiterrorisme.

Koulakos, directeur de la Délinquance financière.
Vellidis, directeur de la Délinquance électronique.
Zonaras, directeur des Affaires internes.
Stavropoulos, médecin légiste.
Guikas, ancien supérieur du commissaire, parti à la retraite.
Le ministre (de l'Intérieur).
Le chef de la police.
Kapsidis, le sous-chef.

Les journalistes
Merikas.
Areti Steryiou, « la grande bringue ».
La femme au collant rose.
Le jeune homme en T-shirt.

1

La distance entre les deux portes est d'environ dix mètres. Elle la parcourt en vingt pas exactement. Depuis deux heures les mêmes vingt pas, d'une porte à l'autre, et à chaque virage son regard rencontre le mur opposé.

Mes yeux sont fixés sur elle. Un peu plus loin, Mania et Uli discutent à voix basse. J'irais volontiers les rejoindre pour noyer mon angoisse en bavardant, mais mes jambes sont paralysées et je n'ose pas me lever de ma chaise. Seuls mes yeux bougent en suivant ses pas, fascinés. Zissis, venu avec nous, a disparu.

Soudain elle interrompt sa marche et se tourne vers moi.

– Ça n'en finit pas, déclare-t-elle, inquiète. Cela fait au moins deux heures.

– Mais non, intervient Mania. Une heure trois quarts, exactement. J'ai regardé ma montre quand on l'a emmenée.

– Vous croyez qu'ils vont lui faire une césarienne ? demande-t-elle.

– Une césarienne ? Pourquoi ? dis-je.

– Quoi qu'ils lui fassent, Fanis est avec elle, nous rassure Mania.

La discussion est interrompue par le retour de Zissis, un bouquet de roses rouges à la main.

– Bravo, Lambros, lui dis-je. Heureusement que tu y as pensé. Tu es le seul.

– Elles sont pour le petit Lambros ou pour Katérina ? demande Mania.

– Pour les deux, répond Zissis.

Avant qu'il ait pu en dire plus, une des portes s'ouvre sur une infirmière.

– Longue vie à l'enfant ! Entrez.

Mes jambes, apparemment, attendaient l'heureux événement pour se remettre à fonctionner. Je me lève d'un bond. Nous courons tous vers la porte, sauf Uli qui nous suit discrètement. Je ne sais où Adriani s'est exercée, mais elle passe toujours la première. Les autres laissant la priorité au grand-père, j'entre derrière elle. Au milieu de la salle, Fanis tient dans ses bras un bébé aux yeux fermés, secoué par les pleurs.

– Je vous présente Lambros, dit-il, tout sourire.

– Mon petit, mon chéri, s'écrie Adriani, et elle l'arrache à Fanis pour le prendre dans ses bras. Lambros pleure toujours. Elle le soulève, les bras tendus, pour l'admirer.

– Allons, ne pleure pas. Tu es notre chouchou chéri, tu seras heureux comme tout, je te le garantis.

Puis, se tournant vers Fanis :

– C'est toi tout craché. Il n'a rien de ma fille.

– Doucement, madame Adriani. Il va changer plusieurs fois avant l'âge adulte.

Adriani jette un dernier coup d'œil à son petit-fils et s'apprête à me le passer, mais je fais un pas en arrière. Tout mon corps tremble. J'ai peur qu'il ne me glisse des mains. Je me souviens soudain que j'ai vécu la même panique jadis avec Katérina.

– Donnez-le à la marraine ou au parrain, intervient Mania pour atténuer ma gêne, et elle prend le bébé dans ses bras.

– Qui sont la marraine et le parrain ? demande Fanis.

– La marraine, explique Mania, c'est moi qui vais le baptiser, et le parrain l'oncle Zissis qui lui a donné son prénom.

Zissis tend le bouquet à Uli et va vers Mania pour admirer son homonyme.

– Comment va Katérina ? dis-je à Fanis.

On se tait, on me regarde, l'air gêné : l'enthousiasme autour du nouveau-né leur a fait oublier la mère.

– Tout va très bien, répond Fanis. L'accouchement a été très facile. Vous pouvez aller la voir si vous voulez.

Et il montre la porte du fond.

– Pendant ce temps-là, dit l'infirmière, je vais coucher le petit dans son berceau. Après ça, on ramènera sa mère dans sa chambre.

Elle prend le bébé des bras de Mania.

Adriani ouvre la porte. Katérina, dans son lit, nous accueille d'un sourire. Elle semble un peu éprouvée, mais de bonne humeur.

– Alors, vos impressions sur votre petit-fils ? demande-t-elle joyeusement.

– Il est chou, s'exclame Adriani.

Elle accourt près du lit et prend sa fille dans ses bras.

– Longue vie au petit, Katérina. Soyons heureux et fiers de lui.

Elle voudrait continuer, mais l'émotion l'étouffe et elle fond en larmes.

– Enfin maman… Aujourd'hui on doit se réjouir.

– Je pleure de joie, ma petite chérie. Tu ne peux pas savoir à quel point j'attendais ce moment.

Elle se détourne pour s'essuyer les yeux. C'est à mon tour d'embrasser Katérina. Mais avant que j'aie pu lui dire mes mots tendres à moi, l'infirmière fait son entrée.

– On va remonter madame Ouzounidou dans sa chambre, annonce-t-elle. Vous pourrez lui rendre visite là-bas.

– Ma femme s'appelle Charitou, corrige Fanis. Ouzounidis est le nom de mon fils.

– Pardon, marmonne l'infirmière en le regardant de travers.

Les autres discutent à voix basse dans la salle à côté, tous souriants.

– Comment est-elle ? demande Mania à Adriani.

– Le moral est bon. L'accouchement a été facile, elle ne semble pas du tout avoir souffert. Ils vont la remonter dans sa chambre. Je vais rester avec elle ce soir.

– Personne ne va rester avec elle, même pas moi, l'arrête Fanis. Il faut qu'elle dorme, qu'elle se détende. En cas de besoin, les infirmières sont là. Quant à nous, allons boire un verre à la santé de Lambros.

Tout le monde est ravi, Adriani comprise.

– Où allons-nous ? demande-t-elle à Fanis.

– Dans un restaurant du coin. Tant pis si ce n'est pas le meilleur, l'important c'est qu'on fête l'arrivée du jeune homme. Le repas rituel se fera chez nous.

Il nous emmène dans un restaurant, plus haut dans l'avenue Kifissias. Il a vu juste : personne ne s'intéresse au repas. C'est Lambros la friandise. Tous lui souhaitent la santé avant tout, et aussitôt on se met à faire des plans : comment il grandira dans cette société, quelles études il fera. Il n'a pas encore tété sa mère qu'on l'envoie déjà faire son master.

Conclusion, toujours la même : comme c'était bien l'enfance autrefois, et comme c'est terrible aujourd'hui.

– Enfin, vous êtes malades ? s'exclame Adriani. Vous ne vous rendez pas compte de ce que c'était. Vous savez ce que ça représente, se nourrir de lentilles, de haricots et d'herbes bouillies ? Aller à l'école pieds nus parce qu'on n'a qu'une paire de chaussures qu'il faut garder pour la pluie et la neige ?

– Très juste, Adriani, approuve Zissis. La seule différence, c'est que vous attendiez d'être sauvés par les politiques, et nous par la révolution. Ils ont échoué, la révolution aussi, mais nous avons tenu le coup.

Soudain Uli prend Mania dans ses bras et l'embrasse passionnément.

– Nous ferons un enfant, nous aussi ? demande-t-il.

– Qu'est-ce qui t'arrive ? répond-elle, surprise.

– Je ne sais pas. C'est peut-être que la conversation est si différente de celle d'une famille allemande.

– Qu'est-ce que vous vous dites dans ces cas-là ? demande Adriani.

Uli réfléchit.

– Je ne sais pas. Peut-être que chez vous l'avenir incertain fait davantage parler l'amour.

Et il insiste :

– Alors ? Nous aussi, nous ferons un enfant ?

– D'accord, mon chéri, mais pas tout de suite, je t'en prie. Un bébé de plus et il faudrait fermer le bureau. Katérina nous a devancés, tu vois.

Nous éclatons tous de rire et levons nos verres à la santé du nouveau-né.

– Cette nuit je ne vais pas dormir, me dit Adriani, une fois chez nous.

– Pourquoi ?

– Je penserai au bébé.

Elle se trompe. Trois minutes suffisent et elle dort comme un angelot.

2

En allant au bureau, je m'arrête dans une pâtisserie pour acheter une boîte de truffes au chocolat. Une idée d'Adriani. Quand je lui ai demandé quels petits gâteaux offrir aux collègues du bureau, elle m'a dit tout de suite : des truffes.

– Pourquoi des truffes et pas des petits baklavas ? me suis-je étonné.

– Parce que les baklavas, c'est pour les grands-pères et les grands-mères comme nous, a-t-elle répondu. De nos jours, tout le monde préfère les truffes.

Je fais l'impasse sur la cafétéria et vais directement dans mon bureau. J'ouvre la boîte et commence ma tournée chez mes adjoints. Je déclare en entrant :

– Pour fêter la naissance.

Ils se lèvent tous d'un bond. Koula vient vers moi la première. Elle me prend dans ses bras et m'embrasse sur les deux joues.

– Elle a accouché quand ? demande-t-elle.

– Hier soir. Tout s'est bien passé.

Les autres y vont aussi de leurs vœux et félicitations.

– Comment vous allez l'appeler ? demande Askalidis.

– Lambros.

Suit un silence gêné, car personne ne connaît ma relation avec Zissis.

– C'est le prénom de l'autre grand-père ? questionne Dervisoglou.

– Non, rien à voir. Ça vient d'ailleurs.

– Pourquoi vous ne lui donnez pas votre prénom ou celui de l'autre grand-père ? demande Dermitzakis, la bouche pleine.

Je me rappelle la conversation que nous avons eue avant de choisir le prénom.

– L'autre grand-père s'appelle Prodromos. Tu imagines, appeler un gamin Prodromos ? Quant à mon prénom, il est trop banal. Lambros, ce n'est pas ordinaire.

– En tout cas, c'est bien que les enfants portent le prénom de leurs grands-pères ou de leurs grands-mères, insiste Dermitzakis.

– Dis-moi un peu, Nikos, demande Koula, tu te destines à devenir le parrain du bébé ?

– Bien sûr que non.

– Alors en quoi ça te concerne, le prénom que ses parents vont lui donner ?

Dermitzakis lui lance un regard de travers, mais il la boucle.

– Moi, on m'a appelé Thanassis, comme le père de ma mère, mais Thanassis, ça me tape sur les nerfs, déclare Askalidis.

– Pourquoi ? demande Dervisoglou.

– Parce que ça rappelle les films avec Thanassis Venghos. À l'École de police, on n'arrêtait pas de m'appeler Venghos. Heureusement, j'ai imposé Thanos et j'ai pu souffler.

Nous rions tous et l'atmosphère se détend. Ils me raccompagnent à la porte avec de nouveaux vœux et je poursuis ma tournée. C'est au tour de Zonaras des Affaires internes, Vellidis de la Délinquance électronique et Karabetsos de l'Antiterrorisme. Mais je me dis qu'on va jaser si je me promène d'un bureau à l'autre avec une boîte de truffes au chocolat. J'appelle Stella et lui dis de rassembler tout le monde dans l'ancien bureau de Guikas, transformé en salle de réunion. Je m'apprête maintenant à l'inaugurer comme salle de cérémonie.

J'offre d'abord une truffe à Stella et entre dans le bureau. Les trois collègues chefs de service sont assis à leur place habituelle.

– Je ne vous ai pas fait venir pour une réunion, mais pour mon petit-fils, dis-je en brandissant la boîte.

– Longue vie au petit ! s'écrient-ils tous d'une seule voix.

– Maintenant que tu es grand-père, Kostas, il ne te reste plus qu'à attendre la retraite pour profiter de ton petit-fils, dit Vellidis.

– Penses-tu, lui répond Zonaras. Moi, j'ai deux petits-enfants, et la retraite, je n'y pense même pas. Je n'ai pas l'intention de consacrer le restant de ma vie à deux marmots.

Comme il n'y a pas de réunion, on en a vite fini avec les vœux et félicitations et je regagne mon bureau. Il reste la moitié des truffes. Je pense d'abord les rapporter à la maison, puis je me reproche ma radinerie et retourne avec la boîte dans le bureau de mes adjoints.

– C'est pour vous, leur dis-je.

– Mais on vous a déjà félicité pour le petit, répond Koula.

– Pas grave. Félicitez-moi une deuxième fois. Lambros vient d'arriver, il a besoin de tous les vœux possibles.

– On ne voudrait pas vous offenser, dit Dervisoglou en tendant la main vers la boîte, tandis qu'Askalidis éclate de rire.

Je lui demande :

– Pourquoi tu ris ?

– Parce que Fotis adore les truffes. Dès qu'il en voit, son œil s'allume.

Je les laisse se régaler et retourne dans mon bureau. Je farfouille dans mes papiers pour tuer le temps, car nous traversons une période de grand calme. Heureusement, Koula vient me sauver de l'ennui.

– Trois kilos huit cents ! Une vraie bête ! Qu'il soit à l'abri du mauvais œil ! lance-t-elle.

Je m'étonne.

– Comment connnais-tu son poids ?

– J'ai appelé votre femme pour la féliciter et elle me l'a dit.

Et moi qui n'ai pas pensé à demander combien pèse mon petit-fils !

– C'est à votre tour maintenant, fais-je, et aussitôt je me mords la langue.

– Merci, mais il faudrait plutôt le dire à mon mari. Chaque fois que j'aborde le sujet, il ne veut pas en entendre parler.

– Pourquoi ?

– Il se demande qui va l'élever. Ses parents sont au village, moi, je n'ai pas de mère…

Koula fait une pause.

– Il a raison, mais moi j'en ai très envie.

C'est alors que le téléphone sonne et, tandis que Koula s'éclipse discrètement, j'entends la voix du sous-chef Kapsidis.

– J'ai appris la bonne nouvelle et je vous appelle pour vous féliciter. Vous avez de la chance, votre petit-fils est arrivé pendant une période d'accalmie. Profitez-en.

Je le remercie et en raccrochant, je décide de suivre son conseil et de mettre le cap sur la maternité.

Je sors la Seat du garage et tourne à gauche pour rejoindre l'avenue Kifissias. Après un embouteillage monstre à partir du cinéma Anessis jusqu'au tournant d'Ayia Varvara, j'arrive enfin.

Dès que j'ouvre la porte de la chambre, Adriani pose un doigt sur sa bouche.

– Elle dort, m'explique-t-elle en sortant dans le couloir.

– Elle va comment ?

– La mère et le fils se portent à merveille.

Elle s'interrompt en voyant une infirmière entrer dans la chambre de Katérina.

– Elle dort, lui dit-elle.

– Il faut qu'elle se réveille. On va lui amener le petit pour la tétée.

– Tu as de la chance, Kostas. Tu viens d'arriver et tu vas voir ton petit-fils.

Katérina est assise sur son lit et nous sourit. Je vais vers elle pour l'embrasser.

– Comment vas-tu, ma chérie ?

– Bien, mais depuis l'accouchement, j'ai tout le temps envie de dormir.

Adriani émet son diagnostic, avant que les médecins ne le fassent.

– Malgré tout, accoucher, ça fatigue. Et puis tu travaillais beaucoup et tu manquais de sommeil.

Nous sommes interrompus par l'infirmière qui entre avec le bébé. Il paraît différent, une fois emmailloté. L'infirmière le remet à Katérina. Lambros se colle au sein de sa mère et se met à téter avec frénésie.

– Grâce à Dieu, il a de l'appétit, dit Adriani.

– S'il continue comme ça, il pèsera cinq kilos quand je vais rentrer à la maison.

– Et ça ne te fait pas plaisir ? lui répond sa mère.

– Mais maman, je ne veux pas d'un fils grassouillet.

– Qu'est-ce que tu racontes ? Le plus important maintenant, c'est qu'il soit fort et robuste. Le reste suivra.

– En tout cas, s'il est comme toi, la fin ne ressemblera pas au commencement, dis-je à Katérina.

– Pourquoi ?

– Parce que tu étais une petite fille grassouillette et que tu es maintenant une vraie sylphide.

– Bravo papa, tu m'as remonté le moral ! dit-elle en riant.

La porte s'ouvre et Zissis fait son entrée.

– Tu tombes bien, lui dit Adriani qui rit aussi.

Zissis ne fait pas attention à nous. Il se dirige droit vers Lambros et l'examine.

– Comment va, Lambros junior ? demande-t-il à son homonyme qui ne réagit pas, trop occupé à se nourrir. Tu as vu ça, commissaire ? Même les nourrissons n'accordent plus aucune importance aux gens de gauche.

Katérina éclate de rire.

– Quand tu le promèneras et que tu lui achèteras des glaces et des sucettes, il te prêtera davantage attention.

– Tu as raison, Katérina. Mais tu sais, j'essaie d'oublier que finalement, pour moi aussi, la révolution est partie en sucette.

Mon portable coupe court à la conversation.

– Où êtes-vous, monsieur le commissaire ? me demande le sous-chef.

– En visite, chez mon petit-fils.

– Désolé d'interrompre cette agréable entrevue, mais vous devez vous rendre sur-le-champ à Anavyssos. Paris Fokidis vient d'être assassiné.

– Le magnat de l'hôtellerie ?

– Précisément. On a fait sauter sa voiture dans le garage de l'hôtel.

– J'y vais tout de suite.

En voyant ma mine, tous comprennent que quelque chose est arrivé.

– Qu'est-ce qui se passe ? demande Adriani.

– En ce bas monde, certains naissent et d'autres meurent. Seulement quand on m'appelle, ce n'est pas simplement qu'ils sont morts, mais qu'on les a tués.

Et je sors dans le couloir pour lancer les opérations. J'appelle Dermitzakis qui devra coordonner mes adjoints et les voitures de patrouille. Je lui dis de demander à Dimitriou de l'Identité judiciaire d'emmener avec lui un artificier.

3

Nous partons en même temps que la camionnette de l'Identité judiciaire et que l'artificier. J'ai pensé faire venir le médecin légiste, mais je me ravise. La victime est un homme d'affaires connu et la présence de toute la troupe ferait bonne impression en montrant que nous prenons l'affaire très au sérieux. Mais je sais que Stavropoulos, le médecin légiste, refuserait : c'est un contestataire convaincu. D'un autre côté, ne soyons pas injuste, que viendrait faire la Médecine légale dans un attentat à la bombe ? Je la vois mal nous donner des informations valables sur le lieu du crime.

Nous ouvrons la marche pour dégager la route avec la sirène. J'ai pris avec moi Dermitzakis, Dervisoglou et Askalidis, et laissé Koula au bureau pour assurer la communication.

Dervisoglou, qui nous conduit, propose de passer par la rue Spaton, Koropi, Vouliagmeni et l'avenue Souniou. Bonne idée. À part le tronçon Koropi-Vouliagmeni, où certaines voitures ont failli aller dans le fossé pour nous laisser le passage, le reste du parcours se fait sans surprises ni embouteillages.

J'ai sur mes genoux la copie du CV de Paris Fokidis. Je me concentre sur ses activités professionnelles.

Fokidis a commencé avec un petit hôtel en Chalcidique, sa région d'origine, et s'est retrouvé propriétaire de toute une chaîne, la Fokea SR Hotels. C'est dans l'un d'eux, le Nymphéas, à Anavyssos, que le meurtre a été commis. Les trois autres se trouvent à Sifnos, Xylokastro et en Crète. Il avait aussi une agence de voyages à Londres, pour envoyer des touristes dans ses hôtels, sans aucun doute, par groupes entiers.

Le Nymphéas se trouve en dehors d'Anavyssos, à Palea Fokea. La voiture de la police locale nous attend à l'entrée.

– Faites-moi un résumé, dis-je au policier. J'apprendrai les détails en cours de route.

– Que dire, monsieur le commissaire ? Heureusement que nous sommes hors saison, l'hôtel est presque vide. Sinon nous aurions beaucoup de victimes.

– On vous a prévenus à quelle heure ?

Il consulte sa montre.

– Vers midi. Nous sommes tout de suite allés au garage. Vous allez voir, la victime est en bouillie. Les autres voitures n'ont pas été trop endommagées, Fokidis garait la sienne à l'écart.

On a dû prévenir le directeur de notre arrivée : nous le trouvons à l'entrée.

– Stratos Eleftheriou, directeur de l'hôtel. Mon Dieu, quelle histoire.

Il semble bouleversé.

– Conduisez-moi sur le lieu du crime, dis-je.

– Nous descendrons par l'escalier. Nous avons arrêté l'ascenseur le temps que le technicien l'examine et le juge en bon état.

À gauche après l'entrée du garage, nous apercevons les débris d'une BMW. Le capot a volé en l'air, le pare-brise est en miettes et il ne reste du conducteur qu'une masse informe.

L'équipe de Dimitriou et l'artificier encerclent aussitôt le véhicule. Je jette un coup d'œil aux autres voitures. Elles sont très peu nombreuses et loin de nous, en effet. À première vue, elles n'ont pas trop souffert.

– Le garage sert surtout l'été, explique Eleftheriou. Beaucoup de gens viennent en voiture ou en louent une.

– Qui l'a trouvé ?

– Personne et tout le monde. Après l'explosion, tandis que la plupart des clients sortaient en courant, le personnel et moi-même nous sommes précipités au garage. Nous avons découvert la scène presque tous ensemble.

– Allons dans votre bureau, nous serons plus tranquilles.

Nous laissons Dimitriou et ses hommes au garage et remontons au rez-de-chaussée. Le bureau du directeur est au fond.

– À quelle heure Fokidis est-il arrivé ? dis-je une fois assis.

– À dix heures. Nous avons discuté du programme de l'été pendant une heure. Puis il a fait sa visite habituelle à la cuisine et dans les chambres. Il a dû partir vers midi.

– Il venait régulièrement ?

– En fonction de la saison. D'habitude il envoyait M. Kornaros, le directeur des hôtels, et M. Kelesidis, le directeur général. Mais nous sommes dans la période de préparation à l'été, et M. Fokidis la gérait toujours personnellement. Il était sans arrêt en voyage, en Grèce ou à l'étranger. Il voulait contrôler lui-même les choses, les problèmes de personnel, le fonctionnement de la cuisine. Il le faisait non seulement chez nous, mais aussi dans les autres hôtels.

– Il vous avait prévenu de son passage ?

– Oui, sa secrétaire m'a appelé hier.

– Où puis-je trouver le gardien du parking ?

– En cette saison il n'y en a pas, monsieur le commissaire. Nous en embauchons un de juin à septembre, quand l'hôtel est plein. Le reste du temps, les clients ont une carte pour ouvrir ou fermer la porte du garage, mais la plupart se garent dehors, car il y a de la place. Un de nos employés nettoie le garage le matin. C'est tout.

L'assassin a dû faire son repérage et constater l'absence de gardien. Le reste a été facile. Il n'avait qu'à attendre le bon moment, quand le garage serait vide. Quant aux explosifs, il a dû les cacher dans un sac à dos.

Je n'ai pas d'autres questions pour Eleftheriou. De toute façon j'apprendrai la suite au siège de la société. Je le prie d'annoncer ma visite là-bas et redescends au garage. Dimitriou et l'artificier sont encore sur la voiture. Mes hommes se tournent les pouces en attendant mes instructions. Entretemps Stavropoulos est arrivé. Je le prends en premier, sachant qu'il n'aura rien à me dire de palpitant.

– Je suis venu pour rien, mais c'est ma faute, commence-t-il. Quand Dimitriou m'a parlé d'une bombe, j'aurais dû m'attendre à ne trouver que des petits morceaux. Je n'ai rien à te dire, tu t'en doutes. Je vais l'autopsier pour la forme, mais l'artificier t'en dira davantage.

Je le laisse embarquer les restes de Fokidis dans l'ambulance. Dimitriou et l'artificier attendent que les brancardiers aient terminé pour continuer d'examiner la BMW. Je leur demande :

– Ils l'ont fait sauter comment ?

– À la dynamite, répond l'artificier.

– En tout cas, ajoute Dimitriou, le type connaît son boulot. Il a relié les câbles pour faire un maximum de dégâts. Je serai plus précis après l'examen au garage, mais je ne pense pas qu'il y aura de grosses différences.

Je les laisse et rejoins mes hommes.

– L'un de vous va interroger le personnel de la réception. Il faut savoir si on a vu un ou plusieurs inconnus entrer dans l'hôtel et si on les a questionnés. Je veux aussi la liste des clients.

– Je m'en occupe, déclare Dermitzakis.

– Bien. Vous deux, faites le tour des étages et posez la même question aux femmes de chambre. Nous nous retrouverons ici pour faire le point.

Tous trois s'en vont et je me prépare à remonter au rez-de-chaussée pour aller au bar, que je me suis réservé. Mais je suis encore dans l'escalier lorsque mon portable sonne.

– Où en sommes-nous, monsieur le commissaire ?

Je reconnais la voix du sous-chef.

Je lui transmets le peu d'informations que nous avons, mais je comprends bientôt que son appel a un autre but.

– Le ministre veut nous voir, annonce-t-il.

– Voyons-le, mais il me faut encore un peu de temps. Je voudrais terminer l'enquête sur le lieu du crime, puis interroger la direction au siège. Alors seulement nous aurons une image plus claire.

Je trouve le bar au bout du couloir à droite. Devant s'étend une grande terrasse avec des tables et des parasols. Je me demande pourquoi on a ouvert ceux-ci : le soleil montre à peine le bout de son nez, on peut en profiter sans virer au rouge brique, mais je suppose qu'on trouve cela décoratif.

La salle est vide. Je m'approche du jeune type derrière le bar. Il me jette un coup d'œil tout en rangeant ses tasses. Je veux lui montrer ma carte, mais il m'interrompt.

– Pas la peine, dit-il. J'ai compris que vous êtes dans la police.

– Je ne vais pas te retenir longtemps. As-tu vu quelqu'un ce matin qui est venu boire un café et n'était pas client de l'hôtel ?

Il hausse les épaules.

– Je vous mentirais en disant que je connais tous nos clients. Le seul qui soit venu était un jeune, de mon âge à peu près.

– Il portait quelque chose, un sac de voyage, un sac à dos ?

– Non. Il portait un blouson bleu et avait les mains vides. Il a sorti l'argent de sa poche revolver pour payer son espresso. Mais si un autre client de l'extérieur a consommé en terrasse, la serveuse vous le dira. D'ici je ne vois pas dehors.

La serveuse est en train de servir un couple avec enfant sur la terrasse. J'attends qu'elle revienne et me présente.

– Je veux te poser quelques questions, dis-je.

– Tout de suite ? Ce serait possible après le boulot ?

– Parle avec le commissaire, Yota, intervient son collègue. J'assure en attendant.

Nous allons nous asseoir à une table près du bar et je lui pose les mêmes questions.

– Des clients qui n'étaient pas de l'hôtel ? Un couple, c'est tout.

– Tu peux me dire à peu près leur âge ?

– L'homme devait avoir la cinquantaine. La femme était sûrement plus jeune.

– Habillés comment ?

– L'homme portait un costume, mais sans cravate. La femme, un pantalon et un blouson de cuir. Des gens aisés.

– Ils portaient quelque chose ?

– La femme avait son sac à main. L'homme, un sac à dos. Il l'a mis sur son dos en partant.

– Tu te souviens quand ils sont arrivés, puis repartis ?

– Il était onze heures et ils sont restés environ une heure.

– Merci. Ce sera tout.

Elle s'en va.

Si c'était lui l'assassin, il a pris une femme avec lui, sans doute pour détourner l'attention.

Je quitte le bar et demande à la jeune fille de la réception si elle n'aurait pas vu passer un couple, que je lui décris.

– J'ai aperçu une femme devant l'ascenseur qui parlait dans son portable. Puis elle est sortie en compagnie d'un homme.

– Combien de temps plus tard ?

Elle hausse les épaules.

– Comment savoir ? J'étais occupée, je n'ai pas fait attention.

– L'homme avait un sac à dos ?

Elle réfléchit.

– Maintenant que vous le dites, oui, c'est vrai.

La femme faisait le guet avec son téléphone, me dis-je, pour prévenir l'homme en cas de besoin. Un autre avait sûrement inspecté le garage et l'avait mis au courant. Quelqu'un sans doute qui avait pris une chambre et la carte d'entrée du garage. Nous allons examiner la liste des clients, mais je doute qu'on en tire quoi que ce soit. Le complice avait sûrement un casier judiciaire vierge et nous servira un alibi crédible. Un exécutant et deux complices : l'affaire sent le crime organisé.

– Le personnel dans les étages n'a rien remarqué d'anormal, me dit Askalidis, qui se pointe au même instant.

– Dervisoglou ne trouvera rien non plus, dis-je, et je lui explique pourquoi. Appelle Dermitzakis, nous allons continuer au siège de l'entreprise.

Pas besoin de le prévenir, il sort au même instant de l'ascenseur.

– Ils viennent de le remettre en marche, explique-t-il.

Je lui demande la liste des clients. Il la sort de sa poche.

– Donne-la à Thanos, dis-je à Askalidis. Fotis et toi, rentrez à la Sûreté et épluchez la liste avec Koula. Demandez une voiture au commissariat d'ici. Dermitzakis et moi, nous allons au siège.

4

Fokidis avait le siège de son entreprise dans un des complexes de bureaux de l'avenue Kifissias, à la hauteur de Psyhiko. On reprend le même trajet, mais cette fois sans sirène, que je puisse tenir Dermitzakis au courant.

Quand j'ai fini, nous restons silencieux pendant qu'il met de l'ordre dans ses pensées.

– Ça sent mauvais, me dit-il au bout d'un moment. Fokidis devait être mêlé à une sale affaire et on l'a liquidé. Exécuter quelqu'un en faisant exploser sa voiture, ça ne peut venir que d'un professionnel.

– Je ne dis pas le contraire, mais mêlé à quoi ?

– Blanchiment d'argent, répond Dermitzakis sans hésiter. Dans les crimes de ce genre, c'est la règle, presque tous ont trait à l'argent sale.

Si c'est le cas, nous devrons collaborer avec la direction de la Délinquance financière. L'idée ne m'enchante pas car Koulakos, le chef de service, est un je-sais-tout prétentieux qui me porte sur les nerfs.

– Voyons d'abord ce qui va ressortir au cours de l'enquête et on avisera, dis-je vaguement.

Le trafic vers Athènes devient dense et Dermitzakis met la sirène. Nous sommes réduits au silence : difficile de se parler avec ce hurlement au-dessus de nos têtes.

Je ferme les yeux et tâche de faire le vide dans mon esprit. Malgré sa simplicité, la théorie de Dermitzakis n'est pas sans fondement, mais il est encore bien trop tôt pour tirer des conclusions.

Les bureaux de la Fokea SR Hotels occupent deux étages. Nous montons au deuxième où nous pensons trouver l'accueil. Mais il n'y a personne derrière le comptoir. C'est la désolation. Les employés sont rassemblés par petits groupes et discutent entre eux à voix basse.

Finalement, une jeune femme s'avise de notre présence et pousse sa voisine du coude. Celle-ci vient vers nous et, sans dire un mot, nous jette un regard interrogateur. Quand nous nous présentons, elle passe une série de coups de fil, puis nous dirige vers le directeur général, au troisième. Je dis à Dermitzakis de s'occuper du personnel et je monte voir le directeur.

Pavlos Kelesidis, la cinquantaine, me reçoit debout, l'air funèbre. Son intuition a sans doute dû l'avertir car il porte des vêtements de circonstance, costume rayé noir, chemise blanche et cravate bleu foncé.

– Je sais que le moment est mal choisi, mais il est urgent pour nous de faire avancer l'enquête, lui dis-je en préambule. J'essaierai d'être le plus bref possible.

– Le choc est immense pour nous tous. Mais je comprends que l'enquête doive suivre son cours, c'est ce que nous souhaitons tous d'ailleurs. Posez vos questions et je vais tâcher de me concentrer pour y répondre.

– Pour commencer, la question la plus évidente. Savez-vous si Paris Fokidis a reçu dernièrement, ou même dans le passé, des menaces ?

Kelesidis réfléchit un instant.

– Paris Fokidis était un homme renfermé, dit-il enfin. Toutes les discussions avec ses collaborateurs, même avec moi qui fais partie des plus anciens, concernaient exclusivement l'entreprise. Il ne mentionnait jamais sa famille ou sa vie privée. Par conséquent, même s'il avait reçu des menaces, il nous les aurait probablement cachées.

– Vous a-t-il donné l'impression d'être inquiet ou bouleversé ?

– Absolument pas. C'était le Fokidis habituel.

Il marque une pause avant d'ajouter :

– Et puis je ne vois pas pourquoi quelqu'un menacerait un homme comme Paris Fokidis.

Dans l'espoir de comprendre, je lui demande :

– Ses affaires marchaient bien ?

– Remarquablement bien. Jusqu'à présent, nous n'avions que des hôtels en bord de mer, mais nous nous apprêtions maintenant à en ouvrir à la montagne. Nous projetions de construire un hôtel dans la station de ski du Pélion.

– Quelle était sa situation de famille ? dis-je pour changer de sujet.

– Divorcé avec deux enfants. Son ex-femme est anglaise. Après le divorce, ils ont gardé des relations amicales, mais aussi professionnelles. Julie dirige encore l'agence de voyages à Londres. Leurs deux fils font leurs études en Angleterre. Ils passent l'hiver avec leur mère. En été, ils viennent chez leur père. Il est arrivé que son ex-femme les accompagne pour prendre des vacances dans un des hôtels.

Kelesidis fait une pause et poursuit.

– Comme vous pouvez le constater, la vie de Fokidis ne différait en rien de celle d'un homme d'affaires ayant réussi.

Je ne trouve rien à redire. Au vu de la déposition de Kelesidis, la vie professionnelle et familiale de Fokidis paraît irréprochable.

Je le quitte et m'apprête à rendre ma deuxième visite, cette fois au directeur des hôtels. Eleftheriou a mentionné qu'il s'appelle Kornaros. La secrétaire de Kelesidis m'indique son bureau, au bout du couloir.

La salle d'attente est déserte. Je frappe à la porte du fond et je l'ouvre. Je demande :

– Monsieur Kornaros ?

L'homme est en train de fouiller dans un placard, il se retourne et me regarde.

– C'est bien moi.

Il est très différent de Kelesidis. Dix ans de moins à première vue, vêtu simplement, jean et veston sport.

Je me présente :

– Commissaire Charitos.

– Entrez, monsieur le commissaire.

Il me désigne une chaise et s'assoit à son bureau.

– Je devine la raison de votre visite.

Il est calme et n'a pas l'air affligé comme Kelesidis.

Je commence :

– Je viens de parler avec M. Kelesidis et j'aimerais vous poser aussi quelques questions.

– Bien volontiers, me répond-il en se redressant.

– J'aimerais que vous me donniez une image du fonctionnement des hôtels. Bien sûr, M. Kelesidis m'a dit que l'entreprise a connu un parcours remarquable, mais en tant que responsable des hôtels, vous pourriez me donner plus d'informations.

– Tout d'abord ce que vous a dit M. Kelesidis est parfaitement exact. Les hôtels de la Fokea sont très demandés. En été, de la mi-juin à la fin septembre, ils affichent complet. Les touristes sont en grande majorité anglais ou allemands. Au cours des trois dernières années, nous avons pourtant eu beaucoup de Russes, en Crète surtout. Mais il y a aussi des clients de France ou des pays scandinaves.

– Vous recevez des touristes de pays africains ou asiatiques ?

– Seulement de manière sporadique, et la plupart d'entre eux ont la nationalité anglaise. Parmi nos clients, nous ne comptons pas de riches Arabes ni de cheikhs.

– Nous aimerions avoir la liste des clients de tous vos hôtels depuis l'été dernier jusqu'à aujourd'hui.

Kornaros me regarde, intrigué.

– Vous croyez que l'un des clients est l'assassin ?

– Pour l'instant, nous ne croyons rien. Il est beaucoup trop tôt pour aboutir à des conclusions. Mais il se peut qu'on ait besoin d'interroger certains de vos clients au cours de l'enquête.

Kornaros garde le silence et me regarde.

– J'essaie de me dire que c'est *business as usual*, monsieur le commissaire. Mais je ne comprends pas qui avait intérêt à tuer Paris Fokidis.

– À ce stade, nous non plus. Nous espérons le découvrir et vous en serez alors informé.

Kornaros continue comme s'il ne m'avait pas entendu.

– Paris Fokidis était quelqu'un de très correct, monsieur le commissaire. Le seul problème était qu'il voulait tout contrôler et certaines fois, cela nous tapait sur les nerfs. Rien n'avançait sans son accord. Quand il était en voyage, il communiquait tous les jours avec nous par Skype. L'entreprise n'a même pas de directeur financier, parce que Fokidis voulait gérer les comptes en personne. Pensez donc !

Il marque une pause.

– Mais c'était quelqu'un de très généreux, pas seulement avec ses employés. Sa générosité ne se limitait pas aux bonus qu'il distribuait aux directeurs quand les affaires marchaient bien. Figurez-vous qu'il avait même créé une bourse destinée à des jeunes désirant faire des études d'hôtellerie. Les bourses étaient accordées après avoir épluché la situation financière des familles qui devaient prouver qu'elles étaient dans le besoin. Fokidis offrait ensuite aux plus doués un stage dans ses hôtels et il embauchait ceux qui achevaient leur formation avec succès.

Kornaros se tait, me regarde et lance une dernière question :

– Qui aurait envie de tuer un homme pareil ?

– Il est encore beaucoup trop tôt pour répondre, lui dis-je. Nous ferons tout ce qui est en notre pouvoir pour découvrir l'assassin.

– Je vous souhaite de réussir, me répond Kornaros en se levant, mettant ainsi fin à l'entretien.

Je redescends au deuxième étage où les employés discutent encore par petits groupes. C'est comme ça, me dis-je, les grosses têtes restent dans leurs bureaux car ils savent bien qu'on les délogera difficilement de leur chaise. Le menu fretin papote pour noyer l'angoisse des lendemains.

Je demande où est Dermitzakis et on me dit qu'il fait le tour des bureaux. Je m'assois sur une chaise pour l'attendre, mais heureusement je n'ai pas le temps de prendre racine.

– J'en ai terminé, m'annonce-t-il.

– Moi aussi. Allons-y.

Nous montons dans la voiture et Dermitzakis s'apprête à démarrer, mais je l'arrête.

– Parle-moi d'abord de ta récolte, lui dis-je.

– Rien de particulier. Tous n'en disent que du bien. Maintenant, savoir s'il était si bien que ça ou si, tout simplement, on ne dit pas de mal d'un mort, c'est la suite qui le montrera.

Cet assassinat n'aurait pas dû avoir lieu. Qui avait intérêt à tuer un homme d'affaires aussi parfait, qui plus est en posant une bombe dans sa voiture ? Je partage le sentiment de Dermitzakis. Personne ne dit du mal de Fokidis, mais une première conclusion qui s'impose est qu'il savait bien cacher l'étendue de ses activités. C'est pour cela qu'il contrôlait personnellement les finances de l'entreprise. Il ne voulait pas à ses côtés d'une personne qui aurait su veiller au grain.

Je me dis que j'irai les mains vides à la réunion avec le ministre et cela ne me plaît pas du tout. Je dois voir Koulakos de la Délinquance financière, au cas où il pourrait m'apporter un peu de lumière. L'idée ne m'emballe guère, mais je n'ai pas le choix.

5

Je charge Stella de convoquer Koulakos dans l'ancien bureau de Guikas. Cinq minutes plus tard, elle m'apprend qu'il est en réunion et ne sera disponible que dans une demi-heure.

Le meurtre de Fokidis, d'un côté, qui va nous faire gémir sous la pression du gouvernement et des médias, et de l'autre, la déception de ne pas voir mon petit-fils ce soir, tout cela me met les nerfs en boule.

– Dis-lui que l'affaire n'attend pas et que moi je l'attends dans cinq minutes.

Je m'apprête à monter au cinquième, lorsque Koula m'arrête.

– J'ai trouvé quelque chose qui pourrait vous intéresser.

– Dis-moi.

– Fokidis avait fondé à Brahami un foyer pour les étudiants qui veulent apprendre les métiers du tourisme et dont les familles n'ont pas les moyens de financer leurs études.

– Bravo, Koula. Tu as bien fait de me le signaler. Continue de chercher, on ne sait jamais.

Dans l'ascenseur, je ne cesse de penser à Fokidis. Qui donc a pu tuer un homme si généreux, et pourquoi ? Un concurrent ? C'est exclu. Même moi je sais que la concurrence ne tue pas physiquement, mais financièrement. Donc, il faut chercher ailleurs.

– Il est arrivé, me dit Stella quand j'entre dans le secrétariat.

Je trouve Koulakos assis à la grande table.

– Tu as décidé de devenir calife à la place du calife ? lance-t-il en me voyant.

– Comment ça ?

Je ne comprends pas où il veut en venir.

– Je voudrais savoir si tu as décidé de jouer les chefs en me faisant venir dans les cinq minutes.

Il a le rare talent de se rendre antipathique dès qu'il ouvre la bouche. À côté de lui, Stavropoulos est un ange.

– Je ne joue pas au chef, dis-je calmement. Mais nous avons là une affaire compliquée et dangereuse.

– Je sais. Le meurtre de Paris Fokidis.

– Exact. Je voudrais que tu me dises, toi le spécialiste, si tu as des infos utiles concernant l'entreprise et les activités de Fokidis.

Il prend aussitôt son ton officiel.

– Comme tu le sais, nous lançons une enquête en cas d'acte criminel lié à l'argent, ou de dénonciation. Pour l'instant, nous n'avons absolument rien. Tout ce que je peux dire, c'est que ses affaires marchaient très bien. Mais puisque tu me le demandes, je me mets sur l'affaire et te tiendrai au courant. Enfin, sans vouloir te faire de peine, je te vois mal barré. Tu vas être harcelé par le ministre et les charognards de la télé.

– Je sais. J'ai rendez-vous avec le ministre demain matin.

– Bon courage.

Je redescends dans mon bureau. Mes adjoints sont rentrés et je les réunis.

– On a appris quelque chose de bizarre, dit Dervisoglou.

– Quoi donc ?

– Après votre départ, un jeune type a pris son service à la réception et nous a dit qu'il y a quelques jours, un homme est venu retenir une chambre double. Il a voulu d'abord voir la chambre. Puis le garage, pour s'assurer qu'il était sûr. Il l'a examiné assez longuement. Il a demandé s'il y avait un gardien, et puisqu'il n'y en avait pas, comment on entrait.

– On connaît son identité ?

– Non. Il est reparti en disant qu'il allait réfléchir.

– On a une description ?

– Dans les cinquante ans, taille moyenne, vêtu simplement.

– On a vu sa voiture ?

– Non. Il était à pied.

– Il a dû laisser sa voiture à l'écart, qu'on ne la voie pas, dit Dermitzakis.

Cela semble logique.

Je libère mes troupes et décide de m'en tenir là pour aujourd'hui. Il est huit heures. Trop tard pour passer à la maternité. Le plus raisonnable est de rentrer chez moi.

En chemin j'essaie de mettre en ordre ce que je vais dire au ministre et à mes supérieurs le lendemain. À part les événements eux-mêmes, le sac est vide. Pas le moindre indice. D'après les éléments dont nous disposons jusqu'ici, la victime était irréprochable. Un bienfaiteur. Eh oui, les victimes irréprochables font le malheur de la police.

En ouvrant la porte, j'entends des voix dans le séjour. Je trouve Adriani en compagnie de Fanis et Zissis.

– Je te vois bien entourée, lui dis-je joyeusement.

– Que veux-tu ? J'ai là deux célibataires : un permanent et un provisoire. Je ne peux pas les laisser mourir de faim. Tu es passé à la maternité ?

– Il était trop tard, je ne voulais pas déranger Katérina.

– Ton petit-fils est déjà très éveillé, me dit Adriani. À un moment il a ouvert les yeux et regardé sa mère. Tu aurais dû voir ses yeux.

Zissis en rajoute une couche.

– Et il a l'air solide. Ce sera un sportif.

– Arrêtez, s'écrie Fanis. Il vient de naître. Il a encore du chemin à faire pour devenir Einstein ou Ronaldo.

– Je vais préparer le dîner, annonce Adriani en se levant.

– Ne te fatigue pas, dis-je. Je vais descendre acheter des brochettes.

Elle me jette un regard réprobateur.

– Combien de fois dois-je le dire ? Des brochettes, chez moi, ça ne suffit pas. Je vais faire des spaghettis en vitesse. Et j'ai des brocolis pour la salade.

Mauvaise nouvelle, je suis en manque de brochettes, mais je me tais et Adriani part dans la cuisine.

– Dans six mois, dit Fanis à Zissis et moi, Katérina va retourner au travail et il faudra trouver une nounou pour s'occuper de Lambros.

– Adriani s'en chargera, dis-je. Elle en rêve.

– Je sais, mais madame Adriani ne peut pas abandonner sa maison pour pouponner. Il nous faudra quelqu'un sinon tous les jours, du moins trois fois par semaine.

Et si on trouve une nounou, me dis-je, Adriani passera quand même tous les jours et lui rendra la vie impossible.

– Il y a deux autres solutions, meilleures sans doute, intervient Zissis.

– Lesquelles ? demande Fanis, intrigué.

– La première est que je vous envoie une femme de notre refuge pour sans-abri. Quand je le leur proposerai, la moitié au moins seront folles de joie. Vous en choisirez une, lui paierez ses déplacements, un peu d'argent de poche et vous la verrez toute heureuse.

– L'idée me plaît, dit Fanis, mais expose-moi l'autre.

– Amenez-le chaque matin au refuge. Toutes nos femmes s'en occuperont et il sera comme un pacha dans son harem. Vous n'avez qu'à lui acheter un petit lit, et plus tard une petite chaise. Mais si vous ne voulez pas nous le laisser tous les jours, on peut se limiter à trois fois par semaine.

– C'est ce que je préfère, dis-je.

– Pourquoi ? demande Fanis.

– Tu crois que ce sera bon pour lui d'avoir tout le monde à ses pieds ? Quand il sera chez lui, il s'ennuiera terriblement et se plaindra.

– Les deux solutions sont bonnes, mais l'une après l'autre, intervient Adriani, qui vient d'arriver pour mettre la table.

– C'est-à-dire ?

– Avant de le laisser au refuge, Kostas, il faut qu'il grandisse un peu. En attendant, une femme du refuge peut s'occuper de lui trois jours chez Katérina, et les deux autres j'irai là-bas. Ce serait bien qu'elle commence tout de suite, pour qu'il s'habitue à elle.

– Bravo, Adriani ! dit Zissis. Tu as trouvé la bonne solution.

– On se met à table dans cinq minutes, annonce-t-elle en regagnant la cuisine.

C'est alors que mon portable sonne.

– Vous avez vu les infos, monsieur le commissaire ?

La voix de Dervisoglou.

– Non. Il faut ?

– Le meurtre de Fokidis a été revendiqué.

Je demande pardon aux autres et saute sur la télécommande.

Sur l'écran, la présentatrice parle avec un quadragénaire.

– Toutes les déclarations des groupes terroristes, sans exception, sont écrites à l'ordinateur et imprimées, dit-elle.

Comment expliques-tu, Manos, que celle-ci soit écrite à la main ?

– Ce n'est pas tout. On voit au premier coup d'œil que le rédacteur n'a pas utilisé un stylo ou un Bic, mais une plume et un encrier. De plus, les lettres sont calligraphiées, comme les anciennes générations apprenaient à le faire à l'école primaire.

– Tu imagines un terroriste d'aujourd'hui trempant sa plume dans l'encrier ? dit la présentatrice, et elle éclate de rire.

Elle se reprend aussitôt et fixe la caméra.

– Excusez-moi, chers téléspectateurs, mais c'est vraiment comique.

– Je ne peux pas l'imaginer, chère Léna, dit l'homme, mais ces gens ont visiblement une bonne raison de l'avoir fait. Il y a là un message, c'est clair. Lequel, aucune idée. À la police de le dire.

– Montrons de nouveau la déclaration, dit-elle.

Le texte apparaît à l'écran.

> *Aujourd'hui nous avons tué Paris Fokidis. Nous ne vous dirons pas pourquoi. Le découvrir incombe à la police, cerbère du système. Disons seulement ceci : il méritait de mourir.*
>
> *L'Armée des Idiots Nationaux*

Je n'en crois pas mes yeux. C'est la première fois que je vois une déclaration qui non contente d'être écrite à la main, ne dévoile pas le motif de l'acte criminel, mais laisse à la police le soin de chercher.

Cela ne va pas nous simplifier la tâche. Tout ce que l'on peut dire, c'est que de deux choses l'une : nous avons affaire soit à des criminels extrêmement rusés, qui dissimulent jusqu'à leur mobile, soit à des fous furieux.

La deuxième éventualité me semble plus convaincante, si l'on en juge d'après le nom de l'organisation. Pourtant, mon instinct me conseille de ne pas les sous-estimer. Ils sont sans doute plus dangereux que ne le laisse entendre leur message.

Les autres se sont mis à table et mangent.

– Que se passe-t-il ? demande Fanis. Du nouveau sur le meurtre ?

– La réponse facile est que nous sommes tombés sur des fous. En tout cas, j'ai l'impression que nous sommes mal barrés.

Et je plante ma fourchette dans les spaghettis.

6

Encore heureux qu'on n'ait pas eu droit au conseil des ministres au grand complet. En plus du nôtre, celui des Finances et celui du Tourisme nous honorent aussi de leur présence. Ils tiennent à informer le monde des affaires, spécialement le milieu du tourisme, sur l'évolution de l'enquête, sans doute pour rassurer et dire que tout est sous contrôle. Le seul à manquer d'enthousiasme est notre ministre. Il feuillette le dossier devant lui et ignore ostensiblement les deux autres. Nous attendons tous patiemment qu'il ait avalé la pilule pour que la réunion commence.

Finalement, après nous avoir laissés dans l'expectative cinq bonnes minutes, il en vient au fait :

– Mes deux collègues se trouvent parmi nous sur ordre du Premier ministre pour être informés de première main, car l'assassinat de Fokidis touche de près les secteurs d'activité de leurs ministères.

Nous sommes deux groupes autour de la table de réunion. Le premier comprend notre ministre, en tête de table, avec à sa droite celui des Finances et à sa gauche celui du Tourisme. Le deuxième se compose du chef de la police, du sous-chef et de son homme à tout faire, autrement dit moi-même. Je sais que la balle va atterrir dans mon camp et je ne me trompe pas.

– Nous attendons de vous un premier récapitulatif, monsieur le commissaire, dit le ministre.

Tous les regards se tournent vers moi. Je leur fournis les informations et les éléments récoltés la veille. Il n'y en a pas beaucoup et j'en ai vite terminé.

– Quelles sont vos premières conclusions, commissaire ? demande le chef de la police.

– Nous avons affaire à un meurtre qui, normalement, n'aurait pas dû avoir lieu. Paris Fokidis était un homme d'affaires qui avait réussi, mais il s'impliquait aussi dans le social. Il finançait les études de jeunes dans le besoin, avait fondé un foyer pour les étudiants qui n'avaient pas les moyens de payer un loyer... Nous allons bien sûr éplucher ses comptes, mais je ne m'attends pas à y trouver des choses bouleversantes.

– Vous ne trouverez rien, lance catégoriquement le ministre des Finances. Il était en tout irréprochable. Il ne devait rien, ni aux banques, ni à la Sécurité sociale.

J'ai envie de lui répondre que jusqu'à présent il n'est encore jamais arrivé qu'on tue quelqu'un parce qu'il devait ses charges sociales, mais je me mords la langue.

– Si Fokidis était à ce point irréprochable, demande le sous-chef, alors comment expliquez-vous la phrase « il méritait de mourir » ?

– Elle peut signifier un tas de choses, dis-je. S'il était vraiment un homme d'affaires intègre, il n'est pas exclu qu'il s'agisse d'une vengeance personnelle. La déclaration vient renforcer cette hypothèse.

– Pourquoi ? demande le ministre.

– Toutes les déclarations des groupes terroristes, sans exception, sont toujours rédigées à l'ordinateur et imprimées, monsieur le ministre. Une déclaration écrite à la main, cela ne s'est encore jamais vu nulle part. De plus, elles mentionnent toutes dans le détail les motifs de l'assassinat. Aucune ne demande à la police de trouver la raison pour laquelle la victime a été tuée.

J'observe une légère pause et j'ajoute :

– Mais il y aussi autre chose.

– Quoi ? demande le chef de la police.

– La déclaration n'est pas simplement écrite à la main, elle est calligraphiée. Il y a de quoi en être doublement confondu. D'un côté, l'originalité de la déclaration. Et de l'autre, la calligraphie. La question qui se pose est : qui de nos jours s'y connaît en calligraphie ?

– Personne, me répond le ministre du Tourisme. Sauf un ancien étudiant des beaux-arts.

– Ou une personne très âgée, dis-je. Mais j'estime improbable qu'un jeune terroriste ait demandé à son grand-père de calligraphier la déclaration.

– Et vous en concluez quoi ? demande le sous-chef.

– Il est encore trop tôt pour tirer des conclusions. Mais les éléments que nous détenons jusqu'à présent montrent que nous n'avons pas affaire à des terroristes ordinaires. Ils doivent avoir la cinquantaine, comme en témoignent la déclaration manuscrite et la calligraphie.

– Les terroristes de plus de cinquante ans sont déjà en prison, signale notre ministre.

– Je le sais bien. Voilà pourquoi je doute qu'on ait affaire à un groupe terroriste. Je ne l'exclus pas, mais je ne peux pas non plus écarter l'éventualité d'un acte de vengeance.

– Espérons que la suite de l'enquête le démontrera, dit le ministre des Finances.

– Pas seulement la suite de l'enquête. S'il y a un deuxième assassinat, c'est que nous sommes vraiment confrontés à un groupe terroriste plutôt original. Sinon, nous pourrons étudier l'éventualité de la vengeance.

– Je suis entièrement d'accord avec le commissaire, dit le chef de la police.

Le ministre nous remercie et se lève, mettant fin à la réunion. Les deux autres ministres restent à leur place, tandis que le groupe de la police se retire.

– Allons dans mon bureau, dit le chef.

Nous déménageons et passons de la table de réunion du ministre à celle du chef de la police.

– Il est inutile que j'explique l'importance accordée par le gouvernement à l'assassinat de Fokidis, nous dit le chef. La présence des deux autres ministres le confirme. Il est donc superflu de souligner que vous devez donner une priorité absolue à cette affaire. Vous en êtes vous-mêmes conscients. Je tiens simplement à vous rappeler que nous aurons sans cesse les ministres et les médias sur le dos.

Le sous-chef se tourne vers moi.

– Comment comptez-vous procéder, commissaire ?

– Il est urgent de découvrir comment la déclaration est parvenue aux médias. Je compte me rendre ensuite à Brahami au foyer des étudiants. Et puis, il faudra aussi communiquer avec l'ex-épouse à Londres. Une fois que nous aurons les premiers éléments, nous pourrons fixer une ligne de conduite. Je vous tiendrai informé.

– Je le sais, me répond-il en souriant.

Les questions soulevées au cours de la réunion m'ont conforté dans l'idée que nous sommes embarqués dans une affaire très étrange. La déclaration écrite à la main et calligraphiée, le fait que le mobile soit dissimulé, tout cela ne peut être dû au hasard. Les auteurs du crime doivent avoir un plan en tête. Bien sûr, la déclaration manuscrite nous aidera peut-être à découvrir son auteur grâce à l'échantillon d'écriture. Mais d'ici là, il n'est pas exclu qu'on se retrouve avec quelques meurtres supplémentaires sur le dos.

Avant de partir, j'appelle Dermitzakis pour lui demander de vérifier qui est la personne ayant reçu la déclaration envoyée à la chaîne, au cas où j'aurais besoin de m'entretenir avec elle. Puis je dis à Koula d'appeler le foyer des étudiants pour prendre rendez-vous avec le responsable.

En regagnant le service, je crains de tomber sur une horde de journalistes, et mes craintes s'avèrent fondées. Ils occupent le couloir et discutent entre eux comme s'ils étaient à une terrasse de café. Le sang me monte à la tête.

– Je vous prie de baisser le ton. Il y a des gens qui travaillent ici, leur dis-je.

Mais c'est prêcher dans le désert. Au lieu de parler moins fort, ils haussent la voix et me foncent dessus.

La petite journaliste au collant rose me demande :

– Avons-nous une déclaration sur la nouvelle attaque terroriste, monsieur le commissaire ?

Merikas exaspéré l'interrompt :

– Ça va pas ? Quelle attaque terroriste ? Tu as déjà vu une attaque terroriste revendiquée par une lettre manuscrite calligraphiée à l'encre et au stylo-plume ?

Je leur explique :

– Pour l'instant, nous enquêtons sur le meurtre d'un homme d'affaires connu, Paris Fokidis. Nous venons tout juste de rassembler les premiers éléments. Il est trop tôt pour dire s'il s'agit d'une attaque terroriste ou d'un simple assassinat.

Le petit jeune au T-shirt intervient :

– Donc vous considérez qu'il ne s'agit peut-être pas d'une attaque terroriste ?

Ma réponse est brève.

– Nous ne pouvons rien exclure pour le moment.

Steryiou, la grande bringue qui me portait sur les nerfs mais avec qui ma relation s'est aplanie, me demande :

– À quel point êtes-vous préoccupé par la singularité de cette déclaration ?

– Cela me préoccupe autant que le fait que les auteurs du crime ne révèlent pas pourquoi ils ont tué Fokidis. Nous devons découvrir leur mobile pour avoir une image plus claire de l'affaire.

Les journalistes comprennent qu'il n'y a rien d'autre à tirer de moi et me laissent tranquille.

Je fais venir Dermitzakis et Koula pour voir s'il est sorti quelque chose de leurs contacts avec la chaîne et le foyer de Fokidis.

– Ils m'ont renvoyé auprès d'un certain Asteriadis, le chef du service de la sécurité, me dit Dermitzakis.

– Et qu'est-ce qu'il t'a dit ?

– Que l'enveloppe est arrivée par courrier recommandé.

J'en reste bouche bée.

– Un courrier recommandé ?

– Oui, mais il n'a pas pu m'en dire plus : la lettre a été remise tout de suite au directeur des programmes, un certain Menetidis.

– Bon, je m'occupe de lui personnellement.

Puis je me tourne vers Koula.

– Et toi, tu as trouvé quelque chose ?

– Oui. Le foyer se trouve rue Othonos, dans le quartier d'Ayios Dimitrios à Brahami. La responsable est une certaine madame Leontidou.

Je laisse le foyer pour plus tard car je dois m'y rendre en personne et je dis à Koula d'appeler Menetidis. Il répond presque tout de suite.

– Menetidis, monsieur le commissaire.

– Mes collaborateurs m'ont appris que vous avez reçu la déclaration en recommandé, lui dis-je, même si j'ai encore du mal à le croire.

– Tout à fait. Le porteur a dit à l'accueil qu'il s'agissait d'une proposition urgente au sujet d'une émission et on m'a tout de suite apporté l'enveloppe. En l'ouvrant, j'ai trouvé la déclaration.

– Vous vous souvenez de l'heure ?

Il réfléchit un peu.

– C'était certainement avant le journal du soir, mais quand exactement ? Sans doute aux environs de dix-neuf heures.

– Avez-vous conservé l'enveloppe ?

– J'ai l'enveloppe avec l'adresse de l'expéditeur et l'étiquette de l'entreprise de messagerie. Je peux la scanner et vous l'envoyer. Il suffit de me donner votre mail.

– Je vous remercie, M. Menetidis. Je vous prie seulement de garder l'enveloppe. Nous devons la récupérer car c'est un élément de l'enquête.

Puis je dis à Koula d'envoyer à Menetidis l'adresse électronique du service.

– Dès qu'on aura l'enveloppe, tu prends Dervisoglou avec toi et vous allez voir l'entreprise de messagerie. Nous devons apprendre qui a envoyé cette enveloppe, dis-je à Dermitzakis.

Je me tourne de nouveau vers Koula.

– Je veux que tu fasses une recherche sur l'expéditeur pour vérifier s'il existe une société de production à ce nom.

– Qu'est-ce-que je peux dire ? C'est bien la première fois qu'il m'arrive de voir une déclaration envoyée en recommandé.

Elle n'a pas l'air d'y croire elle-même.

– Moi aussi, et je suis plus ancien que toi, dis-je.

Et je me lève pour me rendre au foyer de Fokidis.

7

Je prends Askalidis avec moi, tandis que Dermitzakis et Dervisoglou s'occupent de l'entreprise de messagerie. Nous prenons l'avenue Vouliagmenis et le GPS nous mène à la rue Othonos.

Le foyer est un bâtiment à deux étages, proche du collège local. Koula a annoncé notre visite et Mme Leontidou nous attend au rez-de-chaussée. C'est une quinquagénaire à queue-de-cheval, vêtue simplement.

Elle nous serre la main et nous précède jusqu'à son bureau. Si l'on excepte deux armoires, il est vide.

– Madame Leontidou, nous voudrions vous poser quelques questions concernant le foyer et le programme de soutien dont il fait partie.

Son regard est vide, lui aussi.

– Je ne sais si je pourrai vous répondre. Je ne sais plus où j'en suis. Pour moi, hier matin, le monde s'est écroulé, monsieur le commissaire.

Et elle fond en larmes.

Je la laisse reprendre ses esprits, puis :

– Avez-vous des étudiants au foyer en ce moment ?

– Quelques-uns. Ils sont sous le choc, hors d'état de suivre les cours.

– Seriez-vous d'accord pour que mon collaborateur leur pose quelques questions afin de compléter le tableau ?

– Tout à fait.

J'envoie Askalidis et reste avec elle.

– Décrivez-moi le foyer. Comment était-il financé ?

– La fondation Paris Fokidis s'en chargeait.

Voilà du nouveau. Jusqu'à présent nous ignorions son existence.

– Où se trouve le siège de la fondation ? Personne ne nous en a parlé dans les bureaux de la chaîne d'hôtels Fokea.

– Elle n'a aucun rapport avec elle. Paris Fokidis avait tout séparé. Les bureaux de la fondation sont dans l'avenue Syngrou, près du passage souterrain vers Amphithea.

Elle écrit l'adresse pour moi sur un papier.

– Vous pouvez demander M. Esperidis, le directeur.

Je note le nom.

– Comment fonctionne le foyer ?

Elle prend un air songeur.

– Vous me parlez du passé, dit-elle dans un murmure. Jusqu'à présent, la fondation prenait toutes les décisions. Au début de la période d'études elle nous envoyait la liste des étudiants que nous allions recevoir. La somme allouée variait en fonction du nombre d'étudiants.

Elle respire profondément.

– Mais tout cela, c'est du passé. Personne ici ne sait de quoi demain sera fait. Nous ne savons pas ce que décideront les héritiers de Paris Fokidis, nous ne savons pas si la fondation et le foyer vont survivre… Nous ne savons rien.

Elle étouffe un sanglot sous un mouchoir, puis cache son visage dans ses mains.

Inutile de la tourmenter plus longtemps, d'autant que nous en apprendrons davantage par le directeur de la fondation.

Je prends congé. Plongée dans son chagrin, elle ne m'entend pas. Dans le couloir, j'aperçois Askalidis en discussion avec un groupe d'étudiants. Une fois remontés en voiture, je l'interroge.

– Je n'ai rien pu en tirer, monsieur le commissaire. Un déluge de larmes. Ils ne savent pas s'ils pourront poursuivre leurs études. Ils sont désespérés.

Nous nous dirigeons vers l'avenue Syngrou. Les bureaux de la fondation Fokidis se trouvent dans un grand immeuble en face de l'église Ayios Sostis. Nous nous garons devant l'entrée, puis nous montons au deuxième étage, celui de la fondation.

Je sonne et on nous ouvre aussitôt. Ici, à première vue, contrairement aux bureaux de la chaîne hôtelière, tout semble normal. L'employée qui nous a ouvert s'enquiert du motif de notre visite et nous emmène directement au bureau d'Esperidis.

– Nous ignorons pour l'instant le mobile du crime, dis-je à celui-ci, c'est pourquoi nous collectons des informations à la recherche d'un fil conducteur.

– Je vous comprends, répond Esperidis, mais je ne vois pas comment nous pourrions vous aider. La fondation n'a aucune relation avec les entreprises Fokidis. Et j'ai du mal à imaginer un jeune assassinant Paris Fokidis pour un refus de bourse ou une non-admission au foyer.

– Vous avez raison, mais je suppose que la source du financement de la fondation doit être les entreprises de Fokidis.

– Vous faites erreur. La fondation est financée par un capital provenant des revenus personnels de M. Fokidis. Ses entreprises restent en dehors du système.

– Pouvez-vous me dire comment cela fonctionne ?

– Toutes les décisions étaient prises ici, à la fondation. Nous recevions les demandes concernant les bourses, d'une part, et le foyer, d'autre part, que nous transmettions aux deux commissions correspondantes. La décision revenait à celles-ci.

– Qui nommait les commissions ? demande Askalidis.

– M. Fokidis en personne.

– Il en faisait partie lui-même ?

– Non. Mais il avait un droit de regard. Il consultait les décisions des commissions et en cas d'avis divergent, il renvoyait le dossier à la commission pour qu'elle le réexamine.

– Qui fixait le montant de la dotation annuelle de la fondation ?

– M. Fokidis lui-même. Chaque année, six mois à l'avance, il nous annonçait la somme allouée et nous décidions du nombre de bourses et de places en foyer disponibles.

Paris Fokidis avait tout organisé à la perfection, et il n'y a pas le moindre indice qui puisse nous éclairer un tant soit peu sur le mobile du crime.

– Tels que nous sommes partis, nous allons devoir chercher du côté des cinglés d'Athènes, dis-je à Askalidis une fois dans la voiture. Seul un malade mental pourrait tuer un homme aussi parfait.

– Je peux donner mon avis ? répond-il.

– Évidemment.

– Les gens parfaits, d'habitude, sont ceux qui savent cacher leurs défauts.

– On se lance dans la philosophie ?

– Non. Je dis simplement que quelque part, dans la vie de Fokidis, il doit y avoir un trou noir que nous n'avons pas encore localisé.

En regagnant mon bureau, je me dis qu'Askalidis, en fin de compte, a sans doute raison.

Ce serait le moment de prendre un café à la cafétéria, mais Dermitzakis me devance.

– J'ai amené la fille qui a reçu la déclaration à la messagerie.

– Où est-elle ?

– Dans le bureau des interrogatoires.

– Fais-la venir ici. Elle se sentira plus à l'aise.

La jeune femme qui entre dans mon bureau n'a pas plus de vingt-cinq ans. Elle se présente : Nelly Kaloyirou.

– À quelle heure est-on venu déposer l'enveloppe destinée à la télévision ?

– À deux heures de l'après-midi à peu près. Je m'en souviens parce que c'est le moment où je vais manger un morceau. Je m'apprêtais à sortir quand cette dame est arrivée.

– Vous vous souvenez de ce qu'elle vous a dit ? demande Dermitzakis.

– Qu'il fallait déposer ça tout de suite, que c'était une proposition d'émission. Elle m'a même demandé à quelle heure la chaîne la recevrait.

– Vous pouvez me la décrire ?

Elle réfléchit.

– Dans les quarante-cinq ans, brune, de taille moyenne. Elle portait des lunettes de soleil.

– Elle avait les cheveux longs ou courts ? demande Dermitzakis.

– Une coupe au carré.

– Son habillement ?

– Un blouson gris foncé, un jean.

– Pas d'autres questions ? dis-je à Dermitzakis.

Il fait non de la tête. Je remercie la jeune femme et la libère.

– Je te parie que c'était une femme de soixante ans portant perruque, dis-je à Dermitzakis.

J'appelle Koula pour savoir où elle en est avec l'adresse de l'expéditeur.

– L'adresse déclarée est le 22, rue Kilomenous. J'ai cherché partout dans le répertoire d'Athènes et ses banlieues, puis sur Internet. Il n'y a aucune rue Kilomenous nulle part.

– Dans cette affaire, tout est atypique, dis-je à Koula et Dermitzakis. La déclaration, sa remise à la chaîne – tout. Il n'y a rien de pire que de tomber sur une affaire atypique où rien ne colle avec les affaires précédentes. Nous voilà mal partis.

Koula et Dermitzakis rejoignent leur bureau et je jette un coup d'œil à ma montre. Bientôt six heures. Je décide de fermer boutique et d'aller voir mon petit-fils. Je ne peux pas en être privé ce soir aussi.

8

Il est collé au sein de sa mère, les yeux fermés, peut-être pour savourer davantage son dîner. Adriani et Fanis, assis, le contemplent avec un sourire béat.

Au pied du lit, debout, Prodromos et Sevasti, les parents de Fanis qui sont venus de Volos pour voir leur petit-fils.

– Grâce à Dieu, il ne manque pas d'appétit, commente Sevasti avec satisfaction.

– Il est calme et facile, comme Zissis, dit Fanis. Dès qu'il a la bouche sur le sein, il est content. Il ne pleure pas, ne crie pas, rien.

– Nous verrons à quel point il sera calme, une fois rentrés à la maison, rétorque Katérina. Je te conseillerais de ne pas être si optimiste parce qu'il peut très bien nous faire passer des nuits blanches.

Lambros semble repu car il se détourne du sein.

– Tiens, prends-le dans tes bras. Tu es le seul à ne pas l'avoir encore fait, me dit Katérina en me présentant le bébé.

– Mais les autres grands-parents non plus, dis-je, dans l'espoir qu'ils auront la priorité.

– Erreur. Nous, on l'a câliné dès qu'on nous l'a apporté dans la chambre, répond Sevasti, coupant mon élan.

Je le prends, pris d'une sainte frousse, car je sens mes mains trembler. Heureusement, il est calme. Il a fermé les yeux, prêt à s'endormir. Je me sens plus détendu et le tiens avec plus d'assurance, tandis que je l'observe de plus près. Son nez est petit et pointe à peine entre ses joues rondes et roses. C'est la première fois que j'ai un aperçu aussi détaillé de mon petit-fils et, satisfait, je le rends à sa mère.

– Tu l'as étudié en profondeur ? me demande Katérina en riant.

– Oui, et il est vraiment mignon.

– Il va neiger ! lance Adriani.

– Pourquoi ? lui demande Sevasti, éberluée, tandis que les autres regardent Adriani, cherchant à comprendre où elle veut en venir.

– Parce que mon mari est d'accord avec moi, répond-elle, et tous éclatent de rire.

– C'est toujours comme ça, une nouvelle vie, ça rapproche, commente Sevasti.

Tiens, Adriani a trouvé une alliée pour ses répliques, me dis-je.

– En tout cas, l'idée d'oncle Lambros nous a tirés d'affaire, dit Katérina.

– C'était quoi, l'idée ? demande Prodromos.

– Zissis va envoyer une femme du refuge des sans-abri pour s'occuper de Lambros quand Katérina reprendra le travail, explique Fanis.

– Excellente idée, dit Sevasti, enthousiaste.

– Et quand il sera un peu plus grand, nous pourrons le déposer au refuge pour que les femmes qui s'y trouvent prennent soin de lui, ajoute Fanis.

– Au début j'étais d'accord, mais maintenant l'idée m'enchante moins, dit Adriani.

Je lui demande :

– Et pourquoi cela ?

– Parce qu'elles vont tellement le gâter qu'il sera irrécupérable, explique-t-elle, et elle n'a pas tort.

Là-dessus, une infirmière entre pour emmener Lambros.

– Tu me tiens compagnie pendant que je fume une cigarette ? demande Prodromos.

Nous sortons du bâtiment, il allume sa cigarette et là je comprends que ce n'était pas ma compagnie qu'il cherchait.

– Comment cela vous est venu d'appeler notre petit-fils Lambros ? demande-t-il.

– Cela n'a rien à voir avec nous. Ce sont les parents qui l'ont décidé.

– Et vous n'avez rien dit ?

– Dire quoi ? Qu'ils l'appellent Prodromos ou Konstandinos ?

– Exactement. Je ne comprends pas pourquoi on donne le prénom d'un étranger quand il y a des grands-pères. D'accord, je ne dis pas, c'est un ami de la famille, corrige-t-il pour se rattraper. Mais encore une fois, c'est un étranger.

– Tu en as parlé avec ton fils et ma fille ?

– Seulement avec Fanis. Il m'a dit que le prénom leur plaisait beaucoup.

– Puisqu'il leur plaît, nous n'avons pas voix au chapitre.

Je sens qu'il est énervé : il fume sa cigarette à moitié, jette le mégot et rentre dans le bâtiment sans dire un mot. Mais je ne suis pas moins irrité, d'abord parce que le sujet ne nous concerne pas, et ensuite parce que j'ai l'habitude de mener les interrogatoires et que ça me porte sur les nerfs quand je dois les subir.

Quand nous retournons dans la chambre, je saisis le regard interrogateur d'Adriani, mais je joue l'indifférence.

Fanis regarde sa montre et se lève.

– Il est temps d'y aller, annonce-t-il. J'étais de garde aujourd'hui et je suis vidé.

– Nous allons tous partir, dit Adriani qui se lève à son tour. Tu viens dîner ? demande-t-elle à Fanis.

– Non, j'ai mangé à l'hôpital. J'ai seulement besoin de sommeil.

Nous faisons la queue devant le lit de Katérina pour l'embrasser et lui souhaiter bonne nuit, puis nous sortons de la chambre. Une fois sur le parking, Fanis rejoint sa voiture et nous notre Seat, avec les autres grands-parents qui vont loger chez nous.

Durant tout le trajet, Lambros monopolise la conversation, avec son appétit et ses mines. La discussion est enthousiaste et élogieuse, sans digressions.

Adriani a mis un poulet au four avec des pommes de terre et préparé une salade verte. Nous mangeons en silence, tous épuisés. Les autres grands-parents par le voyage et moi d'avoir couru toute la journée.

Dès que nous sommes au lit, Adriani me demande :

– Quand vous êtes sortis, Prodromos t'a parlé du prénom de notre petit-fils ?

– Oui, il s'est plaint qu'on ne lui donne pas le prénom de l'un des grands-pères.

– C'est ce que m'a dit Sevasti. Il a été blessé qu'on lui donne le prénom d'un étranger.

– Zissis ne fait pas partie de la famille ?

– Ce n'est pas ça. Prodromos s'attendait à ce que le premier petit-fils porte le prénom du grand-père paternel.

– Ne te casse pas la tête. Les parents en ont décidé ainsi. S'il a des objections, qu'il en parle à Fanis. On ne vit plus à l'époque où c'était la famille qui décidait du prénom des nouveau-nés.

– Ne dis pas ça. Si nous vivions en Épire, nous aurions sans doute la même mentalité, nous aussi.

Je n'ai pas le temps de lui répondre que nous ne vivons pas en Épire car je sombre aussitôt dans le sommeil.

9

Tout en mâchant mon croissant accompagné d'un café, je me dis qu'il faut que je rencontre de nouveau Koulakos de la Délinquance financière. Dilemme : vais-je aller dans son bureau ou le faire venir dans celui de Guikas ? Le téléphone me dispense de choisir. C'est le sous-chef.

– Bonjour, monsieur le commissaire. Nous avons reçu un appel de l'ambassade de Grande-Bretagne. L'ex-épouse de Fokidis se trouve à Athènes, elle souhaite être informée des circonstances de sa mort et des progrès de l'enquête. Elle est en route vers mon bureau avec un représentant de l'ambassade.

– Je comprends. J'arrive.

– À tout de suite. S'ils vous devancent, nous vous attendrons autour d'un café.

De toute façon une discussion avec elle s'imposait. La rencontrer en présence du sous-chef, voilà qui m'arrange.

J'accorde un sursis à la rencontre avec Koulakos et préviens mes collaborateurs. Je charge Askalidis de me trouver une voiture de patrouille. Si je prends la Seat, les embouteillages risquent de me retarder. Les Anglais peuvent attendre, mais je ne veux pas mettre le sous-chef dans une position gênante.

Grâce à la sirène, nous arrivons en un temps record. Dans l'antichambre du sous-chef, le planton me lance un sourire complice.

– Ils vous attendent avec impatience, monsieur le commissaire.

Les deux Anglais sont assis face au bureau du sous-chef. L'homme, un blond en costume-cravate, a dans les trente-cinq ans. La femme est brune, plus âgée et porte un tailleur bleu.

L'homme se lève pour me saluer.

– John Hendricks, traducteur officiel de l'ambassade du Royaume-Uni, monsieur l'inspecteur.

Il parle bien grec, avec un accent, mais pour ce qui est de la police grecque et de ses grades, il peut mieux faire.

– Je vous présente Mrs Julie Trimaine, me dit le sous-chef. Elle dirige l'agence de voyages londonienne de son ex-époux, Paris Fokidis.

Elle se lève et me serre la main.

– *Nice to meet you*, dit-elle, et elle se rassoit.

– Asseyons-nous à la table, nous serons plus à l'aise, dit le sous-chef.

Les Anglais prennent leur tasse de thé, nous nous asseyons face à face et le sous-chef me fait signe de commencer.

Je m'adresse à Hendricks en grec, me méfiant de mon anglais hasardeux.

– J'ai peu de choses à vous dire, hélas. La bombe est utilisée soit par les terroristes, soit par le crime organisé. Mais c'est là que tout se complique. Si l'on choisit l'hypothèse du crime organisé, alors la déclaration ne cadre plus. Des règlements de comptes accompagnés d'une déclaration, cela n'existe nulle part au monde. Mais les déclarations des terroristes sont écrites à l'ordinateur, et non à la main, et encore moins à la plume, comme celle-ci. Dans les deux cas, quelque chose ne colle pas et nous sommes pour l'instant dans le noir total.

Je fais des pauses pour laisser Hendricks traduire. L'ex-épouse écoute en silence. Puis elle s'écrie, indignée :

– *It's unbelievable !* C'est incroyable !

– Et de plus, nous n'avons rien trouvé qui puisse servir de mobile au crime, ni dans la vie professionnelle de la victime, ni dans sa vie privée.

Elle hoche la tête.

– *So why did they kill him ?* Alors pourquoi l'avoir tué ?

– Si nous le savions, nous serions déjà bien avancés. Je voudrais demander à Mrs Trimaine si elle se souvient d'un événement récent ou ancien survenu à Londres qui pourrait aider l'enquête.

Elle fait non de la tête.

– *No, everything was normal.* Tout était normal.

– Alors la seule piste qui reste est celle d'une vengeance. Mrs Trimaine connaît-elle quelqu'un qui pourrait en vouloir à Paris Fokidis ?

Nouveau hochement de tête.

– *Nobody whatsoever !* Absolument personne !

Je n'attendais rien d'autre et l'entretien prend fin. Les Anglais se lèvent et prennent congé. Je demande à Mrs Trimaine son numéro de portable, au cas où j'aurais d'autres questions.

L'interprète me demande quand elle pourra récupérer la dépouille de Fokidis pour les funérailles. Je réponds qu'elle pourra m'appeler le lendemain pour avoir la réponse.

– Nous n'avons guère avancé, résume le sous-chef déçu, une fois seuls.

– Non, mais je m'y attendais, dis-je. Depuis Londres, elle ne pouvait pas suivre de près les activités de son ex-mari en Grèce.

– Allez donc expliquer ça au ministre, soupire-t-il, et nous nous séparons.

Je suis à peine rentré dans mon bureau que Koula y fait irruption.

– Koulakos vous cherche, c'est urgent.

Je l'appelle aussitôt.

– Nous avons trouvé certains éléments qui pourraient vous intéresser, dit-il.

– On peut se rencontrer dans le bureau de Guikas, ou dans le tien si tu ne peux pas t'absenter.

Malgré ma hâte, je dois respecter les formes.

– Je préfère chez Guikas, nous ne serons pas interrompus.

Nous arrivons ensemble dans le bureau de Stella. Il entre le premier et s'assoit à la table de réunion pour étaler les papiers qu'il vient d'apporter. Face à lui, je grille d'impatience.

– Nous avons tout passé au peigne fin, dans toutes les directions, dit-il. Et partout nous avons rencontré un professionnel irréprochable. Sa société ne doit rien aux banques, il paie régulièrement son personnel et ne doit pas un euro à la TVA.

– Je suppose qu'il ne doit rien non plus aux impôts.

Koulakos éclate de rire.

– Doucement, c'est là le point sensible.

– Pourquoi ?

– Il ne paie pas d'impôts.

– Il est exonéré d'impôts ?

Cette fois Koulakos rit de mon ignorance.

– Il ne paie pas d'impôts parce que le siège de sa société n'est pas en Grèce.

– Alors où ?

– Nous ne le savons pas pour l'instant, nous n'en sommes qu'aux hypothèses. Mais puisque son agence de tourisme est à Londres, il est probable que le siège de sa chaîne hôtelière soit en Angleterre, lui aussi.

Je maudis ma malchance : si j'avais eu l'info une heure plus tôt, j'aurais pu interroger Mrs Trimaine et j'aurais désormais la réponse. Évidemment, j'ai son numéro, je peux l'appeler. J'en parle à Koulakos, qui est d'accord :

– Si tu pouvais la ramener, qu'on puisse l'interroger ensemble, cela nous aiderait beaucoup.

– Que veux-tu apprendre d'autre ?

Il me regarde comme s'il avait affaire à un débile.

– Kostas, mon vieux, quand on parle de l'Angleterre, il ne s'agit pas seulement des îles britanniques. Il y a d'autres îles, comme les Caïman ou les îles Vierges, qui sont des paradis fiscaux...

– Merci de m'avoir éclairé, dis-je sans ironie. J'appelle le sous-chef pour lui demander s'il veut qu'on se rencontre ici ou dans son bureau et je te tiens au courant.

Je regagne mon bureau et appelle le sous-chef. Il partage mon avis.

– Je pense qu'il vaut mieux la faire venir ici, dit-il. L'ambassade d'Angleterre est concernée, je ne veux pas que le ministre râle. Je vous tiendrai au courant.

Je convoque mes adjoints. Ils m'écoutent sans commentaires. Silence. Finalement Dermitzakis prend la parole.

– Tout de même. Le tuer parce qu'il a son siège hors de Grèce, moi je trouve ça excessif.

– Moi aussi, opine Askalidis.

Dervisoglou est songeur.

– Si ses entreprises sont déclarées dans un paradis fiscal, dit-il enfin, alors c'est là peut-être que se cache le mobile du crime.

– Pourquoi ? demande Dermitzakis.

– Les paradis fiscaux sont liés aux sociétés offshore et au blanchiment d'argent.

– Tu en as vu beaucoup qui blanchissent l'argent pour s'adonner à la philanthropie ? demande Koula.

– Non, mais la fondation sert peut-être de paravent.

Le téléphone sonne, c'est le sous-chef.

– Le rendez-vous est aujourd'hui à quatorze heures.

Je consulte ma montre. Midi. J'ai deux heures devant moi.

10

Et ça recommence, toujours la même chanson. Même parcours, de nouveau avec la voiture de patrouille. La seule différence, c'est que cette fois Koulakos me tient compagnie.

– Tu peux m'éclairer un peu ? demande-t-il tandis que nous roulons dans l'avenue Mesoyion.

– À quel sujet ?

– Qui va poser les questions ? Le sous-chef, toi ou moi ?

– Je propose qu'on laisse le sous-chef faire l'introduction, dis-je. Quand il aura fini, tu prendras le relais. De toute façon, c'est à toi de mener l'interrogatoire. Moi, je ne serai présent qu'en tant que responsable de l'enquête. Côté finance, je suis dans le brouillard.

Koulakos se tait, satisfait, car il sait maintenant comment nous allons procéder et il se sent plus sûr de lui.

Nous arrivons au ministère et allons directement voir le sous-chef. Le planton dans l'antichambre me regarde, la perplexité inscrite sur son visage.

– Mais vous étiez ici ce matin, monsieur le commissaire. Pourquoi repartir et faire deux fois le trajet ?

– Si j'avais su, je serais resté. Les Anglais sont arrivés ?

– On les attend.

Tant mieux, nous pourrons informer le sous-chef directement et définir une ligne d'action.

Il nous reçoit debout, le regard sur sa montre.

– Ils ont appelé pour avertir qu'ils seraient là à deux heures et demie. Donc nous avons le temps d'évoquer certains points.

Il attend que nous prenions place sur les chaises devant son bureau, puis poursuit :

– Le ministre nous invite à faire profil bas et à y mettre les formes. Il ne veut pas entendre parler de plaintes du côté des autorités anglaises.

– Je ne pense pas que le problème se posera, le rassure Koulakos. Du reste, il ne s'agit pas d'un interrogatoire. Nous voulons une information, rien de plus.

Sur ce, le planton entre et annonce l'arrivée des Anglais. Mrs Trimaine est toujours accompagnée de son interprète, Hendricks. Le sous-chef les accueille, leur présente Koulakos et nous conduit à la table de conférence.

– Excusez-nous pour le dérangement, mais M. Koulakos a soulevé certaines questions, et comme nous faisons tout pour que l'enquête avance, nous avons jugé bon de vous revoir tout de suite.

– Nous vous écoutons, dit Hendricks.

– En fait, je n'ai qu'une seule question, dit Koulakos. Nous avons mené notre enquête sur la chaîne hôtelière de Paris Fokidis et avons constaté que le siège de la société ne se trouve pas en Grèce.

Koulakos marque une pause et attend que Hendricks traduise. Mrs Trimaine l'écoute, puis elle dit :

– *No, it is not in Greece, it's in the UK.*

Hendricks traduit.

– Où exactement au Royaume-Uni ? demande Koulakos.

Cette fois Mrs Trimaine réagit brusquement. Elle se met à parler vite, et avec son accent anglais, j'ai du mal à suivre.

– Mrs Trimaine demande pourquoi elle doit répondre à cette question et quel rapport cela peut avoir avec l'enquête. Puisque le siège de la société est au Royaume-Uni, cela ne concerne pas les autorités grecques, traduit de nouveau Hendricks.

– Les finances de la société ne nous intéressent pas, explique Koulakos. Nous ne sommes ni le fisc, ni le ministère des Finances. Notre seul souci est d'élucider le meurtre de Paris Fokidis. Du reste, nous pouvons obtenir l'information auprès des autorités anglaises. Simplement, si vous acceptez de répondre, nous gagnerons du temps.

Mrs Trimaine hésite encore un peu puis elle se lance :

– *The head offices of all companies are in the Cayman Islands.* Le siège de toutes les sociétés se trouve aux îles Caïman.

Le sous-chef regarde Koulakos, mais ce dernier reste impassible.

– C'est ce que nous voulions savoir, dit le sous-chef aimablement à Hendricks. Nous vous remercions.

– Vous avez encore des questions ? nous demande-t-il.

– Moi non, déclare Koulakos.

– Moi non plus, dis-je à mon tour.

Le sous-chef, s'adressant alors à Mrs Trimaine :

– Nous vous remercions pour votre aide et nous excusons encore de vous avoir fait revenir.

Mrs Trimaine et Hendricks se lèvent et prennent congé. Le sous-chef les raccompagne à la porte du bureau.

– Quelles sont vos conclusions ? nous demande-t-il, une fois assis.

– Le commissaire Charitos est plus qualifié que moi pour répondre, dit Koulakos en renvoyant la balle dans mon camp.

– La seule chose que je peux dire pour l'instant, c'est que l'image de l'homme d'affaires philanthrope et irréprochable s'effondre.

– Et pourquoi cela ? s'étonne le sous-chef.

Koulakos intervient :

– Parce qu'on ne peut pas d'un côté accomplir de bonnes actions, comme soutenir des étudiants dans le besoin, et de l'autre éviter de payer des millions en impôts car le siège de sa société se trouve dans un paradis fiscal. Nous ne connaîtrons jamais le montant des impôts que Fokidis s'est dispensé de payer, puisqu'il ne déclarait rien en Grèce, mais à mon avis, ce qu'il donnait pour les bourses des étudiants ne représentait que des miettes par rapport à ce qu'il économisait en impôts.

Surpris, je demande :

– Le ministre des Finances qui a pourtant assisté à la réunion ne savait pas que les entreprises de Fokidis ne déclaraient rien en Grèce ?

Le sous-chef hausse les épaules.

– Peut-être. Le ministre n'est pas tenu de savoir qui déclare au fisc.

Il se lève brusquement.

– Je dois rapporter notre discussion au chef. Peut-être qu'il voudra informer tout de suite le ministre. Attendez un instant, au cas où il voudrait que vous soyez présents.

Une fois seuls, Koulakos me demande :

– Entre nous, tu crois que le siège de la société de Fokidis a quelque chose à voir avec son assassinat ? Je trouve ça un peu tiré par les cheveux.

– Pourquoi ?

– Tu sais combien d'entreprises grecques ont leur siège en Bulgarie ou à Chypre ? Il est déjà arrivé qu'on tue quelqu'un pour autant ?

– Non, mais Fokidis était d'une autre envergure. Nous ne savons pas encore ce qu'il cachait derrière sa façade irréprochable.

Nous sommes interrompus par le sous-chef qui entre d'un pas pressé dans le bureau.

– Venez. Le ministre nous attend. Il veut être informé de première main.

– Dans quel pétrin m'as-tu fourré ? me glisse Koulakos à l'oreille, tandis que nous suivons le sous-chef.

Je commence finalement à le trouver sympathique, avec ses remarques et sa lucidité.

Le sous-chef devant et nous en arrière-garde, nous entrons dans le bureau du ministre comme une unité de choc. Le ministre et le chef ont déjà pris place à la table de réunion.

– Je veux être informé dans le détail, nous dit le ministre dès que nous sommes assis.

C'est de nouveau à Koulakos de jouer, mais il n'a pas grand-chose à dire. L'information dans le détail est expédiée en cinq minutes.

– Vous avez l'impression qu'ils sont repartis mécontents ou fâchés ? demande le ministre.

– L'ex-femme de Fokidis ne semblait pas ravie d'avoir à révéler l'emplacement du siège de la société, répond le sous-chef. Mais fâchée, non. Ils ont compris que c'était une information que nous pouvions facilement obtenir des autorités anglaises. Nous ne lui avons pas demandé de dévoiler quelque chose de personnel ou un secret de famille.

– Mais l'ex-femme de Fokidis a peut-être une autre raison d'être inquiète, dit Koulakos.

– Laquelle ? demande le chef.

– Divorce blanc. S'ils étaient restés mariés, le lien avec le paradis fiscal serait plus facilement sorti au grand jour, en raison de l'épouse. En revanche, avec le divorce, cette possibilité passait au deuxième plan.

Je commence à croire que l'assassinat de Fokidis aura pour moi l'avantage de me faire comprendre deux ou trois choses sur l'économie et le fonctionnement des entreprises.

Le ministre rompt le silence.

– Vous pouvez faire usage de l'information sur le siège de la société Fokidis dans le cadre de l'enquête, mais elle ne doit pas transpirer dans les médias.

– Cela ne dépend pas de nous, monsieur le ministre, objecte le chef.

– Je sais, mais j'exige de vous que vous préveniez vos collaborateurs qu'une telle fuite aurait de graves conséquences.

J'interviens pour lui expliquer :

– L'enquête ne se limite pas à la police judiciaire, monsieur le ministre. Nous collaborons avec M. Koulakos de la Délinquance financière, mais aussi avec l'Antiterrorisme. L'enquête s'étend donc à trois services et il nous sera très difficile, le cas échéant, de contrôler les fuites. Et puis, il y a autre chose.

– Quoi donc ? demande le ministre, tandis que tous les regards se tournent vers moi.

– L'image en tout point exemplaire de Paris Fokidis a peut-être empêché certains de parler, de peur de s'exposer. Si l'information sur le paradis fiscal circule, il est possible que les langues se délient et que l'enquête avance.

Les autres se taisent tandis que le ministre réfléchit.

– Je comprends votre raisonnement, me dit-il. Mais avant d'avoir le feu vert, vous attendrez que j'en parle au ministre des Finances. D'ici là, rien ne doit transpirer.

– Je vous remercie, monsieur le ministre, lui dis-je.

– Nous voulons tous faire la lumière sur cette malheureuse affaire, répond-il en se levant, mettant fin à la discussion.

En regagnant la voiture, Koulakos me dit :

– Je me demande comment tu fais pour les supporter.

– Ils n'ont aucune expérience des enquêtes, c'est pour cela qu'il faut tout leur mâcher.

– J'ai pu constater aujourd'hui que tu as toutes les qualités requises pour devenir calife à la place du calife, commente Koulakos, hilare.

Il faut que j'apprenne qui est ce calife qu'il me sort à tout bout de champ.

11

Après la visite au nouveau-né, le programme prévoit une visite guidée du nouvel appartement de la famille. Il se trouve rue Athanasias, à deux pas de la place Plastira. Katérina et Fanis ne voulaient pas quitter Néo Psyhiko, mais ont finalement décidé de louer à Pagrati. D'abord, ils seront plus près du bureau de Katérina qui pourra passer plus facilement chez elle en cas de problème avec l'enfant. Ensuite, Adriani aura moins de chemin à faire pour venir s'occuper de son petit-fils.

C'est un quatre pièces au troisième étage. Ils avaient d'abord pensé prendre trois pièces, avant de juger plus raisonnable d'avoir un espace de travail pour Katérina, quand elle devra rester près du bébé.

Les pièces sont vastes et l'on peut faire tenir sur le balcon une table avec deux chaises pliantes et des plantes. Le séjour et la chambre vont conserver leurs meubles d'avant, et s'y ajoutent le bureau et la chambre d'enfant.

Nous gardons celle-ci pour la fin. C'est la plus petite pièce. Dans un coin, le berceau, déjà surmonté d'une moustiquaire, avec des jouets suspendus à sa tringle.

– Quand Katérina a-t-elle eu le temps d'installer le berceau de Lambros ? s'étonne Mania.

– C'est moi qui l'ai fait, répond Adriani.

– Suis-je bête. Je n'avais pas pensé à la grand-mère.

À côté du lit, une table haute, pour langer le bébé sûrement. Ça au moins, je le sais d'expérience, car nous avions la même pour Katérina.

Contre le mur d'en face, une armoire pareille aux nôtres, mais en plus petit, dont Fanis ouvre les deux battants.

– Là aussi, dit-il, admirez le travail de madame Adriani.

Nous approchons tous. Mania ouvre les tiroirs. Elle s'arrête au troisième.

– À qui sont ces pièces de musée ? demande-t-elle, interloquée.

Un regard me suffit pour reconnaître leur provenance.

– Ce sont les vêtements de Katérina, explique Adriani.

Elle les a exhumés du coffre il y a quelques mois.

– Et Lambros va les porter ? s'étonne encore Mania.

– Porter les vêtements de sa mère, c'est bien, non ? répond Adriani, comme si cela allait de soi.

– Mais c'est un garçon !

Adriani prend son air professoral.

– Ma petite Mania, chez les bébés le sexe n'a pas d'importance. Ils sont tous habillés pareil.

– Les garçons comme les filles ? demande Uli.

– Eh oui. Quand le premier enfant était un garçon, les parents gardaient ses vêtements et ils servaient pour le suivant, même si c'était une fille. On n'avait pas assez d'argent pour tout jeter et tout racheter.

– Parfait, intervient Fanis. Les problèmes d'habillement de Lambros sont résolus. On peut aller manger ?

– C'est toi qui régales ? le taquine Mania.

– Bien sûr. C'est la pendaison de crémaillère.

On se donne rendez-vous à la taverne de Virinis. Fanis a retenu pour six personnes. Ses parents, après avoir fait connaissance avec leur petit-fils, sont rentrés à Volos.

Adriani, Mania et Fanis prennent des plats de viande, Uli des anchois au four, son plat favori, Zissis, toujours frugal, se contente de courgettes sautées et de tzatziki, et moi, je me distingue en commandant des boulettes. Adriani me lance un regard méprisant.

– Toi alors. Si je ne savais pas d'où tu viens, je croirais que tu nous arrives de Syrie ou du Liban.

Les autres éclatent de rire, tandis que j'essaie de me justifier :

– Tu ne m'en prépares jamais. J'essaie de varier les goûts.

Son regard me dit « À d'autres », mais elle ne daigne pas répondre.

– Mon père n'a pas du tout aimé que Lambros ne reçoive pas son prénom, dit soudain Fanis.

Silence gêné. Adriani et moi n'ouvrons pas la bouche, de peur de le blesser, mais il insiste.

– Il ne vous a rien dit ?

– Ta mère m'en a parlé, répond Adriani prudemment, mais elle était surtout étonnée.

J'ajoute :

– Ton père m'en a dit deux mots, oui. Il n'avait pas l'air content.

– Il faudrait peut-être donner à l'enfant le prénom d'un de ses deux grands-pères ? demande Zissis, que la discussion met dans une position délicate.

– Oncle Lambros, répond Fanis, l'époque où l'on donnait aux enfants le prénom de proches parents est révolue. Aujourd'hui on choisit celui de gens qu'on estime et dont on veut se souvenir. Il se trouve que mes parents vivent encore dans le passé.

Je cherche désespérément à détourner la conversation, craignant que les prénoms ne nous gâchent la soirée, et je trouve enfin :

– Quelqu'un a entendu parler d'un homme qui voulait prendre la place du calife ?

C'est tombé comme un cheveu sur la soupe. Tous se regardent.

– D'où ça te vient d'un seul coup ? demande Adriani.

– Un collègue me dit tout le temps que je veux être calife à la place du calife.

Mania éclate de rire.

– C'est le vizir Iznogoud, monsieur Charitos !

– Qui c'est celui-là ?

– Le héros d'une BD. Vous savez ce que c'est, une BD ?

– Comment veux-tu que je sache ?

– Ce sont des histoires qu'on raconte en images.

– Comme les « Classiques illustrés » ?

– Tu connais les « Classiques illustrés » ? s'étonne Fanis.

– Mon cher Fanis, ma marraine était la fille d'un grand avocat. Quand j'étais tout petit, les fonctionnaires prenaient pour parrain de leur enfant une personne du Palais ou un politicien de seconde classe, dans l'espoir de recevoir à Noël le vêtement ou la paire de chaussures qu'ils n'avaient pas les moyens de se payer. Mon père était un simple brigadier. Il n'a trouvé que cet avocat et sa fille non mariée. En plus de me baptiser, elle a voulu que je me cultive. Elle m'a offert le dictionnaire de Dimitrakos, qui me conseille aujourd'hui encore, puis les « Classiques illustrés ».

– Où sont-ils passés ? demande Adriani. Je ne les ai jamais vus. Tu les as jetés ?

– Moi, non. Mon père, oui.

– Pourquoi ? demande Mania.

– Il jugeait que c'étaient des livres communistes. Pour me consoler, il m'achetait chaque semaine *Le Journal de Mickey*.

Fanis reste sans voix.

– Il a remplacé les « Classiques illustrés » par Mickey ?

– Oui, parce que Mickey était américain, il ne pouvait donc pas être communiste.

– Les « Classiques illustrés » étaient communistes ? s'étonne Uli.

– Ça, commente Mania, mon père lui-même, général soutenant la junte, n'y avait pas pensé.

Tout le monde rit, tandis qu'Adriani se signe à son habitude. Le seul à ne pas rire, c'est Zissis.

– Il a fallu que je te connaisse, commissaire, dit-il, pour comprendre à quel point nous sommes proches.

À mon tour de rester sans voix.

– Comment ça ?

– Ton père a jeté les « Classiques illustrés » qu'il jugeait communistes. Nous, nous condamnions les « Classiques illustrés » où l'on voyait l'empreinte du capitalisme, qui empêchait les enfants de lire les vrais textes où ils auraient appris le malheur de l'homme et la nécessité de se battre pour la révolution.

– Heureusement que les « Classiques illustrés » ont disparu, commente Fanis. Nous n'aurons pas à décider s'il faut les interdire à Lambros.

Je ne sais pas qui l'a entendu, car tout le monde s'est jeté sur le repas.

12

Je dois convoquer mon équipe pour les informer, mais j'ai le droit auparavant de savourer mon café et mon croissant. Depuis que nous avons été chargés de l'enquête Fokidis, il ne m'a pas été donné une seule fois de commencer la journée par un café digne de ce nom.

Au fond, ce n'est qu'une tentative désespérée pour me distraire d'une affaire qui m'obsède. J'attends que le sous-chef pointe son nez pour m'annoncer la décision du ministre avant de passer à l'étape suivante.

Je finis mon petit-déjeuner de service et fais venir mon équipe pour une réunion d'information extraordinaire. Dermitzakis laisse échapper un sifflement en apprenant la nouvelle sur le siège de la société Fokidis.

Il y va d'un commentaire bien envoyé :

– Tiens donc. Bienfaiteur des jeunes dans le besoin et voleur de l'État. À la fois au four et au moulin.

– Nikos, tu as le chic pour appeler un chat un chat, dit Koula en riant.

Mais leur bonne humeur s'envole quand je leur dis que le ministre s'oppose à ce que cette information circule.

– Cela signifie que nous ne pouvons pas l'utiliser ? demande Askalidis.

– Nous ne pouvons pas la rendre publique, ce qui nous aurait peut-être ouvert des portes. Il va en discuter avec le ministre des Finances avant de prendre une décision.

Là-dessus, comme par hasard, le sous-chef appelle.

– Nous nageons dans la phobie des responsabilités, dit-il.

– C'est-à-dire ?

– Le ministre des Finances n'a aucune objection à ce que l'information circule, tant qu'elle ne sort pas de son ministère. De son côté, le nôtre ne veut pas que ça parte de chez nous.

– Donnez-moi cinq minutes, je vais y réfléchir, lui dis-je avant de raccrocher.

Je transmets notre conversation aux autres et leur demande leur avis. Après un bref silence, Dervisoglou me dit :

– La solution me paraît simple, monsieur le commissaire.

– À savoir ?

– La prochaine fois que les journalistes rappliquent, vous leur annoncez la nouvelle comme s'il s'agissait d'une simple évolution de l'enquête. Bien sûr, il faudra peut-être attendre un peu, mais vu qu'ils viennent un jour sur deux, nous n'aurons pas pris beaucoup de retard.

– Félicitations, très bonne idée, lui dis-je.

Je renvoie tout le monde pour téléphoner au sous-chef. Je lui fais part de la proposition de Dervisoglou et lui explique que c'est la meilleure solution et la plus anodine.

– Je suis d'accord avec vous, mais cela ne dépend pas de moi. Je transmets au ministre et vous tiens au courant, me répond-il.

Dès que je raccroche, une autre question m'apparaît. Ne devrait-on pas vérifier les comptes bancaires de la société Fokidis et suivre ses transactions, en espérant trouver une piste ?

Pour ces questions, c'est Koulakos le spécialiste. Je l'appelle aussitôt.

– Si tu as un moment, on pourrait discuter d'une idée qui m'est venue à l'esprit ? Et c'est moi qui viendrai à ton bureau car je ne veux pas me la jouer calife à la place du calife. Je ne suis même pas vizir, lui dis-je pour lui montrer que je sais d'où il sort sa vanne.

– Je t'offre même un café, répond-il en riant.

Je monte au quatrième et le trouve en compagnie d'un de ses collaborateurs.

– Stratos, tu dois nous laisser seuls, lui dit-il. Nous avons maintenant un vrai casse-tête à résoudre. Et dis qu'on apporte un café pour le commissaire.

Je lui développe tout de suite mon idée. Il m'écoute sans m'interrompre et à la fin secoue la tête avec fatalisme.

– Ceux qui ont leur argent dans les paradis fiscaux savent créer un dédale de comptes afin qu'il soit impossible de contrôler et localiser les transferts de capitaux. Nous allons chercher, mais ne t'attends pas à un coup de filet spectaculaire.

Je bois une gorgée du café qu'on m'a entretemps apporté et je demande :

– Il en va de même avec l'argent transféré sur le compte de la fondation Fokidis ? Peut-être qu'il nous sera plus facile de trouver un fil conducteur ?

Koulakos change d'attitude.

– Ça, c'est une bonne idée. Il serait utile de savoir comment est financée la fondation. Mais il me faut une autorisation pour fouiller dans leurs comptes. J'espère qu'ils ne vont pas faire de l'obstruction pour éviter d'étaler leur linge sale.

Il se tait, me regarde et éclate de rire.

– Bravo, mon vieux. Maintenant tu veux être la Banque centrale à la place de la Banque centrale.

Je ne dis rien. Je bois mon café et me retire. Il n'y a pas plus ennuyeux que ceux qui ne savent plus quelle vanne inventer.

Deux questions me taraudent dès que je m'assois à mon bureau. La première est de savoir si le ministre va accepter ma proposition. Et la deuxième concerne la façon dont on pourrait accélérer la diffusion de l'info.

La réponse à la première question ne tarde pas. Le sous-chef m'appelle pour me dire que le ministre n'a aucune objection à faire circuler la nouvelle auprès des rédactions.

L'autorisation du ministre me laisse le champ libre, mais en même temps ajoute au casse-tête. Comme je ne trouve pas de solution, j'appelle mes collaborateurs pour me rafraîchir les idées. Je leur explique où nous en sommes mais, à part Dervisoglou qui affiche un air de satisfaction, ils sont profondément perplexes.

– Un coup de fil anonyme réglerait le problème, dit Askalidis.

– Oui, mais si l'un des journalistes le mentionne, tout le ministère comprendra que ça vient de nous, objecte Dermitzakis.

– Et pourquoi on n'organiserait pas une conférence de presse ? Ouvertement et officiellement, insiste Askalidis.

– Pour la même raison invoquée par Nikos. Parce qu'ils diront que nous avons provoqué l'événement, lui répond Koula.

C'est dans ces moments-là que Guikas me manque. Si je l'avais encore sur le dos, j'aurais convoqué les journalistes, il m'aurait crié dessus, mais m'aurait couvert comme il faut le faire dans ces cas-là. À présent je dois faire attention. Koulakos a peut-être raison quand il dit que je veux être calife à la place du calife.

– Nous sommes coincés. Laissez-moi parler au sous-chef et je vous tiens au courant.

Tandis que je l'appelle, il me vient une idée qui pourrait me sortir de l'impasse.

– Nous sommes pris au piège, lui dis-je dès qu'il décroche. Nous attendons que les journalistes se manifestent, mais cela peut prendre des jours et entretemps l'enquête piétine.

– Je comprends, mais si vous m'appelez, je suppose que vous avez quelque chose en tête, répond-il en riant.

Je lui expose mon idée et il y réfléchit.

– Je la trouve bonne, dit-il enfin. Allez-y et je dirai au chef que nous n'avions pas d'autre solution pour faire avancer l'enquête.

Nous raccrochons et j'appelle Koula.

– Je veux que tu me trouves le numéro de Merikas et qu'on l'appelle de mon bureau.

Elle me regarde, surprise, mais ne fait aucun commentaire. Elle revient bientôt.

Dès que j'ai Merikas au bout du fil, je lui dis :

– Cela fait longtemps que je ne vous ai pas vus, vous et vos collègues, M. Merikas. Les médias ont donc perdu tout intérêt pour l'affaire Fokidis ?

Suit un silence, avant sa réponse embarrassée.

– D'après ce que nous savons, il n'y a aucune évolution, monsieur le commissaire. La police semble encore dans le brouillard.

– Si votre prédécesseur pouvait vous entendre, il vous passerait un savon, lui dis-je en riant.

– Quel prédécesseur ? s'étonne-t-il.

– Feu Sotiropoulos. Lui, il soutenait que ce n'est qu'en harcelant sans relâche la police qu'on arrive enfin à en tirer quelque chose. Heureusement vos collègues et vous, vous m'épargnez une telle pression.

Il ne répond pas tout de suite.

– Alors vous me conseillez de venir ? demande-t-il avec hésitation.

– Je ne fais pas de déclarations personnelles, M. Merikas, parce que ce serait du favoritisme et cela risquerait de susciter des antagonismes, lui dis-je avant de raccrocher.

Koula a suivi la conversation.

– Vous croyez qu'il mordra à l'hameçon ?

– Ce qu'il faudrait, c'est qu'il avertisse ses confrères. S'il vient seul, nous y perdrons tous les deux.

Je fais revenir mon équipe pour ne pas me ronger les sangs en attendant.

– C'est un bel hameçon, monsieur le commissaire, dit Dermitzakis.

– Mais bel hameçon n'apporte pas toujours poissons.

En disant cela, je pense à Guikas qui est peut-être en train de pêcher en Eubée.

– Vous croyez qu'ils vont venir ? me demande Askalidis.

– Moi, je n'en doute pas une seconde, répond Koula à ma place.

– Pourquoi ? lui demande Dervisoglou.

– Parce qu'ils vont se passer le mot. À partir du moment où Merikas a compris qu'il ne peut pas avoir la primeur, il va en parler aux autres et ils vont venir tous ensemble.

Brusquement, il me vient à l'esprit que s'ils commencent à poser des questions sur les finances de Fokidis, Koulakos est le seul qualifié pour répondre. Moi, je n'y comprends rien.

Je renvoie mon équipe et appelle Koulakos pour lui expliquer ce qui se trame.

– D'accord, je me tiens prêt. Fais-moi signe dès qu'ils arrivent.

Environ une heure après, du tapage dans le couloir. J'ouvre ma porte et tombe sur un attroupement. En me voyant, tous se taisent.

– Venez dans mon bureau, leur dis-je, qu'on puisse parler tranquillement. Je n'aimerais pas qu'un de mes collègues entende mes déclarations.

Ils restent tous silencieux en attendant que je prenne la parole.

– La police souhaite que les médias soient informés régulièrement sur une affaire aussi grave, même s'il n'y a pas d'évolution bouleversante, leur dis-je en guise d'introduction.

– Vous voulez dire que vous nous avez fait venir jusqu'ici sans avoir quelque chose de nouveau à nous apprendre ? demande le petit jeune au T-shirt.

– Tu peux laisser le commissaire terminer ? lui dit Merikas d'un ton sévère.

Le petit jeune lui lance un regard de travers, mais se tait.

– L'enquête est en cours et nous en sommes encore à réunir de nouveaux éléments au compte-gouttes. La seule chose que nous avons pu établir avec certitude, c'est que la chaîne hôtelière de Paris Fokidis n'avait pas son siège en Grèce.

Le silence se fait et les journalistes se regardent. Comme je m'y attendais, la nouvelle leur semble tombée du ciel.

– Et où se trouve ce siège ? demande Merikas.

– Quelque part au Royaume-Uni, dis-je vaguement.

– Où précisément ? insiste-t-il.

– Je vais appeler mon collègue Ilias Koulakos, de la Délinquance financière, qui est plus compétent sur ces questions.

– Je flaire la société offshore, lance Steryiou.

– M. Koulakos saura vous répondre mieux que moi, dis-je en attrapant le téléphone pour l'appeler.

Koulakos arrive aussitôt et leur donne une réponse générale, avec de vagues explications. Il ne mentionne à aucun moment l'ex-femme de Fokidis.

– Comment avez-vous découvert la structure offshore mise en place par Paris Fokidis ? lui demande la petite en collant rose.

– Je ne peux pas révéler les sources de l'enquête financière car elles sont protégées par le secret professionnel, répond Koulakos.

– Vous pensez que ces nouveaux éléments vont faire avancer l'enquête ? demande Steryiou.

– Ils nous ouvrent sans doute de nouvelles perspectives, mais il est encore bien trop tôt pour prévoir quelles conséquences ils auront sur la suite de l'enquête.

Ils se regardent entre eux, mais n'ont pas d'autre question. Ils sont évidemment pressés de regagner leurs postes pour publier ou diffuser l'information.

– Félicitations, Ilias, dis-je à Koulakos. Tu as tout dit sans rien dévoiler, surtout en ce qui concerne l'implication de l'ex-Mme Fokidis dans les finances de la société. Le ministre des Finances ainsi que le nôtre n'y trouveront rien à redire.

– Qu'attends-tu des journalistes ?

– Regarde les infos ce soir et tu comprendras.

– Tu pourrais m'expliquer un peu ?

– S'ils ont eu le temps de faire passer l'information et de susciter des discussions et des débats, la pêche aura été bonne. Si la nouvelle n'a droit qu'à un entrefilet, nos perspectives seront réduites.

Koulakos se retire et j'appelle le sous-chef pour lui rapporter mon entretien avec les journalistes.

– Par conséquent, tout s'est déroulé comme vous l'aviez prévu, dit-il.

– Oui, reste à voir s'il en sortira quelque chose qui pourra nous aider.

Nous raccrochons et je m'esquive en direction de la cafétéria. Il me faut d'urgence un autre café.

13

C'est l'une des rares fois où, à mon retour, l'appartement est dans le noir. Adriani ne s'absente presque jamais en fin de journée. Normalement je devrais m'inquiéter, mais l'existence de Lambros est mon calmant. Adriani se trouve sûrement avec lui.

J'allume les lumières et la télévision. Les infos dans dix minutes. J'assiste avec indifférence aux dernières scènes d'un documentaire, maudis le défilé des pubs, mais ma patience va être récompensée.

Notre déclaration commune, à Koulakos et moi, passe en premier. Nous avons atteint notre but. C'est la révélation d'un scandale, il est vrai.

La présentatrice appelle le petit jeune en T-shirt pour l'inévitable discussion et la confirmation de ce qui va de soi. Le jeune homme a enfilé un veston sur son T-shirt, pour faire plus chic aux yeux des téléspectateurs.

– Quelle est ton opinion sur la nouvelle tournure prise par l'affaire Fokidis, Phédon ? Crois-tu qu'il faut s'attendre à d'autres révélations dans les prochains jours ?

– Commençons par le plus facile, Mona. D'abord, c'est le mythe de l'homme d'affaires philanthrope qui s'effondre. Ce que Fokidis dépensait pour l'éducation d'étudiants sans ressources n'est rien à côté des millions d'euros qu'il a soustraits aux impôts. Ses bourses et son foyer, c'était de la poudre aux yeux. Mais il y a dans l'affaire une autre dimension, qui comptera davantage sans doute pour l'enquête.

– C'est-à-dire ?

– Les sociétés offshore et celles installées dans des paradis fiscaux ont souvent des ramifications invisibles, des liens avec des activités obscures, le crime organisé peut-être. C'est dans cette direction, je crois, que la police va chercher.

D'accord, cette théorie se vérifie un peu partout, mais je me demande quelles peuvent être les ramifications invisibles dans le cas de l'hôtellerie et des voyages. D'un autre côté, en économie je suis nul. Adriani elle-même fait mieux. Il faudra que j'en parle avec Koulakos, mais aussi avec Karabetsos.

La présentatrice passe à l'actualité politique. J'éteins le poste, car de ce côté-là rien ne change, et d'autre part j'entends la clé dans la porte, annonçant le retour d'Adriani.

– Tu es là ? s'écrie-t-elle, surprise.

– Je suis rentré pour voir les infos, à propos d'une affaire qui nous tracasse.

Elle ne pose pas de questions. Mes affaires sont le moindre de ses tracas.

Elle s'écroule sur le canapé en soupirant.

– Je n'en peux plus.

– Pourquoi ?

– Katérina est rentrée chez elle avec le bébé. J'ai dû l'aider à s'organiser. Je vais y aller tous les jours, toute seule elle n'y arrivera pas.

– Et la femme que Zissis se charge de lui envoyer ?

– Il faut d'abord qu'il la choisisse. Cela peut prendre quelques jours. Et quand elle viendra, il lui faudra le temps de s'adapter.

La voyant décidée à ne pas lâcher sa fille et son petit-fils, je n'insiste pas.

– Que pense Lambros de son nouvel environnement ?

L'expression d'Adriani change d'un coup.

– Il est si calme ! dit-elle, enthousiaste. Nous l'avons mis dans son berceau et il n'a pas bronché. Quand il tète, seulement, il est pris de panique et s'agrippe à sa mère, comme s'il avait peur de manquer.

Nous rions tous les deux. Elle se lève.

– Je vais préparer le dîner, mais n'attends rien de spécial. Des pâtes et des brocolis en salade.

Je la suis dans la cuisine pour lui tenir compagnie et constate qu'elle est passée au supermarché.

– Tu as eu le temps de faire les courses ?

– Que veux-tu, répond-elle en faisant bouillir l'eau des pâtes. Demain matin je devrai partir tôt, je n'aurai pas le temps.

Je me sens mal à l'aise de ne pas pouvoir l'aider. Pas seulement à cause de Paris Fokidis : je suis incapable de faire les courses. Le supermarché, pour moi, est un labyrinthe.

– Je te tire mon chapeau, dis-je pour manifester mon respect.

Elle me regarde.

– Je le sais tout de même, depuis le temps : les policiers ne tirent pas leur chapeau. Ils saluent comme les militaires.

Satisfaite de m'avoir cloué le bec, elle achève de ranger les courses, puis appelle Katérina. Elle tombe sur Fanis, apprend les dernières nouvelles et retourne à la cuisine préparer la sauce pour les pâtes. Mon portable sonne.

– Vous êtes devant la télévision, monsieur le commissaire ?

C'est le sous-chef.

– Non. J'ai éteint après le reportage sur Fokidis.

– Rallumez, une surprise vous attend.

Je saute de ma chaise.

– Quelle mouche t'a piqué ? lance Adriani derrière moi.

Je n'ai pas le temps de lui expliquer. Sur l'écran apparaît en haut à droite la légende « Dernière minute ». Et au-dessous : « Nouvelle déclaration des assassins de Paris Fokidis ».

C'est énervant, la présentatrice parle de nouveau avec Phédon, alors que je veux savoir ce que contient l'annonce et comment elle est parvenue à la chaîne. Heureusement, c'est de cela qu'ils discutent.

– L'élément intéressant, dit-elle, c'est que l'appel est arrivé dès la fin du bulletin d'information.

– Oui, répond-il, ce qui veut dire qu'ils ont suivi les infos. On s'en doutait.

– D'accord, dit-elle, mais on peut se demander comment ils ont pu écrire leur message, et le calligraphier en plus, en si peu de temps.

– C'est le moment de montrer à nouveau la déclaration.

– En expliquant d'abord comment elle nous est parvenue.

– Le rédacteur en chef a reçu un appel anonyme. L'inconnu l'a orienté vers une benne à ordures, en face de l'entrée de la chaîne, où l'on a trouvé l'annonce dans un vieux sac à main.

Et le texte apparaît à l'écran.

> *Nos félicitations à la police qui a découvert pourquoi Paris Fokidis a été exécuté. Il a payé son hypocrisie. On ne peut pas jouer les bienfaiteurs et en même temps escroquer l'État. On ne peut pas faire le bien avec de l'argent volé aux retraites, à la santé et aux nécessiteux.*
>
> *Mort aux hypocrites !*
> *L'Armée des Idiots Nationaux*

– À table ! crie Adriani depuis la cuisine.

Avant que j'aie pu me lever, mon portable sonne.

– J'attends votre commentaire, dit le sous-chef.

– C'est la première fois que je vois des terroristes féliciter la police. Je vais en parler à Karabetsos, mais je suis presque sûr qu'il dira la même chose.

– J'avoue que moi aussi, je suis sidéré. Mais maintenant nous connaissons le mobile. Votre idée était la bonne. Ce qui m'a impressionné, c'est aussi la rapidité de la réaction.

– Ils n'ont pas écrit leur texte après l'émission. Ils le tenaient prêt et l'ont envoyé en apprenant que nous avions trouvé le mobile.

Un silence.

– Je n'y avais pas pensé, je l'avoue. Attendez-vous à une réunion demain. On ne m'a pas encore prévenu, mais j'en suis sûr.

– Très bien, mais pas trop tôt si c'est possible. Je veux d'abord en discuter avec Koulakos et Karabetsos. J'aimerais connaître leurs impressions.

– D'accord, je vous ferai signe.

Je raccroche et passe dans la cuisine. Adriani a servi et m'attend.

14

Toute la nuit, je suis réveillé par les éclairs et les coups de tonnerre. Au matin il tombe des cordes. Je maudis ma malchance : je sais que je n'éviterai pas la réunion avenue Mesoyion, ce qui implique un trajet sous une pluie battante dans une ville paralysée à la première averse. Mon seul espoir est que la pluie cesse avant la fin de ma conversation avec Koulakos et Karabetsos.

– Quelle poisse ! proteste Adriani. Dieu a bien choisi son jour pour nous arroser, alors que je dois aller tôt chez mon petit-fils.

– Je t'emmène, mais dépêche-toi, une rude journée m'attend, moi aussi.

Elle s'habille sans plus attendre. Ce qui lui prend moins de temps que de remplir le sac de courses dans la cuisine.

– Qu'est-ce que tu vas faire de tout ça ?

Elle s'interrompt et me jette ce regard qui me range parmi les attardés mentaux.

– Tu ne comprends pas ? Qu'est-ce qu'on va manger, Katérina et moi, à midi ? Et Fanis, ce soir ?

Puis elle sourit.

– Mais ne t'en fais pas, tu ne resteras pas à jeun. J'ai pris un Tupperware et je rapporterai quelque chose pour nous aussi.

À peine arrivé rue Merkouri, mon calvaire commence. Ça bouchonne tout de suite et je ne sais pas ce qui m'agace le plus, les embouteillages ou les coups de klaxon assourdissants.

– Vous allez la boucler à la fin ? proteste Adriani hors d'elle.

La situation s'améliore un peu rue Eratosthenous et j'arrive à tourner dans la rue Athanasias.

– Tu ne montes pas voir Lambros ?

Adriani a frappé là où ça fait mal, car j'espérais avoir le temps de voir mon petit-fils.

– Je dois d'abord passer au bureau avant d'aller avenue Mesoyion. Embrasse-le pour moi.

Je tourne rue Aristoxenous, puis de nouveau rue Eratosthenous, pour prendre l'avenue Vassileos Konstandinou, mais la sortie est complètement bouchée. Il me faut environ une demi-heure pour atteindre l'avenue Alexandras.

Je fais une croix sur le croissant et monte dans mon bureau, un café à la main. Je dis à Stella d'appeler Koulakos et Karabetsos. Je jette un coup d'œil dans le bureau de mes adjoints et les trouve réunis au grand complet.

– Prends Askalidis avec toi et allez à la chaîne qui a diffusé la déclaration, dis-je à Dermitzakis.

– On veut bien y aller, mais avec la pluie, la benne où ils l'ont laissée doit être remplie d'eau et on ne trouvera rien, me répond-il.

– Ça ne fait rien. La déclaration et le sac à main doivent être sur le bureau du directeur de la rédaction. Repérez l'endroit où se trouvait la benne et rassemblez le plus d'informations possible. Il y a peut-être d'autres indices qui n'ont pas été évoqués au journal télévisé.

Je les laisse et monte dans le bureau de Guikas, mon café à la main. Karabetsos est déjà là. Koulakos fait son apparition peu après, lui aussi avec un café.

– Félicitations, me dit Karabetsos. Ilias m'a dit. Le coup a réussi.

– Oui, mais maintenant il faut discuter de la prochaine étape. C'est pour ça que je voulais vous voir.

Koulakos s'apprête à commencer, mais le téléphone l'interrompt. J'entends la voix de Stella :

– Le sous-chef voudrait vous parler.

– Monsieur le commissaire, on vous attend pour la réunion, me dit-il lorsque Stella me le passe.

– Bien, mais je propose de prendre avec moi le commissaire Karabetsos et le commissaire Koulakos. Leur avis nous sera utile.

– Aucune objection, me répond-il, et nous raccrochons.

– Tu as encore réussi à nous embarquer, me dit Koulakos en apprenant que nous allons tous les trois à la réunion.

– C'est vous les spécialistes en matière d'argent et de terrorisme. Vous en parlerez mieux que moi.

Je dis à Stella de nous procurer une voiture de patrouille, et cinq minutes après, on démarre. La pluie a un peu diminué d'intensité, mais pas la circulation. Même avec la sirène, le trajet jusqu'à l'avenue Mesoyion s'avère difficile et nous restons souvent bloqués.

Je profite du parcours d'obstacles pour donner à Koulakos et Karabetsos une vue d'ensemble et les préparer aux sujets qui d'après moi seront abordés.

Heureusement, Stella a pensé à nous équiper d'un parapluie, sinon nous aurions eu besoin d'un sèche-linge en arrivant au ministère. Nous laissons le parapluie dans l'antichambre et entrons directement dans le bureau du sous-chef.

– Ce n'est pas le meilleur jour pour se déplacer, nous dit-il.

Puis il se lève et se dirige vers la table de réunion autour de laquelle nous prenons tous place.

– Eh bien, je suis impatient d'entendre votre avis après l'arrivée de cette deuxième déclaration. Vous pensez que nous avons affaire à un acte terroriste atypique ?

Koulakos et moi nous tournons vers Karabetsos. Dès l'instant qu'il est question de terrorisme, c'est lui le spécialiste.

– S'il s'agit bien d'un acte terroriste, monsieur le sous-chef, dit-il, il est certainement atypique. Nous sommes face à une affaire où chaque acte des malfaiteurs contredit le précédent.

– Vous pourriez me l'expliquer un peu mieux ?

– Commençons par l'assassinat. Poser une bombe dans un véhicule renvoie au crime organisé. Or, cette exécution est suivie d'une déclaration qui annule la version du crime organisé. Jusqu'à présent, aucun gang n'a jamais publié de déclaration à la suite d'un assassinat.

– Et s'il l'avait fait pour nous induire en erreur ? demande le sous-chef.

Koulakos objecte aussitôt :

– Et ils auraient divulgué une déclaration manuscrite et calligraphiée ?

– Avant d'en venir à la calligraphie, voyons d'abord d'autres incohérences, poursuit Karabetsos. En premier lieu, les groupes terroristes font toujours référence dans leur première déclaration à la raison pour laquelle la victime a été exécutée. Ici, c'est la deuxième déclaration qui confirme le mobile découvert par la police. S'ajoute à cela le fait que les déclarations sont manuscrites. Jusqu'à ce jour, je n'ai jamais vu de déclaration terroriste écrite à la main, pas plus en Grèce qu'à l'étranger.

– Et qu'en déduisez-vous ? demande le sous-chef.

– C'est là toute la difficulté. Si c'est le crime organisé qui est à l'origine de l'assassinat de Fokidis, ça ne colle pas avec les déclarations. Le crime organisé n'a aucun intérêt à divulguer un assassinat, à crier sur les toits son mobile et à engager un dialogue avec la police. D'un autre côté, les déclarations terroristes reproduisent toutes le même modèle qui repose sur deux axes : le mobile de l'assassinat et la position idéologique de ses auteurs. Dans le cas de Fokidis, le mobile n'apparaît pas dans la première déclaration, il est dévoilé dans la deuxième, mais aucune des deux ne comporte d'argumentation idéologique. J'imagine que nous sommes tous d'accord sur le fait que « Mort aux hypocrites » ne constitue pas une prise de position.

Karabetsos se tait dans l'attente d'une réaction, mais son analyse a été exhaustive et ne suscite pas de questions.

Le sous-chef se tourne alors vers Koulakos.

– Et vous, que pensez-vous de cette affaire ? Vous croyez aussi que les sociétés offshore et celles qui ont leur siège dans des paradis fiscaux ont le plus souvent des transactions et des relations occultes avec le crime organisé ?

– C'est désormais admis, monsieur le sous-chef, répond Koulakos. Il faut cependant être prudent. Toutes les sociétés offshore ayant leur siège dans des paradis fiscaux n'entretiennent pas forcément des liens avec le crime organisé.

– Vous pensez que cela vaut la peine de chercher dans cette direction ?

– Nous pourrions ouvrir une enquête en Grèce. Mais faute d'éléments, aucune police étrangère ne nous aidera. Leur aide dépend des indices que nous pourrions leur fournir.

– Autrement dit, nous avons peu d'espoir, commente le sous-chef en se tournant vers moi. Je n'ai pas encore entendu votre point de vue, monsieur le commissaire.

– Je pense, comme mes collègues, que tous les fronts sont ouverts. Avec ce dont nous disposons jusqu'à présent, nous ne pouvons exclure aucune éventualité. Une seule chose est sûre, c'est que l'assassin n'a pas agi seul. Il avait des complices, comme l'a démontré l'enquête menée sur les lieux du crime. L'autre élément intéressant, c'est que les suspects potentiels sont tous des hommes et des femmes autour de la cinquantaine. Mais au point où nous en sommes, beaucoup de choses vont dépendre de la suite des événements.

– C'est-à-dire ? demande le sous-chef.

– S'il y a d'autres assassinats, il faudra bien admettre que nous avons affaire à un groupe terroriste, même atypique. Mais si Fokidis reste la seule victime, alors cela relève du crime organisé ou d'un quelconque règlement de comptes. Dans les deux cas, nous devons admettre que les auteurs brouillent les pistes avec leurs déclarations.

– Cela signifie que nous sommes pris en otages. Nous devons attendre la suite.

– Pas forcément. Entretemps, le commissaire Koulakos peut mener une enquête en Grèce pour vérifier si Fokidis entretenait des liens avec le crime organisé.

– Et de notre côté, nous allons enquêter dans les milieux anarchistes, au cas où nous pourrions glaner quelques renseignements, ajoute Karabetsos.

– Bien, nous avons donc défini la marche à suivre, dit le sous-chef en se levant.

Nous sommes prêts à partir, quand le téléphone sonne. Le sous-chef décroche.

À un moment, nous l'entendons dire à son interlocuteur :

– Le commissaire Charitos est là.

Il achève sa conversation, raccroche et se tourne vers moi.

– Commissaire, vous allez devoir rester. Le chef veut nous voir.

Il attend le départ de Karabetsos et Koulakos pour m'éclairer.

– Le chef a dans son bureau l'avocat des entreprises de Fokidis. Il souhaite que nous soyons présents.

Nous nous rendons dans le bureau du chef. L'avocat, un sexagénaire en costume cravate, est assis en face de lui. Le chef nous le présente :

– Maître Dionysis Sofianos.

Puis il nous invite à nous asseoir. Nous prenons deux chaises de la table de réunion. Le sous-chef prend place à côté de l'avocat, et moi à sa suite, en troisième position.

– M. Sofianos a des questions en rapport avec les nouvelles qu'il a entendues hier soir à la télévision concernant le siège de la société Fokidis, nous informe le chef.

L'avocat attend la fin de l'entrée en matière pour prendre la parole.

– En effet, hier soir au journal télévisé, il y a eu toute une discussion à propos du siège de la société Fokidis. En tant que représentant juridique de la société, mais aussi de la famille, j'ai le droit de savoir comment cette information est parvenue aux médias.

Le chef et le sous-chef me regardent. Je comprends que c'est à moi que revient le gros lot.

– Au cours de l'enquête, nous avons constaté que le siège de l'entreprise hôtelière de Fokidis ne se trouvait pas en Grèce. Lorsque nous avons rencontré son ex-épouse et collaboratrice, elle nous a appris que le siège de toutes les entreprises se trouvait aux îles Caïman.

– Dernièrement on a fait beaucoup de tapage autour des sociétés offshore et des entreprises dont le siège est basé dans des pays où elles bénéficient d'allègements fiscaux, proteste l'avocat. Tout ce tapage est dû davantage à la recherche de scandales qu'à une quelconque infraction à la loi. Ces sociétés fonctionnent tout à fait légalement. L'exonération d'impôts est légale, c'est la fraude fiscale qui ne l'est pas. La fraude va dans la poche de celui qui fraude, tandis que l'exonération permet de nouveaux investissements. C'est exactement ce que faisait Fokidis avec ses entreprises. Et même davantage. En plus des emplois qu'il créait, il avait mis en place un système d'aide à de jeunes étudiants. Il est par conséquent injuste et offensant de salir sa mémoire, surtout après une mort aussi horrible.

– Personne n'a l'intention de salir la mémoire de Paris Fokidis, dit le chef. Simplement, dans le cadre d'une enquête, nous sommes contraints d'examiner toutes les pistes.

– Cela, je peux le comprendre, répond l'avocat. Ce que je ne comprends pas, c'est la fuite dans les médias.

Je décide d'intervenir.

– Il n'y a eu aucune fuite. Les informations que nous choisissons de donner aux journalistes nous en apportent parfois d'autres qui peuvent s'avérer utiles à l'enquête. Par ailleurs, la deuxième déclaration des auteurs de l'assassinat affirme que leur mobile était l'escroquerie de Fokidis. Il était donc normal que nous cherchions dans cette direction.

– La famille Fokidis est exaspérée par cette fuite, déclare Sofianos.

Et nous comprenons aussitôt qui est à l'origine de sa visite.

– Notre but est d'élucider le meurtre de Paris Fokidis le plus rapidement possible, lui dit le chef. Sur ce point, j'imagine que nous sommes tous d'accord.

– Entièrement d'accord, s'empresse de répondre l'avocat.

– Je prierai donc la famille Fokidis de nous informer dorénavant à l'avance si elle considère qu'une information est confidentielle, afin qu'on puisse lui expliquer jusqu'à quel point on peut garder le secret dans le cadre d'une enquête policière.

– Je le lui ferai savoir, dit l'avocat qui se lève et serre la main du chef.

Quant à nous, il nous expédie d'un signe de tête.

– À quoi rimait ce show ? nous demande le chef, une fois Sofianos parti.

– À une tentative d'intimidation, lui répond le sous-chef. Il veut que nous gardions le silence chaque fois que l'ex-épouse nous livre une information.

Je dis au chef :

– Vous avez très bien fait de lui dire que c'était la police qui décidait si une information devait ou pas rester confidentielle.

Le chef hoche la tête et sourit avec satisfaction.

– La vie continue, commente-t-il. Fokidis est mort, mais les intérêts sont encore bien vivants.

Je demande à la secrétaire du sous-chef de mettre une voiture à ma disposition pour rentrer au bureau.

La pluie a redoublé d'intensité.

15

Dans la voiture de patrouille, dispensé de conduire sous la pluie, je me paie le luxe de réfléchir à l'intervention de l'avocat. J'aboutis à deux hypothèses.

La première est qu'en tant qu'avocat de la famille, il se croit obligé de protéger sa bonne réputation. Quand il a entendu les commentaires des journalistes et lu l'accusation d'hypocrisie dans la deuxième déclaration, il a décidé d'intervenir pour mettre un frein à ce qu'il considère comme une calomnie. Jusqu'ici, rien que de très normal.

La seconde hypothèse est plus hasardeuse. Il se pourrait qu'il y ait du linge sale caché dans les affaires de la famille. Auquel cas l'avocat chercherait à devancer l'enquête, ou du moins à s'informer régulièrement pour savoir à temps quand et comment intervenir.

La seconde hypothèse est pour nous la plus intéressante. Il faudra que je demande à Koulakos d'élargir l'enquête aux finances de Fokidis pour s'assurer qu'il n'y a pas de blanchiment d'argent là-dessous.

Je passe par la cafétéria pour prendre le croissant manqué ce matin et un second café. Dans le bureau de mes adjoints, Dermitzakis et Askalidis m'attendent. Je leur dis de venir à mon bureau dans dix minutes, le temps de manger mon croissant.

Ils se pointent au moment de la dernière bouchée. Dermitzakis pose sur mon bureau un sac à main marron visiblement usé.

– La déclaration était dedans ? dis-je.

– Exact, répond Askalidis. Elle y est encore, pliée, comme lorsque le rédacteur en chef l'a trouvée.

J'hésite à l'ouvrir, de peur d'effacer les empreintes, puis je me dis que le mal est fait. Elle a dû passer en de nombreuses mains et de toute façon ces types ont sûrement veillé à ne pas laisser d'indices.

Je sors malgré tout mon mouchoir pour ouvrir le sac et en sors le papier.

– Appelle Koula et Fotis, dis-je à Askalidis.

Puis, quand ils sont rassemblés :

– Jetez un coup d'œil à tout ça et dites-moi ce que vous en pensez.

Ils s'approchent.

– C'est le sac d'une femme de cinquante ans ou plus, dit aussitôt Koula.

– Comment peux-tu en être sûre ? demande Dermitzakis.

– Les jeunes femmes d'aujourd'hui ont un sac à dos ou portent leur sac à l'épaule.

– La femme au portable, sur le lieu du crime, avait cet âge-là, remarque Dervisoglou.

– Si ça continue, s'esclaffe Koula, on va tomber sur un terroriste de quatre-vingts ans armé d'une kalachnikov !

– L'un d'eux a peut-être volé le sac de sa mère, dit Askalidis.

– Attends, répond Dermitzakis, il y a mille autres façons de se procurer un vieux sac à main.

– Je trouve ça tiré par les cheveux moi aussi, dis-je, mais c'est à l'Antiterrorisme d'étudier nos trouvailles, pas à nous.

Et je mets fin à la réunion.

Quand ils sont partis, j'appelle Stella et lui demande de faire venir Karabetsos et Koulakos. Karabetsos arrive le premier, comme d'habitude.

– Pourquoi le sous-chef t'a-t-il retenu ? me demande-t-il.

Je leur rapporte la conversation avec l'avocat de la famille. Je demande à Koulakos :

– Tu penses qu'il y a quelque chose de sale dans cette affaire, du genre blanchiment d'argent ?

Il hausse les épaules et sa réponse confirme mon impression :

– Je pense que l'avocat veut être informé au plus tôt pour mieux intervenir.

– Tu crois qu'il serait bon d'examiner les comptes de Fokidis ?

Il hausse de nouveau les épaules.

– On aura beau chercher, si leur siège est aux îles Caïman, les gens de là-bas seront muets comme une tombe.

– À moins qu'on ne mette le nez dans ses bonnes œuvres, dit Karabetsos.

– Comment ça ? s'étonne Koulakos.

– S'il a caché quelque chose en Grèce, il a dû le planquer dans les bourses ou le foyer.

Je me souviens soudain de ce qu'on m'a dit : la fondation était financée par Fokidis lui-même, sans intervention de ses sociétés. Je transmets l'info à Koulakos et il saute de sa chaise.

– Dans ce cas, il faut absolument examiner les comptes de la fondation.

Nous sommes tous d'accord. Je prends alors le sac à main laissé sur une chaise et le pose sur la table.

– C'est quoi, ça ? s'écrient-ils.

J'explique. Karabetsos ouvre le sac, en sort la déclaration, y jette un coup d'œil, puis nous regarde.

– Je suis un vétéran de l'antiterrorisme, mais je peux vous dire que je n'ai jamais vu ça. L'écriture manuscrite, la calligraphie, l'absence de revendication au début, le sac à main, et par-dessus le marché ce nom idiot. Les terroristes se croient plus malins que les autres, alors que vient faire l'idiotie là-dedans ? Et en plus du reste, il y a l'âge des auteurs.

– Tu connais leur âge ? s'étonne Koulakos. Bravo !

– Ne me prends pas pour un génie. D'abord, les jeunes d'aujourd'hui ne savent plus écrire à la main, et encore moins calligraphier.

– C'est peut-être une ruse pour nous lancer sur une fausse piste, objecte Koulakos.

– Et puis regardez-moi ce sac démodé. Une jeune femme n'en voudrait pas.

– Tout cela correspond à l'âge du couple aperçu à l'hôtel, dis-je.

– Donc, nous sommes à la recherche de quinquagénaires terroristes ? s'étonne Koulakos.

– Ou même de retraités, sourit Karabetsos.

– Et la bombe ? insiste Koulakos. Tu connais beaucoup de quinquas capables de fabriquer une bombe ?

– Pourquoi il n'y aurait pas un artificier parmi eux ? répond Karabetsos. Ou un type qui aurait appris à l'armée ?

– À supposer, dit Koulakos, qu'il y ait là vraiment une action terroriste. Car si un autre meurtre n'est pas commis, alors tout cela n'est qu'un jeu pour égarer la police.

Je souhaite qu'il en soit ainsi : s'il s'agit d'un acte terroriste, allez donc chercher les auteurs dans toute la population vieillissante d'Athènes et de ses banlieues.

16

Je suis accueilli sur le seuil par une voix de femme.

– Mon chéri, mon trésor ! Regardez-moi ce joli bébé !

Si Adriani ne m'avait pas ouvert la porte elle-même, j'aurais cru que ces exclamations lancées à pleins poumons venaient d'elle, car son adoration pour son petit-fils se manifeste toujours par des cris.

– Les autres grands-parents se sont ravisés et sont revenus ?

C'est la seule explication logique qui me vient à l'esprit.

– Non, c'est Melpo.

Je lui demande, étonné :

– C'est qui, Melpo ?

– La femme que Lambros a amenée pour s'occuper de notre petit-fils.

Je la suis dans la chambre du bébé et j'y trouve tout le monde : ma fille, mon gendre, l'aîné des deux Lambros et une femme d'une soixantaine d'années que j'ai croisée au refuge pour sans-abri.

– Longue vie à votre petit-fils, il est superbe, me dit-elle en me serrant la main.

– J'espère que vous n'allez pas dire qu'il me ressemble. Il ne peut pas être superbe et me ressembler.

Tous éclatent de rire tandis que je m'approche du berceau de Lambros. Les yeux grands ouverts, il regarde un mobile où des papillons sont suspendus à la moustiquaire par une tige en plastique. Je décide qu'il est temps de surmonter mes craintes et je le prends dans mes bras. Il se met tout de suite à pleurer et je me demande si c'est parce qu'il ne me connaît pas ou que j'ai troublé sa quiétude.

– Tu le tiens mal, c'est pour ça qu'il pleure, dit Adriani en s'approchant.

Elle redresse Lambros et l'appuie contre moi, le visage sur mon épaule. Puis elle place ma main gauche sur le dos du bébé et la droite sous ses pieds. Lambros s'arrête de pleurer tout net.

– Tu as oublié comment tu me tenais ? demande Katérina.

– Quand est-ce qu'il te prenait dans ses bras ? Ça a dû m'échapper ! lui lance Adriani d'un ton dédaigneux. Il était toute la journée à son poste. Quand il rentrait le soir, tu étais déjà endormie et il te regardait de loin. Vous avez commencé à devenir inséparables quand tu as eu un an.

Nous éclatons de rire une fois encore, mais Adriani nous rappelle à l'ordre :

– Il est temps pour vous de passer dans le séjour. Le bébé va manger et après il va dormir. Melpo sera seule à rester avec nous.

On ne discute pas les ordres. Le personnel masculin ne se le fait pas dire deux fois et déménage.

– Melpo est très bien, dit Zissis à Fanis. Vous n'aurez aucune inquiétude avec elle. Non seulement elle s'occupera bien du bébé, mais elle lui apportera de la tendresse.

– Elle a des enfants ? demande Fanis.

– Elle avait un fils, elle l'a perdu dans un accident de la route quand il avait vingt ans. Lorsque son mari est mort, il lui a laissé une retraite, mais ce n'était pas suffisant et elle a commencé à faire des ménages. Puis elle a pris de l'âge et les familles préféraient les femmes plus jeunes. Entretemps, sa retraite avait été amputée et elle a atterri au refuge.

– Il faudra lui donner combien ? demande Fanis. Je n'ai pas abordé la question avec elle parce que je voulais d'abord en discuter avec toi.

– Même si on ne lui donne rien, elle sera contente. Avec Lambros, elle aura une occupation.

– Ça, je ne peux pas l'accepter, dit Fanis d'un ton catégorique.

– Moi non plus, lui répond Lambros. Il m'est resté quelque chose de la gauche et je serais capable d'organiser une manif devant chez toi, avec tous les résidents du refuge.

Il éclate de rire et nous en faisons autant.

– Bon, qu'est-ce que tu proposes ? demande Fanis, une fois refermée la joyeuse parenthèse.

– Elle travaillera combien d'heures ?

– Au début seulement les matinées pour aider Katérina et pour que madame Adriani ne soit pas obligée de venir tous les matins. Lorsque Katérina reprendra son travail, ce sera toute la journée.

– D'accord. Laisse-moi lui parler. Si c'est toi qui lui poses la question, elle va te dire « donnez ce que vous voulez » et tu ne sauras pas si tu as donné trop ou pas assez.

La discussion s'arrête car Adriani entre avec Melpo. J'essaie de deviner à son air ses premières impressions sur cette femme et je la vois qui sourit, contente.

– Je ne sais pas comment vous remercier, dit Melpo à Zissis. Votre homonyme est un amour. Vous m'avez donné une grande joie en me proposant de m'occuper de lui.

– Vous deux, vous allez vous entendre à merveille, lui dit Adriani, venant confirmer ma première impression.

Katérina vient nous rejoindre.

– C'est bon, il s'est endormi et je peux souffler. Dis-moi, maman, tu en as bavé autant avec moi ? Je t'avoue que je m'en tire mieux avec les juges.

– Si seulement tu avais pu être aussi calme que ton fils, lui rétorque Adriani.

Soudain, au milieu du silence, on entend une explosion. Au son, je comprends qu'elle n'a pas dû avoir lieu trop près de chez nous. Mais elle devait être très violente pour qu'on l'entende si fort.

– Qu'est-ce que c'est ? demande Adriani, effrayée.

Je n'ai pas le temps de répondre car nous sommes interrompus par les pleurs de Lambros.

– Oh non, il s'est réveillé ! s'écrie Katérina avec désespoir, avant de se précipiter dans la chambre du bébé avec Adriani et Melpo.

– On aurait dit une bombe, dit Zissis.

Je lui réponds :

– C'était une bombe, aucun doute.

Je sors mon portable et appelle le centre opérationnel.

– Commissaire Charitos. Je me trouve rue Athanasias à Pangrati. Une violente explosion vient de retentir dans le quartier. Vous avez des infos ?

– Non, monsieur le commissaire. Pour l'instant, nous ne savons rien. Mais puisque vous le dites, nous allons nous renseigner et nous vous tiendrons au courant.

– Je te vois inquiet, me dit Fanis.

– Quand on entend une explosion qui résonne comme une bombe et qu'on est commissaire, on ne peut pas être tranquille.

Je regarde ma montre. Il est huit heures moins dix. L'explosion a dû avoir lieu cinq minutes plus tôt.

Personne n'a rien à ajouter et le silence s'installe. On n'entend que les pleurs de Lambros, mais il me semble qu'il se calme. Puis il se tait.

– Il a eu très peur, le pauvre, dit Melpo de retour.

– Mais au moins, il s'est calmé, constate Fanis avec soulagement.

– Le meilleur moyen pour calmer un bébé, c'est que sa mère lui donne le sein, l'informe Melpo.

À ce moment-là, mon portable sonne.

– Je vous appelle du centre opérationnel, monsieur le commissaire. Le commissariat de Pangrati nous a informés qu'une bombe avait explosé dans une voiture piégée, rue Archimidous, derrière le stade.

– Vous savez s'il y avait un passager ?

– Oui, un homme. Il est mort.

Une voiture piégée avec un mort, cela renvoie directement à l'affaire Fokidis.

Je raccroche et appelle aussitôt Dermitzakis.

– Quelque chose me dit qu'on est mal barrés, commente-t-il quand je lui rapporte les faits.

– Préviens le médecin légiste et l'Identité judiciaire, rassemble toute l'équipe, sauf Koula, et on se retrouve rue Archimidous.

– Mais qu'est-ce qui s'est passé ? demandent d'une seule voix Melpo et Fanis.

Prêt à partir, je leur donne une brève explication. Puis je dis à Zissis :

– Je passerai te voir un de ces jours, il faut qu'on discute.

Je salue la compagnie et passe par la chambre de mon petit-fils. Je me penche sur son berceau pour le regarder. Il dort, tranquille. Je sors de la chambre avec Adriani et Katérina.

– Désolé, mais tu vas devoir rentrer seule à la maison, dis-je à ma femme.

– Ça ne fait rien, je vais partir avec Zissis et Melpo.

Comme à son habitude, elle ne me pose aucune question.

J'embrasse Katérina et prends l'ascenseur. À peine ai-je ouvert la portière de la Seat que mon portable sonne de nouveau. Cette fois, c'est le sous-chef.

– Vous êtes au courant ? demande-t-il directement.

– Oui, je me rends actuellement sur les lieux du crime.

– J'ai bien peur que nous ayons une deuxième victime.

– Moi aussi je le crains, mais laissez-moi d'abord faire une première estimation. Je vous appellerai aussitôt pour vous informer.

Je raccroche et me mets en route vers mon calvaire.

17

La voiture est garée au coin des rues Archimidous et Anthippou. La police a fermé l'accès.

J'arrive le premier. Mes collaborateurs, l'Identité judiciaire et la Médecine légale sont en route.

C'est une Peugeot. À première vue, plus abîmée que la voiture de Fokidis. Sur le siège du conducteur, j'aperçois une masse humaine. Sans les restes de son costume, on ne saurait pas si c'est un homme ou une femme : le visage est en bouillie.

Je lève les yeux. Les fenêtres et les balcons sont pleins de badauds qui observent la rue et discutent.

– Je ne comprends pas les gens, me dit l'un des policiers en faction quand je m'approche. Moi, quand je vois une chose pareille, j'ai la chair de poule.

– De là-haut on ne voit rien, lui explique son collègue.

– Alors qu'est-ce qu'ils regardent ?

Voulant mettre fin à cette conversation sans intérêt, je leur demande s'ils ont vérifié l'identité de la victime.

– Nous connaissons le propriétaire du véhicule : Lazaros Kaplanis, domicilié au 8 de la rue Anthippou. Mais nous ne savons pas si c'est lui au volant.

J'entends une sirène. C'est la voiture de mes adjoints, suivie de la camionnette de l'Identité judiciaire.

– Va au 8 de la rue Anthippou, dis-je à Askalidis, et renseigne-toi sur un nommé Lazaros Kaplanis.

– C'est la victime ? demande Dervisoglou.

– On ne sait pas. La voiture est à son nom.

Dimitriou et l'artificier s'approchent.

– Rebelote ? m'interroge Dimitriou.

– À première vue, c'est la copie du meurtre de Fokidis. Mais nous n'avons pas encore tout vu.

L'artificier fait le tour de la voiture en l'examinant de près. Il écarte le capot brisé, inspecte le moteur.

– Alors ? lui demande Dimitriou. Pareil que pour Fokidis ?

– Oui et non. Apparemment, c'est le même mécanisme. La différence est qu'ici la mise à feu a dû se faire à distance. Je n'en suis pas tout à fait sûr, mais j'ai déjà vu d'autres exemples. En tout cas, c'est un travail de pro.

Silence. Je suis plongé dans mes pensées. Comment peut-on avoir, d'une part, un technicien chevronné et, de l'autre, des idiots nationaux autoproclamés ?

Mes réflexions sont interrompues par le retour d'Askalidis.

– Bonne pêche ?

– Lazaros Kaplanis habite au troisième étage. Il est divorcé. Il a un fils qui vit avec sa mère à Ayia Paraskevi, on ne sait pas où exactement.

– Sa profession ? demande Dermitzakis.

– Directeur de l'Institut national de la statistique. On n'a pas pu m'en dire plus.

– On devrait peut-être faire venir quelqu'un pour reconnaître la victime ? demande Dervisoglou.

– La reconnaître, dans l'état où elle est ? réplique Dermitzakis.

– Tu as raison, dis-je, mais il faut essayer quand même. Si on attend l'autopsie, on va perdre du temps.

L'arrivée de la Médecine légale dans son ambulance interrompt la discussion. Stavropoulos descend le premier.

– Quand j'ai appris que c'était une bombe, dit-il, j'ai préféré ne pas venir tout de suite vous encombrer. Dans ces cas-là, mon boulot se réduit au minimum.

– Tu as raison. Nous connaissons même l'heure de l'explosion : huit heures moins vingt. Je l'ai entendue moi-même depuis chez ma fille, qui habite un peu plus haut.

Stavropoulos s'approche de la Peugeot et jette un coup d'œil au cadavre. Son inspection ne dure pas plus de deux minutes, puis il se tourne vers moi et hausse les épaules.

– Je vais l'emmener, mais n'attendez pas des révélations fracassantes.

Je m'apprête à donner des instructions pour le transport, mais suis interrompu par l'arrivée d'une voiture de patrouille. Un homme en tenue en descend.

– Monsieur le commissaire, il y a là un jeune homme qui dit que la victime est son père et qu'il veut le voir.

– Vous avez ses papiers ?

Il me tend une carte d'identité. Celle de Christos Kaplanis, né en 1997. Mes adjoints s'approchent.

Je consulte Stavropoulos. Faut-il montrer le corps ? Il réfléchit.

– Je pense qu'il vaut mieux l'installer dans l'ambulance. À la morgue, l'image de la victime ne sera pas différente. Mais le voir dans la voiture, ça risque de causer un choc à ce garçon.

C'est l'une des rares fois où je peux discuter avec Stavropoulos calmement. Je dis au policier d'amener le fils Kaplanis. Les brancardiers ouvrent la porte du conducteur, elle leur reste entre les mains. Ils sortent et posent sur le brancard la victime, ce qu'il en reste, puis la transportent dans l'ambulance.

La voiture de patrouille revient bientôt. Un jeune homme en descend, tête rasée, blouson, pantalon étroit trop court.

– Il est où ? demande-t-il, angoissé.

Stavropoulos s'approche de lui.

– Écoute, ce que tu vas voir n'est pas agréable. Mais on ne peut pas l'éviter. Si on ne le fait pas ici, tu devras venir à la morgue. Et d'ailleurs, si ça se trouve, ce n'est pas ton père.

– Peut-être, mais je n'y crois pas.

– Pourquoi ?

– Mon père ne laissait sa voiture à personne, à moi non plus.

Stavropoulos pose la main sur son épaule et l'emmène à l'ambulance dont il ouvre la porte. Silence absolu de quelques secondes, puis un cri.

– Oh, putain ! Non ! Non !

– Il l'a reconnu, chuchote Dermitzakis, comme si j'attendais confirmation.

Le jeune homme réapparaît, soutenu par Stavropoulos. Il s'assoit sur le bord du trottoir, prend sa tête dans ses mains et se met à sangloter. L'un des hommes de Dimitriou court lui chercher une bouteille d'eau.

Stavropoulos vient vers moi.

– À quoi l'a-t-il reconnu ? dis-je.

– À ses vêtements, à une bague et à ce qui reste du visage.

La victime est identifiée, on n'a pas tout perdu. Je rassemble mon équipe.

– Pas besoin de vous dire quoi faire. Sonnez à toutes les portes et nous verrons.

Stavropoulos s'approche à nouveau.

– J'ai fini, je peux m'en aller.

– Merci pour ton aide, lui dis-je. Tu m'as délié les mains.

Un silence.

– J'en ai marre, dit-il. J'ai envie de prendre ma retraite et de me tailler dans mon village. Voir des cadavres tous les jours, j'en peux plus.

Il me salue de la main et s'éloigne. C'est au tour de Dimitriou.

– Le plus probable, c'est que l'assassin était planqué du côté du stade et qu'il a déclenché la bombe depuis là-bas. Je vais y envoyer une équipe, mais je doute qu'on trouve quelque chose. La grue arrive pour emporter la bagnole, nous n'avons plus rien à faire ici.

Je reste seul à attendre mes adjoints. Le jeune homme est encore assis sur le trottoir, dans la même position. Je m'assieds à côté de lui. Ses mains quittent son visage et il me regarde.

– Tu te sens mieux, on peut discuter ? dis-je. Sinon, je ne te force pas. On peut en parler demain.

– Parler de quoi ?

– D'abord, si tu connais la vie de ton père. Ses habitudes, ses fréquentations, s'il avait des ennemis... Tout ça.

– Je le voyais régulièrement. J'allais chez lui et on sortait souvent au restaurant. On était sur la même longueur d'onde, même s'il ne pouvait pas surmonter son problème avec mes études.

– C'est-à-dire ?

– Il voulait que j'étudie la gestion d'entreprises, mais après deux semestres, j'ai laissé tomber. Moi, je voulais devenir acteur.

Il sourit faiblement.

– Je suis en troisième année, mais il continuait à me demander si je n'avais pas changé d'avis.

Il se remet à sangloter. Il balbutie :

– Je l'aimais. On s'engueulait à cause de mes études, mais je l'aimais.

Inutile de le tourmenter davantage.

– Tu habites où ?

– À Ayia Paraskevi. 6, rue Evrytanias.

Je dis aux hommes en voiture de le ramener chez lui. J'attends toujours mes adjoints, mais voilà le sous-chef qui se pointe via mon portable.

– Je viens aux mauvaises nouvelles, dit-il.

Je lui fais mon rapport. Il m'écoute sans m'interrompre, comme toujours.

– Vous pensez qu'il s'agit d'un deuxième meurtre des idiots nationaux ? demande-t-il à la fin.

– Les deux exécutions sont presque identiques. Nous ne pouvons pas en dire plus, dis-je prudemment.

– D'un autre côté, poursuit-il, pourquoi exécuter un directeur de l'Institut de la statistique ? Ce n'était pas un homme d'affaires, il n'avait pas d'argent dans des paradis fiscaux. À moins qu'ils ne soient vraiment ce qu'ils prétendent.

– C'est-à-dire ?

– Idiots.

Et il raccroche.

Et voilà, me dis-je. Quand la victime n'est pas un homme d'affaires ou un politicien connu, la hiérarchie vous laisse faire le ménage tout seul.

Je suis bon demain matin pour une visite à l'Institut national de la statistique.

Dervisoglou revient, l'air pressé.

– On a trouvé un couple qui habite au-dessous de chez Kaplanis, dit-il, et je crois que vous devriez leur parler.

Nous allons ensemble au 8 de la rue Anthippou et montons au deuxième étage. Une femme dans les soixante ans nous ouvre et nous conduit dans le séjour où nous attend son mari du même âge.

– M. et Mme Archontidis, les présente Dervisoglou. Je voudrais qu'ils répètent pour vous ce qu'ils m'ont dit, car cela me semble important.

– Vous prendrez un café ? me demande la dame.

– Non merci. Je ne vais pas vous ennuyer longtemps. Vous connaissiez Lazaros Kaplanis ?

– Oui, comme on connaît ses voisins dans un immeuble. On se saluait dans le hall et l'ascenseur.

– Il était directeur à l'Institut national de la statistique, si je ne m'abuse.

– Directeur général, précise le mari. Il étudiait le monde du travail : les diverses branches professionnelles, et aussi le chômage.

– Racontez à monsieur le commissaire votre rencontre avec cette dame, dit Dervisoglou à l'épouse.

– C'était il y a trois jours, le matin. Je m'en souviens, je rentrais du marché. Dans le hall, une dame qui tenait une enveloppe m'a arrêtée. Elle voulait la remettre à M. Kaplanis, avait sonné chez lui en vain, est-ce que je savais à quelle heure il rentrerait ? J'ai répondu qu'il vivait seul et qu'apparemment il n'avait pas d'horaires fixes. Elle m'a demandé s'il laissait sa voiture dans un garage, pour qu'elle y dépose l'enveloppe. J'ai répondu qu'il la garait dans la rue. Elle m'a remerciée, puis elle est repartie.

– Vous vous souvenez de son âge ?

Elle réfléchit.

– Je dirais dans les quarante ans, sans être sûre. Je n'ai pas bien fait attention.

Je prends congé, suivi par Dervisoglou.

– L'âge de l'inconnue correspond à celui de la femme de l'hôtel, me dit-il, une fois dans la rue.

– Peut-être, mais ça reste bien vague. Tout ce qu'on peut dire, c'est qu'elle n'avait plus vingt ans. Le plus intéressant, c'est qu'on se retrouve là encore avec une femme. On dirait qu'ils ont recours aux femmes pour les préparatifs, les repérages, tandis que les hommes se chargent de l'offensive.

Soudain, mon cerveau bute sur ce qu'a dit Archontidis. Kaplanis s'occupait de l'emploi et du chômage. Lors du premier meurtre, la victime était un homme d'affaires. S'agit-il d'une simple coïncidence, ou y aurait-il un lien caché entre les deux ?

18

Pourquoi tuer un cadre de l'Institut national de la statistique ?

C'est la question qui me taraude depuis hier soir et ne m'a pas laissé fermer l'œil.

Je suis rentré chez moi à deux heures du matin. Je n'aspirais qu'à une chose, me coucher tout habillé, mais en pensant au sermon qu'Adriani n'allait pas manquer de me faire ce matin, je me suis réfréné. De toute façon, habillé ou en pyjama, cette question m'a tenu éveillé toute la nuit.

Je la pose à Karabetsos et Koulakos assis en face de moi. Je suis arrivé au bureau, café et croissant en main. Ce n'est pas parce que j'ai été privé de sommeil qu'il faut aussi me priver de petit-déjeuner.

Karabetsos se tourne vers son voisin et le regarde, mais Koulakos n'a pas la réponse dans sa poche et il réfléchit.

– Que voulez-vous que je vous dise ? Je n'ai pas d'explication non plus. Dans le cas de Fokidis, les choses sont plus simples. Entre argent sale, concurrence et vengeance, tout est jouable. Ici, il n'y a aucune explication logique. On en arrive à se demander si les deux assassinats sont liés.

– Impossible qu'ils ne le soient pas, répond Karabetsos d'un ton catégorique. Si les deux meurtres avaient été commis avec une arme à feu, d'accord. Mais deux attentats à la bombe ! Ça renvoie au même modèle et par conséquent aux mêmes auteurs, ça ne fait aucun doute.

J'ajoute :

– D'ailleurs, l'artificier est pratiquement sûr qu'il s'agit du même auteur et que c'est quelqu'un d'expérimenté en matière de fabrication de bombes.

Koulakos lève les bras au ciel.

– Alors que dire ? Que nous sommes confrontés à toute une armée d'idiots ?

– Pas si sûr que ce soient des idiots, rétorque Karabetsos. J'ai appris que les deux bombes étaient parfaitement conçues. Nous avons affaire à des individus qui savent ce qu'ils font.

Ça, tu ferais bien de le dire au sous-chef, me dis-je. Je demande à Koulakos :

– On devrait peut-être examiner la situation financière de Kaplanis ?

– Qu'est-ce qu'on pourrait bien trouver dans les comptes d'un employé de la fonction publique grecque ? Qu'il était actionnaire d'une société offshore et ne l'avait pas déclaré ? Peut-être, mais à mon avis c'est improbable. Qu'il touchait des pots-de-vin pour trafiquer ses chiffres ? On sait bien qu'il aurait suffi qu'un ministre lui passe un coup de fil et il l'aurait fait tout de suite. Alors de quel côté chercher ?

Koulakos marque une pause et me demande :

– Tu veux mon avis ?

– On est là pour ça.

– Poursuivons avec Fokidis. Il n'est pas exclu que le mobile du meurtre se cache derrière un lien obscur entre Fokidis et Kaplanis.

Je trouve son raisonnement juste.

– Bon, continuons avec Fokidis pour voir où ça va nous mener.

Karabetsos approuve et la réunion prend fin.

Je descends dans mon bureau et dis à mes trois adjoints de s'entendre avec Dimitriou pour se rendre au domicile de Kaplanis faire une fouille plus poussée. Celle de la veille a eu lieu de nuit et superficiellement. Je ne pense pas que nous ferons des découvertes bouleversantes, mais il vaut mieux perquisitionner l'appartement plus à fond.

Puis j'appelle Koula et lui demande de trouver des infos sur l'ex-femme de Kaplanis. Un entretien avec elle s'impose.

Je monte dans la Seat et prends la direction des bureaux de l'Institut national de la statistique situés sur l'avenue Athinon-Pireos. Je sais que je vais en baver pour y arriver, mais je ne veux pas mobiliser une voiture de patrouille pour un simple trajet.

Je traverse le centre sans grands encombrements, mais une fois engagé sur l'avenue, comme je l'avais prévu, les choses se corsent. Finalement, il me faut une heure pour atteindre l'Institut.

Personne à l'accueil, je me dirige donc directement vers l'ascenseur. Je sais d'expérience que plus les cadres sont haut placés dans la hiérarchie, plus leurs bureaux sont en hauteur. Au deuxième étage, les membres du personnel discutent entre eux dans le couloir. Je me présente et demande où se trouve le bureau de Lazaros Kaplanis. Une jeune fille propose de m'y conduire, à l'étage inférieur.

La quinquagénaire assise dans l'antichambre regarde d'un air vague l'écran de son ordinateur. Il s'écoule un certain temps avant qu'elle ne tourne les yeux vers moi, visiblement importunée par ma présence. Elle change d'attitude quand je lui annonce mon nom et le but de ma visite.

– Que voulez-vous que je vous dise, monsieur le commissaire ? La foudre s'est abattue sur nous. Je ne peux pas croire qu'on avait des raisons de tuer Lazaros Kaplanis, surtout aussi sauvagement.

Je lui demande :

– Savez-vous s'il avait des ennemis ? Des personnes avec qui il était en conflit ou qui auraient pu avoir de sérieux différends avec lui ?

– Dans le service, il n'avait aucun ennemi, me répond-elle d'un ton catégorique.

– Et en dehors du service ? Sur le plan personnel ? Vous comprendrez que nous sommes obligés d'examiner toutes les éventualités.

– S'il avait eu des conflits personnels, il n'en aurait certainement pas discuté avec moi, me répond-elle froidement. Notre relation était strictement professionnelle. La seule chose que je peux vous dire avec certitude, c'est qu'il entretenait une relation très étroite avec Christos, son fils.

– Et son ex-femme ?

– Nous n'en avons jamais parlé, mais du jour où ils se sont séparés, elle n'a plus appelé une seule fois au bureau.

– Vous souvenez-vous de son nom et de son adresse ?

– Elle s'appelle Loukia Zafiratou. Je ne sais pas où elle habite car, comme je vous l'ai dit, nous n'avions plus aucun contact.

– Jugez-vous opportun que je m'entretienne avec d'autres cadres qui avaient des relations de service avec Kaplanis ?

Elle réfléchit un instant.

– Le seul qui avait une relation amicale avec lui, même en dehors du service, c'est Kimon Pilavios, le directeur des indicateurs de la consommation. Son bureau est à l'autre bout du couloir.

Je la remercie et me lève pour partir, mais je m'arrête sur le pas de la porte.

– Encore un détail qui m'a échappé. Je peux savoir votre nom ?

– Amalia Karafylli, répond-elle avant de détourner le regard.

Je n'ai pas quitté la pièce qu'elle est déjà concentrée sur son écran.

Je traverse le couloir jusqu'au bureau de Kimon Pilavios. Avant que je puisse me présenter, la secrétaire me dit :

– M. Pilavios vous attend, monsieur le commissaire.

Apparemment, elle a eu vent de l'enquête et m'attendait. Elle m'introduit dans le bureau et je me trouve de nouveau face à un quinquagénaire.

Pilavios se lève pour m'accueillir et m'indique un siège.

– Asseyez-vous, monsieur le commissaire.

Il attend que je sois assis avant de poursuivre.

– Il y a des morts, même violentes, qui dans le cadre professionnel nous attristent, nous indignent, mais ne nous affectent pas. La mort de Lazaros n'appartient pas à cette catégorie. Elle m'a profondément affecté, non seulement en raison de son caractère violent, mais aussi parce que nous étions amis depuis l'université.

– Je l'ai appris et c'est pour cela que je suis venu vous voir, dans l'espoir que vous pourriez nous donner des renseignements susceptibles de nous aider, en particulier sur sa vie privée.

Il hausse les épaules.

– Lazaros était l'exemple même de l'homme tranquille. Il avait un cercle d'amis restreint et sa vie s'écoulait entre travail et domicile. Il n'avait qu'un faible et c'était son fils Christos.

– Il m'a confié hier que son père ne voulait pas qu'il devienne acteur.

– C'est exact, me répond Pilavios sur-le-champ. Il a été bouleversé quand Christos lui a annoncé qu'il voulait faire des études d'art dramatique. Lazaros a consulté les chiffres du chômage, vérifié le nombre d'acteurs sans emploi, et lui qui était par ailleurs si serein a été pris de panique. « Il va vivre de petits boulots, avec deux cents euros par mois », me disait-il. Il a tout fait pour l'en dissuader, mais pour Christos, devenir acteur est le rêve de sa vie.

– D'après nos renseignements, il était séparé ?

– Oui, depuis longtemps.

– Avait-il des différends financiers avec sa femme ?

– Pas du tout. Lazaros lui a laissé l'appartement qu'ils avaient à Ayia Paraskevi pour mettre son fils à l'abri et il a déménagé rue Anthippou.

Tout cela est bien joli, me dis-je, mais il n'y a aucune chance qu'on l'ait assassiné parce qu'il ne voulait pas que son fils devienne acteur. Quelque chose d'autre se cache derrière tout ça. Plus la personnalité de la victime semble lisse, plus l'enquête est jalonnée de bosses et de trous.

Je demande à Pilavios :

– Kaplanis avait-il un autre ami que vous me conseilleriez de rencontrer ?

Il réfléchit.

– Son autre ami très proche, c'est Manos Efstathiou, finit-il par me dire.

– Vous connaissez son adresse ?

Il consulte son portable.

– Je n'ai pas son adresse, mais je peux vous donner son numéro.

N'ayant pas d'autres questions, je prends congé. Une fois dans l'ascenseur, je me dis que dans le cas de Kaplanis, nous avons une répétition de l'affaire Fokidis. L'un était un homme d'affaires et l'autre un fonctionnaire, mais ils ont en commun un passé irréprochable. Si le cas Fokidis se reproduit, à un moment donné le linge sale de Kaplanis va remonter à la surface.

Je prends place dans la Seat et appelle d'abord le sous-chef pour l'informer. Il m'écoute en silence, puis sa réaction confirme la mienne.

– On a donc une copie conforme du cas Fokidis, depuis le meurtre jusqu'au portrait de la victime, me dit-il.

– Je me suis fait exactement la même réflexion.

– À une différence près, bien sûr.

– Laquelle ? dis-je, étonné, me demandant en même temps ce qui a bien pu m'échapper.

– Ici, on n'a pas de déclaration. Cela laisse le champ ouvert à l'éventualité d'un meurtre ayant un mobile différent.

Je lui réponds :

– Il y aura une déclaration dans les journaux télévisés du soir. Ceux qui les signent veulent attirer le plus possible l'attention sur eux. Et le journal du soir a la plus grande audience.

– Ce soir, nous saurons si vous avez raison, commente le sous-chef.

Le deuxième coup de fil est pour Manos Efstathiou. Il répond tout de suite. Je lui explique qui je suis et ce que je veux.

– Je ne suis pas chez moi, mais je rentre bientôt, me dit-il. J'habite à Kypseli, rue Syrou, au numéro 8, deuxième étage. Vous pouvez venir maintenant, si vous voulez.

Je mets le cap immédiatement sur Kypseli. Je connais la rue Syrou, elle est proche de la rue Tenedou où se trouve le refuge pour sans-abri. Je juge utile de me faire une idée sur les amis de Kaplanis.

19

Rallier Kypseli depuis l'avenue Athinon-Pireos, c'est toute une aventure, sur fond de clameurs d'automobilistes bloqués, échangeant des répliques telles que « T'es aveugle ou quoi ? », « Tu l'as trouvé où ton permis ? » et autres « Où tu vas, connard ? ».

Je reçois ma part de ces douceurs, un flic sans uniforme ni voiture de patrouille étant un homme ordinaire.

Je respire enfin en arrivant à la place Omonia, où je prends la rue Triti Septemvriou. Je tourne dans la rue Ayiou Meletiou et parviens à me garer, quelle chance, non loin de la rue Syrou.

Je sonne au numéro 8 et une voix me dit de monter au deuxième étage. La porte de l'appartement est ouverte. Un homme dans les cinquante ans m'attend sur le seuil et me conduit dans le séjour.

– Je ne vais pas vous retenir longtemps, dis-je.

Efstathiou sourit.

– J'ai tout mon temps. Je suis seul chez moi et au chômage depuis deux ans. Je dirigeais la comptabilité d'une société, mais elle a fermé à cause de la crise. Depuis je n'ai rien trouvé. Je gagne quelques sous en m'occupant des impôts de quelques amis. Heureusement ma femme a encore du travail. Nous avons envoyé nos deux enfants chez ses parents à Préveza.

– Vous connaissiez bien Lazaros Kaplanis ?

– Je peux dire que Kimon Pilavios et moi étions ses amis les plus proches. Cela dit, cette amitié se limitait à une soirée ensemble au restaurant, le deuxième samedi de chaque mois, et à quelques conversations par téléphone.

– Pensez-vous qu'il y avait, dans sa vie professionnelle ou personnelle, des rivalités, des inimitiés qui pourraient expliquer sa mort ?

– Je vous l'ai dit, je le voyais assez peu. Et de plus, c'était un homme renfermé. Il évoquait rarement ses problèmes personnels. Il ne parlait que de son fils, qu'il aimait beaucoup.

Je cherche une autre question, il me devance.

– Vous étudiez la possibilité d'un lien entre ce meurtre et celui du propriétaire de la chaîne d'hôtels ?

– Comment l'idée vous est-elle venue ?

Il soupire et hoche la tête.

– Monsieur le commissaire, le chômage est un bouleversement. En ce moment c'est ma femme qui travaille, tandis que je m'occupe du ménage. Et je ne sais pas combien de temps ça va durer. Je fais le lit le matin, la cuisine, puis je passe la journée devant la télé, comme toutes les femmes au foyer. Donc je sais tout ce qui s'est dit, publiquement du moins, sur l'autre meurtre.

– Nous étudions toutes les pistes, dis-je, restant dans le vague.

Je ne vois pas quelle autre question lui poser. Comme avec Pilavios, je me heurte au mur dressé par le très secret Kaplanis.

– Je vous remercie, dis-je en me levant.

Une fois dans la rue, je pense aller voir Zissis, mais il est presque midi et je dois me concerter avec mes troupes. Je passe par la cafétéria pour me reprendre un croissant, et dès que je l'ai fini, je convoque mon équipe.

– Nous nous sommes précipités sur le meurtre de Kaplanis, dis-je, au risque de négliger celui de Fokidis. Mais je pense que nous sommes tous d'accord : il doit y avoir un lien entre les deux.

– J'en suis pratiquement sûr et la déclaration ne devrait pas tarder.

– En tout cas, ajoute Askalidis, la fouille chez Kaplanis n'a rien donné. Aucun document professionnel, rien de personnel non plus.

– Dimitriou va continuer à chercher, reprend Dermitzakis, mais lui non plus n'a pas beaucoup d'espoir.

Sa voix est couverte par un vacarme soudain dans le couloir. Pas besoin d'être devin pour reconnaître là l'invasion des journalistes.

– Ils ont tardé, mais n'ont pas oublié, me dit Koula.

– Dis-leur que je les verrai dans un moment, et qu'ils fassent moins de bruit.

J'attends son retour pour continuer.

– Nous allons donc nous répartir la tâche. Koulakos s'occupe des finances de Fokidis. Dermitzakis et Dervisoglou s'intéresseront à son entourage. Askalidis sera avec moi sur l'enquête Kaplanis. Et Koula, comme toujours, coordonnera.

– Pour vous convaincre que je suis une bonne coordonnatrice, dit-elle en souriant, j'ai déjà pris contact avec l'ex-femme de Kaplanis.

– Loukia Zafiratou ?

– Elle-même.

– Quelle est sa profession ?

– Elle tient un bar à vins haut de gamme à Kolonaki.

– Ce n'est donc pas loin. Demande-lui quand elle peut venir pour qu'on lui pose quelques questions.

Je les renvoie dans leur bureau et sors dans le couloir affronter la tempête.

Je suis aussitôt mitraillé de questions, aucune d'elles ne touchant la cible tant elles se mélangent.

– Pas tous à la fois si vous voulez que j'entende vos questions.

Ils se taisent et se regardent, se demandant qui va commencer. Merikas ouvre le feu.

– Pensez-vous que les deux meurtres sont liés, monsieur le commissaire ?

– Si l'on en juge par le mode d'exécution, oui, bien sûr. Mais à part ça, nous avons affaire à deux personnes très différentes, sans aucune relation entre elles. De plus, le second meurtre n'a pas encore été revendiqué. Par conséquent, nous devons enquêter dans toutes les directions.

– Vous pensez que les deux crimes ont le même auteur ? demande la petite au collant rose.

– Ce n'est pas exclu.

– Dans ce cas, le mobile doit être le même.

– Le mobile ? lui répond le jeune en T-shirt. On n'est pas près de le connaître, s'ils laissent la police le deviner la deuxième fois aussi.

Il a raison et je n'ai rien à ajouter. Je m'apprête à conclure, quand je suis devancé par Steryiou.

– Pourrait-il s'agir d'une bande internationale, monsieur le commissaire ? demande-t-elle.

Je ne m'y attendais pas.

– D'où vous vient cette idée ?

– En Grèce nous avons peu d'entreprises qui recourent aux paradis fiscaux. C'est plutôt l'affaire des grandes multinationales. Fokidis était une exception, il avait une antenne en Angleterre. Nos petites et moyennes entreprises vont en Bulgarie ou à Chypre, pas plus loin, pour payer moins d'impôts. Les paradis fiscaux, pour eux, c'est comme un voyage sur la Lune.

– Alors, lui demande Merikas, pourquoi frapper l'exception en Grèce, quand la règle est ailleurs ?

Elle hausse les épaules.

– C'est à la police de l'établir. Mais si tu veux mon avis, le message, c'est qu'on peut frapper partout.

– Très bien, dis-je, mais que vient faire Kaplanis dans l'histoire ?

– Notre Institut national de la statistique est directement lié à Eurostat, son homologue européen.

Aucun d'entre nous n'y avait pensé. Feu Sotiropoulos a pris soin de nous laisser un successeur, même s'il ne pouvait pas la blairer.

– Vous avez raison, lui dis-je, nous allons devoir étudier cette piste, je vous remercie.

Ses collègues lui lancent des regards entre ironie et jalousie.

En regagnant mon bureau, j'essaie de mettre mes idées en ordre. D'un côté les îles Caïman, de l'autre l'Union européenne. Si l'on ajoute que Kaplanis étudiait les chiffres du chômage et que ceux de notre pays sont les plus élevés d'Europe, les liens entre l'Institut grec et l'européen apparaissent encore plus étroits.

J'invite Karabetsos et Koulakos à me rejoindre dans le bureau de Guikas et dis à Koula de ne pas me déranger jusqu'à mon retour.

Mes deux collègues écoutent mon rapport avec attention.

– Un peu tiré par les cheveux, commente Karabetsos, surtout en ce qui concerne Kaplanis.

– Erreur, répond aussitôt Koulakos.

– Pourquoi ?

– Les chiffres du chômage influencent directement les chômeurs. Quand ils sont en baisse, les chômeurs sont furieux de rester sans boulot. Quand ils sont en hausse, le désespoir grandit : tous estiment qu'ils ne retrouveront jamais de travail.

Koulakos se tourne vers moi.

– Normalement, ces deux affaires sont pour moi.

– Pourquoi ?

– Dans les deux cas, à mon avis, le mobile est économique.

– Tu as raison, mais il y a là deux meurtres qui sont de notre ressort. Voilà pourquoi nous collaborons. Et puisque nous parlons de collaborer, tu as une idée pour résoudre l'énigme ?

– Je vais me renseigner sur les relations entre Kaplanis et Eurostat. Il faut voir s'il n'y a pas eu d'embrouilles.

– Quel genre d'embrouilles ? demande Karabetsos.

– Les statistiques, on joue facilement avec, explique Koulakos. On les gonfle et on les dégonfle. Ce serait utile de savoir s'il n'y a pas eu de frictions à ce sujet entre l'Europe et nous.

– Dans tout ça, dit Karabetsos, il y a un avantage.

– Lequel ? demande Koulakos.

– À ce que je vois, vous allez me laisser tranquille.

– Doucement, lui dis-je. Si Steryiou a vu juste, alors nous aurons une participation étrangère à une bande de malfaiteurs, et tu n'y échapperas pas.

– Pas moyen d'être tranquille avec toi.

Fin de la réunion. Je reste pour parler au sous-chef plus à mon aise. Quand je lui rapporte la réflexion de Steryiou, il réagit comme Karabetsos.

– Cela m'a tout l'air d'une idée de journaliste qui veut faire un coup.

Je lui rapporte la réaction de Koulakos et je le sens moins catégorique.

– D'accord, dit-il. Selon le proverbe, le noyé se raccroche à ses cheveux. Puisque nous sommes dans le noir, nous ne perdons rien à explorer cette piste.

Nous prenons congé et je redescends. À peine rentré dans mon bureau, je vois débouler Koula.

– J'ai trouvé la femme de Kaplanis. Elle viendra dès que nous l'appellerons. Maintenant, si vous voulez.

– Demain matin, ça vaut mieux. D'ici là, mes hommes auront peut-être trouvé quelque chose d'utile. Sinon, nous nous limiterons aux relations à l'intérieur du couple.

Koula s'en va et je me plonge dans mes pensées. Par quelque bout qu'on le prenne, le raisonnement de Steryiou se tient. Je me dis que nous ferions bien de l'écouter davantage : elle pourrait être utile dans le brouillard où nous sommes.

20

Sans même regarder si Adriani est à la maison pour aller lui dire bonsoir, je vais directement devant la télé et appuie sur le bouton de la télécommande. La question de la revendication du meurtre, même sans le mobile, me tracasse.

Adriani n'a pas entendu le bruit de la porte d'entrée, mais le son de la télé la fait sortir de la cuisine. Plantée devant l'entrée du séjour, elle me regarde et balance son commentaire.

– Qui se moque du boiteux pourrait bien le devenir.

– Ça colle où, ça ? lui dis-je, ébahi.

– À une époque, tu te moquais de moi quand tu me trouvais collée devant la télé. À présent, tu ne dis même pas bonsoir et tu te précipites sur le bouton.

– C'est exceptionnel. J'attends de voir s'il y a du nouveau dans l'affaire qui nous préoccupe.

Mon explication tombe à plat.

– Si au moins tu regardais une série, je pourrais dire qu'on est un couple assorti. Mais tu ne t'intéresses ni à la politique ni aux séries. Pour toi, il n'y a que les meurtres et les crimes, répond-elle en retournant dans la cuisine.

Entretemps, c'est l'heure des pubs, le hors-d'œuvre du journal télévisé. Adriani revient et s'assoit à côté de moi.

– À moi les infos, et à toi la violence, dit-elle en riant.

Mais c'est raté, parce que la première chose qu'annonce la présentatrice, c'est la revendication du meurtre de Kaplanis.

– Chers téléspectateurs, la déclaration revendiquant le meurtre de Lazaros Kaplanis vient de nous parvenir. Manos Yeralis va nous en dire plus. Manos, comment le document est-il arrivé à la chaîne ?

– Il n'est pas arrivé, il nous a été dicté, répond le journaliste.

La présentatrice recule d'un pas, tandis que je me lève d'un bond du canapé.

– Dicté ?

Cela lui paraît incroyable, tout comme à moi.

– Oui, mais voyons d'abord la déclaration et nous entrerons dans les détails après.

Le texte apparaît à l'écran, imprimé cette fois.

> *Hier soir, nous avons exécuté Lazaros Kaplanis. Tout comme pour Paris Fokidis, nous ne dirons pas pourquoi. C'est à la police de le découvrir. Nous dirons seulement qu'il méritait de mourir.*
>
> *L'Armée des Idiots Nationaux*

Dans le fond, la même annonce que pour Fokidis. Les auteurs dissimulent de nouveau le mobile, à charge pour nous de le découvrir.

La présentatrice laisse aux téléspectateurs quelques instants pour lire la déclaration, puis elle se tourne vers le journaliste.

– Nous avons hâte d'entendre les détails, Manos.

– Quelqu'un a appelé le standard et a demandé à parler au directeur de l'information. Il disait être en possession de la déclaration concernant le meurtre de Lazaros Kaplanis. Lorsque M. Stamou a pris la communication, la voix lui a dit de se munir d'un papier parce qu'on allait lui dicter la déclaration. M. Stamou a hésité et a commencé à poser des questions. La voix l'a interrompu, disant que s'il refusait, d'autres chaînes la diffuseraient volontiers.

– Quand nous est-elle parvenue ?

– Environ un quart d'heure avant le début du journal.

– C'était une voix d'homme ou de femme ?

– D'homme. M. Stamou a dû transcrire l'annonce que nos téléspectateurs viennent de lire.

– J'ai l'impression que vous êtes tombés sur des déséquilibrés, commente Adriani. C'est la première fois que je vois des terroristes dicter leur déclaration.

Je ne lui réponds pas. C'est la deuxième fois qu'ils font preuve d'originalité, me dis-je. La première étant la déclaration après le meurtre de Fokidis, écrite à la main et calligraphiée.

Je vais dans l'entrée et appelle Dermitzakis sur son portable. Heureusement, il répond aussitôt.

– Ils vont nous rendre dingues, dit-il en entendant ma voix.

– Appelle les autres chaînes pour vérifier si elles ont aussi reçu la déclaration. Deux points nous intéressent. Premièrement, l'heure à laquelle on les a appelées, et ensuite s'il s'agissait d'une voix d'homme ou de femme. Rappelle-moi tout de suite pour me le dire.

Je raccroche et retourne devant la télé. Ils sont passés à un autre sujet. Seule une légende en haut à droite mentionne la déclaration.

– Tu vas rester à regarder les infos ou tu vas rendre visite à Dimitrakos ? demande Adriani.

– Je reste. Je suis sur des charbons ardents et Dimitrakos exige de la concentration.

Elle se met à rire.

– Moi, je supporte tes meurtres, et toi mes infos. Aujourd'hui au moins, nous sommes un couple assorti.

Le seul moment où je rends grâce à l'actualité policière, c'est quand je regarde le journal télévisé. Elle a toujours quelque chose de nouveau à présenter, contrairement aux infos où c'est toujours la même chose : le gouvernement affirme que tout va bien, tout est sous contrôle, tandis que l'opposition le couvre d'injures et lui reproche de se débrouiller comme un manche. Avec comme plat d'accompagnement, des commentaires sur l'insensibilité des Allemands.

Je regarde l'écran, mais j'ai la tête ailleurs. La présentatrice et Adriani ont beau avoir été impressionnées par leur originalité, moi je sais que les deux déclarations sont pour nous synonymes de casse-tête et d'emmerdements. Au départ, on a un poseur de bombes très habile pour les fabriquer et les faire sauter. Cela correspond au profil du terroriste. Mais on ne peut pas en dire autant de la manière dont les déclarations sont communiquées, ni de la dissimulation du mobile. La règle chez les terroristes, c'est d'expliquer en détail pourquoi ils ont tué leur victime et d'agrémenter leur analyse de fioritures idéologiques.

La sonnerie du portable vient interrompre mes réflexions. Je retourne dans l'entrée pour entendre plus clairement ce que Dermitzakis va me dire.

– Ils ont appelé trois chaînes pour leur dicter la déclaration. Les trois à la même heure, un peu avant le début du journal. Deux appels avec une voix d'homme et un avec une voix de femme. Ils ont sûrement appelé d'une cabine téléphonique.

– Ça, je n'en doute pas.

Nous gardons le reste pour demain matin au bureau et nous raccrochons. Le journal est terminé et Adriani s'affaire dans la cuisine.

Je m'assois sur le canapé pour mettre un peu d'ordre dans mes pensées. Après le deuxième assassinat commence à se dessiner l'image d'un poseur de bombes assisté, d'après les indices, par un groupe composé de quinquagénaires. C'est là que les choses se corsent. Allez donc les localiser. Karabetsos va en faire tout un drame.

– Le dîner est prêt, crie Adriani.

Je me lève, mais la sonnerie du portable m'interrompt de nouveau. Cette fois, c'est le sous-chef.

– Vous avez vu la déclaration ? demande-t-il.

– Oui, dis-je.

Puis je lui parle de la petite enquête que nous avons menée avec Dermitzakis.

– Quelles sont vos conclusions ?

– Aucune, en dehors du fait que nous sommes mal barrés.

Je lui fais part de mes réflexions avant son coup de fil.

S'ensuit un silence.

– En d'autres termes, les choses se compliquent encore davantage, dit-il.

C'est la conclusion évidente. Et il ajoute :

– J'ai bien peur que ça ne s'arrête pas là.

– Moi aussi j'en ai peur. Mais essayons d'abord de découvrir le mobile du meurtre de Kaplanis. Ça peut nous mettre sur la piste.

– J'aimerais que nous ayons un entretien avec le chef demain. Il est préférable que vous lui rapportiez les informations vous-même.

– Oui, mais en début d'après-midi. Pour que j'en finisse d'abord avec les réunions.

En disant cela, je m'envoie moi-même au diable parce que je n'aurai pas le temps de voir mon petit-fils.

– Venez dès que vous aurez terminé, me dit-il.

Mais en me dirigeant vers la cuisine, je change d'avis. Ma décision est prise : les terroristes et leur jeu de cache-cache ne me priveront pas de mon petit-fils.

Adriani a préparé de la moussaka. Une fois de plus, je me demande comment elle fait pour tout mener de front. Je lui annonce :

– Demain tu m'attendras chez Katérina. Je vais passer sans faute voir le petit.

– Très bien. Alors je préparerai à manger là-bas. Je dirai à Zissis qu'il vienne aussi, pour voir son homonyme.

La conversation s'arrête là et le silence s'installe pendant que je déguste la moussaka. Après les tomates farcies, mon faible c'est les aubergines, de quelque manière que les prépare Adriani.

21

C'est la première fois que je suis déçu par le dictionnaire de Dimitrakos. Je cherche « terroriste », il n'y est pas. Pour finir, je dois me contenter d'un autre mot.

> **ARTIFICIER** n. m. Dans l'armée et la marine, technicien spécialisé dans la fabrication, l'entretien et l'usage des matériaux explosifs.

Très juste, à cela près qu'aujourd'hui nous n'avons plus besoin de l'armée. Dans chaque sous-sol, dans chaque appartement, on confectionne des cocktails Molotov et même des bombes, pour tous usages. Si Dimitrakos était encore de ce monde, il lui faudrait prendre des cours intensifs avec Karabetsos pour compléter son dictionnaire.

Telles sont mes pensées tandis que je roule vers l'avenue Alexandras, cherchant surtout à chasser de mon esprit la rude journée qui m'attend.

Je passe par la cafétéria pour ma collation matinale et tombe sur Karabetsos qui savoure le premier café de la journée.

– Je vois que tu te la coules douce depuis que tu te crois déchargé de l'enquête, lui dis-je.

– Viens me tenir compagnie, propose-t-il.

– Je ne peux pas, hélas. Je suis un homme-grenouille et hier soir on m'a jeté une déclaration dans les grands fonds. Il faut que je plonge.

J'entends derrière moi son rire tandis que je me dirige vers l'ascenseur. Je pose tasse et croissant sur mon bureau et appelle Koula pour savoir à quelle heure viendra la femme de Kaplanis.

– On a dit onze heures.

– Ne l'envoie pas dans le bureau des interrogatoires, elle sera plus à l'aise dans le mien.

L'idée que j'ai le temps de prendre mon petit-déjeuner me soulage, mais j'ai compté sans l'imprévu, qui prend cette fois le visage de Koulakos.

– J'ai du neuf, annonce-t-il.

– Donne-moi cinq minutes et je te rejoins dans ton bureau.

Adieu délices du croissant. Je l'avale tout rond et monte voir mon collègue, ma tasse de café à la main.

Koulakos se penche vers moi. Il chuchote comme s'il avait des micros espions dans son bureau.

– J'ai un ami eurodéputé. Hier, après notre conversation, je l'ai appelé pour lui demander d'interroger ses connaissances à la Commission européenne quant aux relations entre Kaplanis et Eurostat. Il m'a appelé tard le soir pour me dire qu'Eurostat, mais aussi la Commission étaient très satisfaits de Kaplanis. Ils collaboraient de façon irréprochable. Il a même ajouté, en confidence, que le jour où le ministre a voulu le remplacer, la Commission a mis son véto et qu'il a reculé.

– Donc, la théorie de Steryiou ne tient pas.

– En effet. Il n'y avait pas de conflits, les Européens étaient aux petits soins pour lui.

– Maintenant au moins, nous savons de source autorisée que c'était là une fausse piste.

Je ne me sens pas particulièrement déçu : logiquement, on n'allait pas le tuer à cause d'un désaccord avec l'office statistique de l'Union européenne.

– J'ai aussi quelque chose sur Fokidis, dit Koulakos tandis que je m'apprête à partir.

– Dis-moi.

– Il avait des relations exécrables avec la Fédération des hôteliers de Grèce. Ils l'accusent d'avoir, dans son agence de voyages à Londres, privilégié ses propres hôtels en bloquant les réservations des autres.

– Très bien, il y a là un mobile possible. Mais je ne vois pas ce que vient faire là-dedans le meurtre de Kaplanis.

– Moi non plus.

– Voyons si je peux tirer quelque chose de l'ex-femme de Kaplanis, et on en reparle.

Je préviens Koula que je suis dans mon bureau et elle se pointe peu après avec une femme dans les cinquante ans, grande, élégante, encore belle.

Après les présentations, Mme Zafiratou s'assied en face de moi. Je dis à Koula de rester, comme je le fais toujours quand j'interroge des femmes.

Je vais droit au but, pour ne pas perdre mon temps et le sien.

– Je vous ai fait venir pour vous poser quelques questions sur Lazaros Kaplanis. Nous sommes encore en plein brouillard, et chaque information peut nous être utile.

– Dans ce cas, je vous conseillerais de parler à Christos, mon fils. Il vous en apprendra davantage.

– Pourquoi ? demande Koula.

– Il était très lié avec son père, comme avec moi d'ailleurs. Apparemment, le divorce lui a fait partager son amour à parts égales entre ses parents. Ma relation avec Lazaros, au contraire, s'est limitée au strict nécessaire, car chaque fois que nous nous téléphonions, la discussion s'achevait en dispute.

J'interviens.

– Pourquoi cette tension entre vous ?

– À cause de notre fils. Lazaros voulait lui faire étudier le management et les langues étrangères. Il pensait que même sans devenir chef d'entreprise, les relations de son père lui garantiraient un bon poste à l'Union européenne. Christos parle couramment l'anglais et le français, mais il ne voulait pas entendre parler de management. Son rêve, c'est de devenir acteur. Quand Lazaros l'a su, il a été fou de rage et m'en a tenue responsable.

– Pourquoi ? demande Koula. C'est vous qui l'avez poussé ?

Mme Zafiratou la regarde, l'air grave.

– Je n'ai jamais dit à mon fils quelles études choisir. Je l'ai laissé décider seul. D'ailleurs, Lazaros et moi sommes suffisamment à l'aise matériellement pour le soutenir jusqu'à ce qu'il réussisse dans la carrière qu'il aura choisie. Mais Lazaros croyait que Christos avait attrapé le virus de l'art dans mon bar à vins, parce qu'il est fréquenté par de nombreux artistes. Il disait qu'à cause de moi son fils deviendrait chômeur, ou serveur dans mon bar.

Elle sourit.

– Serveur, sûrement pas. Mais fils de la propriétaire, amené à lui succéder.

– Pouvez-vous me décrire votre mari ? dis-je. Avait-il des différends avec des collègues ou des personnes de son entourage ?

– C'était l'homme le plus renfermé que j'aie jamais connu. Je ne sais donc pas quelles étaient ses relations avec ses proches, et s'il était en conflit avec certains. Vous savez, il ne me disait même pas qu'il allait chez le médecin. Quand je l'apprenais, il m'expliquait qu'il n'avait pas voulu m'inquiéter. Voilà pourquoi j'ai demandé le divorce, monsieur le commissaire. Je ne pouvais pas avoir une vie de famille avec un coffre-fort fermé. Avec les coffres-forts, d'habitude, il y a toujours quelqu'un d'autre qui connaît la combinaison. Mais lui était seul à savoir.

Ça recommence, me dis-je. Avec ce type, quelle que soit la personne, on se heurte au mur du secret.

Je fais une dernière tentative :

– Donc, vous ne savez pas qui aurait eu des raisons de le tuer ?

Elle hausse les épaules.

– Que voulez-vous. Bien des fois, pendant notre vie commune, je me suis demandé si l'on pouvait vivre ainsi. Mais qu'on puisse mourir à cause de cela, comme le dit la déclaration, je trouve ça tout à fait invraisemblable.

Elle s'arrête un instant, songeuse.

– Il n'avait qu'une passion dans la vie, monsieur le commissaire. L'économie, l'entreprise. Il acceptait à la rigueur les médecins et les avocats. Il avait supprimé tout le reste. Quant à savoir si cette passion a causé sa mort, seule la police pourra nous le dire.

Elle me renvoie la balle, elle a raison. Je n'ai plus d'autres questions. Je la libère et Koula la raccompagne à l'ascenseur. À son retour, je lui dis d'informer les autres. Au lieu de les réunir, je préfère être seul un instant pour mettre de l'ordre dans mes idées avant mon rapport au chef.

Seul élément nouveau : la passion de Kaplanis pour l'économie. C'est là un point commun avec Fokidis l'homme d'affaires. Fokidis a payé de sa vie son génie de la gestion et sa voracité. Mais Kaplanis ? Sa passion pour l'économie lui a valu son poste de directeur, mais se fait-on tuer parce qu'on adore l'économie ?

Il va falloir fouiller plus en profondeur, pour trouver un lien plus solide entre les deux meurtres. Je n'ai pas grand espoir, et vu le caractère de Kaplanis, c'est plutôt du côté de Fokidis que peut venir la lumière.

Je fais venir Dermitzakis et Dervisoglou dans mon bureau et leur fais part de mes réflexions. Je lis sur leurs visages leur incrédulité.

– Chou blanc, monsieur le commissaire, dit Dermitzakis.

– Je sais, on cherche une aiguille dans une botte de foin. Mais faisons une dernière tentative. Où avez-vous passé le moins de temps ?

– Au foyer, répond Dervisoglou.

– Insistez un peu là-bas, du côté des étudiants sans ressources dont les parents sont chômeurs, on ne sait jamais.

Ils repartent, pensifs. Je ne les ai pas convaincus, je le vois bien, mais le noyé se raccroche à ses cheveux, comme l'a dit le sous-chef.

Je l'appelle pour lui dire que j'arrive. Je décide de prendre la Seat, bien décidé à fermer boutique après la réunion pour rendre visite à mon petit-fils.

Heureusement le trajet ne rappelle en rien l'avenue Athinon-Pireos et j'arrive au ministère sans encombre, à part un ralentissement au début de l'avenue Mesoyion.

Le planton de l'antichambre me salue et me laisse entrer dans le bureau sans m'annoncer.

Le sous-chef se lève dès qu'il me voit.

– Vous avez du nouveau ?

– Nous avons quelques indices, mais il est trop tôt pour en tirer des conclusions.

Il cache difficilement son impatience dans le couloir qui mène au bureau du chef. Celui-ci nous fait asseoir dans les fauteuils face à son bureau et braque son regard sur moi.

– Je vous écoute.

J'entame un rapport détaillé, que mes supérieurs écoutent sans intervenir.

– Ainsi donc, l'hypothèse de la journaliste quant à l'office statistique de l'Union européenne ne tient pas, reconnaît le chef. Mais excluez-vous l'éventualité d'une participation de l'étranger à ces deux actes terroristes ?

– Au point où nous en sommes, nous ne pouvons rien exclure. Cela dit, pourquoi des terroristes étrangers viendraient-ils tuer un homme d'affaires et un fonctionnaire grecs ? Ils ne manquent pas d'hommes d'affaires et de fonctionnaires chez eux.

– Ils nous croient peut-être désorganisés par la crise, suggère le sous-chef.

– La police grecque est l'une des plus expérimentées d'Europe, avec celles d'Angleterre et d'Espagne, pour ce qui est de la lutte contre les organisations terroristes. Mais il y a autre chose.

– Quoi donc ?

– Quel groupe terroriste étranger trouverait facilement chez nous un complice expert en calligraphie ? Et trois autres pour téléphoner aux chaînes de télévision ?

– Vous avez raison, admet le chef. Malheureusement, cela ne nous fait guère avancer.

– Au contraire. Cela fait de nous des otages.

– Des otages ? s'étonne le sous-chef.

– Parfaitement. Des otages de l'erreur. Nous en serons bientôt, je le crains, au point de devoir attendre une erreur des terroristes. L'expérience prouve qu'ils finissent toujours par en commettre. Mais d'ici là, nous ne savons pas ce qui nous attend.

La réunion s'achève tristement. Je monte dans la Seat et me dirige vers le domicile de ma fille. La joie de voir mon petit-fils me fait oublier pour l'instant les désagréments.

22

Je me tiens au pied de son berceau et le regarde. Il a les yeux fermés. Un être en miniature qui respire normalement dans son sommeil. J'ai l'impression qu'il a encore grandi depuis la dernière fois que je l'ai vu, mais je me fais peut-être des idées. J'avais le même sentiment avec Katérina. Il est vrai que les bébés grandissent vite.

Je sors de la chambre sur la pointe des pieds pour ne pas le réveiller et rejoins les autres dans le séjour. Toute la famille est réunie, y compris la future marraine et son compagnon allemand.

Je déclare à tous :

– Grâce à Dieu, il est vraiment beau.

– Ça fait des années que je n'ai pas vu mon père aussi enthousiaste, dit Katérina, et tous éclatent de rire.

Elle n'a pas tort. Quand on passe la moitié de sa vie à la Sûreté à s'occuper presque tous les jours de crimes et de criminels, on oublie ce que signifie l'enthousiasme.

– Je vais lui donner la tétée, dit Katérina, et elle se lève.

– Tu vas le réveiller, lui dis-je.

J'ai encore à l'esprit l'image du sommeil paisible de mon petit-fils.

– Dès que je le mettrai au sein, il va commencer à téter dans son sommeil. Il me semble que tu as tout oublié, papa.

– Ton mari aussi finira par oublier. Ne t'attends pas à grand-chose, lui dit Adriani, faisant d'une pierre deux coups.

Uli, étonné, nous regarde tous, puis il demande à Mania :

– Les femmes en Grèce n'ont pas de congé quand elles accouchent ?

– On appelle ça un congé maternité, lui explique Mania. Mais les auto-entrepreneurs, comme Katérina et moi, n'y ont pas droit. Il n'y a que les employées.

– Donc, dit Uli en se tournant vers Adriani, il y a un congé maternité, comme vous dites. Il n'y en a pas pour le père. Les pères continuent de travailler, en Grèce comme en Allemagne. Ce sont les femmes qui ont un congé pour s'occuper des bébés. Pas les hommes.

Adriani regarde ailleurs et se tait. Je me dis que seul un Allemand était capable de clouer le bec à ma femme.

On entend sonner. Mania va ouvrir et revient avec Zissis qui tient un paquet à la main.

– Encore un paquet ? le gronde Adriani. On avait pourtant dit qu'il fallait arrêter avec ça. Tu fais partie de la famille, Lambros ! Les cadeaux, c'est quand est invités chez des étrangers.

Zissis lui tend le paquet.

– Ouvre-le d'abord, dit-il.

Adriani s'exécute et en sort un hochet en plastique. Elle le secoue et éclate de rire.

– Tu es vraiment impayable !

– Le hochet était le seul jouet que j'avais enfant, lui explique-t-il. Bien sûr, à l'époque ils étaient métalliques. J'en ai cherché un, mais je n'en ai pas trouvé, ajoute-t-il comme pour se justifier.

Là-dessus, Katérina arrive avec le bébé. Zissis va directement vers lui.

– Comment va, Lambros junior ? lui demande-t-il. Je vois que tu grandis à pas de géant.

Fanis se lève, prend le hochet et s'approche de son fils pour le lui montrer.

– Regarde ce que ton grand-père Lambros t'a apporté.

Adriani, Katérina et moi échangeons un regard complice. Jusqu'à présent, nous n'appelions pas Zissis grand-père, de peur que Fanis ne le considère comme un rival de son père, mais il a réglé lui-même le problème.

– Ce n'est pas plus mal pour Lambros d'avoir trois grands-pères, dit-il.

– Exactement ! approuve Adriani avec enthousiasme.

– Tant qu'il n'a pas deux pères, ajoute Fanis en riant.

– Tu l'as encore balancée, ta bêtise, lui dit Katérina sévèrement.

Soudain mon petit-fils ouvre les yeux, comme s'il avait compris qu'on parlait de lui. Il regarde d'abord sa mère, puis se tourne vers nous.

– Voilà, il a compris qu'on parle de lui. Mon chéri ! Il est si intelligent ! s'écrie Adriani.

Mais c'est trop de boucan pour Lambros, qui se met à pleurer. Katérina nous rappelle à l'ordre.

– Mon fils n'a pas encore l'âge des soirées arrosées, déclare-t-elle avant d'emmener le bébé dans sa chambre.

Zissis s'approche de Fanis et le prend dans ses bras.

– Merci de m'avoir fait grand-père, moi qui ne suis même pas père.

Adriani va dans la cuisine préparer le repas. Elle a décidé que nous dînerions en famille. Mania la suit pour le coup de main rituel.

– C'est quoi, cette histoire avec les idiots nationaux ? demande Fanis, une fois que les hommes restent entre eux.

Je n'ai aucune envie de parler de l'affaire qui me préoccupe. J'essaie de l'expliquer à Fanis en douceur.

– J'en bave toute la journée avec ces idiots nationaux. La seule chose que je peux dire, c'est qu'ils nous ont rendus idiots, et nous ne savons plus où mettre les pieds.

– Eux au moins y sont arrivés, commente Zissis. Nous, ça fait des années qu'on essaie de prouver que les flics sont des idiots sans y parvenir.

Katérina arrive, et constatant que sa mère et Mania sont dans la cuisine, elle s'apprête à les rejoindre.

– Reste souffler un peu, lui lance Fanis. Quand il y en a pour deux, il n'y en a pas pour trois.

D'ailleurs Mania met déjà la table et Adriani commence à aligner des petites assiettes.

– Vous pouvez venir à table, annonce-t-elle.

En m'approchant, je vois que dans les petites assiettes, il y a du maquereau et de la truite fumés, et des sardines. J'en déduis que nous aurons une soupe.

Mania apporte une casserole et Adriani commence à servir la soupe aux haricots. Le premier à lui témoigner son admiration est Uli.

– Je vois que tu as un faible pour notre plat national, lui dit Zissis.

– C'est parce que je n'en fais jamais à la maison et il s'en plaint, explique Mania.

– Madame Charitou, demande Uli, est-ce que je pourrais venir un jour chez vous ?

– Bien sûr, Uli, mais pourquoi ?

– Pour que vous m'appreniez à cuisiner tout seul la soupe aux haricots.

Zissis applaudit bruyamment et les autres l'approuvent, sauf Mania qui le regarde de travers.

Fanis apporte une bouteille de vin rouge et remplit nos verres. Uli se lève.

– Tu vas faire un discours ? s'étonne Mania.

– Oui ! J'aimerais vous dire que vous êtes une famille formidable. C'est comme ça que je veux que mon enfant grandisse, quand nous en aurons un.

– Ah oui ? intervient Mania. Et comment tu comptes faire pour élever notre enfant de la même manière ? Mes parents à moi sont morts. Tu penses faire venir les tiens de Fribourg pour que nous puissions fonder une famille ?

– Non, ce que je veux dire, c'est que notre enfant va grandir dans cette famille, lui explique Uli.

Et nous nous levons tous pour trinquer avec lui.

– Uli mon petit, lui dit Adriani, pourquoi tu ne demandes pas la nationalité grecque ? Toi, tu seras bientôt plus grec que nous !

– Elle a raison, renchérit Katérina. Avec une amie avocate dont le père est commissaire de police, tu l'obtiendras en moins de deux.

Nous éclatons tous de rire et l'ambiance est joyeuse jusqu'à la fin du repas. Quant au bébé, il ne veut pas nous gâcher la soirée car il reste silencieux.

– J'ai l'impression que tu t'es amusé, me dit Adriani sur le chemin du retour.

– Oui, et j'en avais bien besoin.

C'est la première fois depuis longtemps que j'arrive à mettre de côté mes soucis et à me détendre.

23

Ce ne sont pas Koulakos et Karabetsos qui m'apportent la nouvelle, mais Koula. Dès mon arrivée, elle entre en coup de vent dans mon bureau et pose devant moi une feuille sortie d'une imprimante.

– C'est quoi ?

– Lisez, vous comprendrez.

Je lis.

« Notre police est bonne à jeter. Enfin, les gars, vous avez cru que Kaplanis avait quelque chose à voir avec Fokidis ? C'était le plus fin renard qui soit jamais passé par l'administration grecque. Il creusait des trous et piétinait des cadavres pour s'élever. Si les flics avaient un peu de cervelle, s'ils étaient allés se renseigner au ministère des Finances, où Kaplanis a fait ses débuts, ils auraient trouvé un tas de gens pour raconter toutes ses combines afin d'arriver au poste qu'il convoitait à l'Institut de la statistique. Intrigues, calomnies, coups fourrés, tout le répertoire. Sous la surface bien blanche, il y avait un sacré magouilleur. Et les flics qui cherchent des idiots nationaux ! Mais qui sont les plus idiots, les assassins ou la police ? Va savoir. »

Signé : Le troglodyte de l'État clientéliste.

– Où as-tu trouvé ça ? dis-je, après avoir relu le texte pour mieux l'assimiler.

– Sur Facebook. Je vais y faire un tour chaque matin, et je suis tombée dessus.

– Imprime ça en trois exemplaires et apporte-les-moi.

Entretemps je donne rendez-vous à Koulakos et Karabetsos, mais aussi à Vellidis de la Délinquance électronique, dans le bureau de Guikas. J'allais appeler le sous-chef, mais je me ravise. Mieux vaut l'informer après notre réunion, au cas où nous déciderions d'un plan d'action.

Koula m'apporte les tirages et je monte chez Guikas où m'attendent Vellidis et Koulakos.

– Tu t'es donc souvenu de moi ? dit Vellidis. Je croyais t'avoir échappé.

– Tu vas comprendre. Mais attendons Ilias.

À l'arrivée de Koulakos, je distribue le texte. Ils le lisent, puis les regards se tournent vers moi.

– C'est quoi, ce troglodyte ? demande Karabetsos.

Sans répondre, je me tourne vers Vellidis.

– Voilà pourquoi je t'ai appelé. Il faut que tu trouves qui se cache derrière ce pseudo.

– Ce sera sans doute facile, avec un peu de chance, mais cela peut aussi prendre un certain temps.

– Et nous en attendant, que fait-on ? demande Koulakos.

– C'est ça, le problème, répond Karabetsos à ma place. Le troglodyte en reste aux généralités, sans mentionner de noms. Même si on repère le service où Kaplanis travaillait au ministère, on ne peut pas débouler là-bas et poser nos questions à l'aveuglette. Beaucoup de gens tiendront leur langue, par respect pour la mémoire de Kaplanis, mais aussi pour ne pas déballer leur propre linge sale.

– Tu as raison, dis-je, mais ce n'est pas tout. Quand la direction du ministère des Finances l'apprendra, il n'est pas exclu qu'elle appelle notre ministère à nous pour bloquer l'enquête.

– Elle le fera sûrement, dit Koulakos. Pour une autre raison : l'office statistique de l'Union européenne avait beaucoup d'estime pour Kaplanis. Il exercera des pressions, craignant que ne soient révélées des malversations où il serait impliqué.

– Alors on fait quoi ? demande Karabetsos.

– Il n'y a qu'une solution. Que notre ministre contacte celui des Finances qui désignera un membre de leur direction pour discuter avec nous. Si nous suivons la voie officielle, les Finances ne pourront pas empêcher l'enquête.

– D'accord, dit Vellidis. C'est la meilleure solution.

– Et on fait comment ? demande Koulakos.

– Je vais envoyer le texte au sous-chef et lui communiquer notre décision. J'espère que nous n'allons pas rester bloqués quelque part dans la voie hiérarchique.

De retour dans mon bureau, j'appelle le sous-chef, le mets au courant et charge Koula de lui envoyer le texte. Dix minutes plus tard il me rappelle.

– Vous croyez que les affirmations de ce type changent la donne ? me demande-t-il. Et que nous avions tort de chercher un lien entre les deux meurtres ?

– Nous n'en savons rien pour l'instant. D'abord, Vellidis doit chercher l'identité du troglodyte. En même temps, je crois qu'il est nécessaire d'interroger certains dirigeants du ministère des Finances.

Et je lui rapporte notre discussion. Il répond aussitôt :

– Votre raisonnement est juste et j'en ferai part au chef. J'espère que nous n'aurons pas d'objections du côté du ministre.

Sachant que les échanges avec celui-ci et les contacts avec le ministère des Finances prendront du temps, je convoque mes adjoints. Ils ont tous lu le texte.

– Vous ne croyez pas que c'est un canular, de ceux qui grouillent comme la vermine sur Facebook ? demande Askalidis.

– Je ne l'exclus pas. Mais comment savoir ? Les indices que nous avons sont infimes. Ce qu'il faut, c'est s'assurer que le texte dit vrai.

– Vous pensez qu'ils vont nous dire la vérité ? demande Dermitzakis.

Je commence à en avoir par-dessus la tête.

– Dis-moi ce que tu proposes. Es-tu en train de suggérer qu'il ne faut pas vérifier les informations, puisqu'on nous mentira de toute façon ?

– Non, bien sûr. Mais je suis pessimiste.

– Les enquêtes ne dépendent pas de notre optimisme ou de notre pessimisme, Dermitzakis. Nous avons des indices, nous devons les examiner. Il y a de fortes chances qu'on se heurte à un mur, mais ce n'est pas une raison pour laisser tomber.

– Quand la ligne droite ne marche pas, lance Dervisoglou, la courbe peut aider.

– Tu peux nous expliquer ta remarque philosophique ? Nous ne sommes que des flics, tu sais.

– Je veux dire que si nous n'apprenons rien directement de ces gens-là, nous pourrions étendre l'enquête à leur entourage.

– Bonne idée.

Un appel du sous-chef m'interrompt dans mes éloges.

– Le secrétaire général des Finances publiques du ministère, M. Themis Lytras, va vous recevoir. Vous irez seul. Ensuite vous viendrez au ministère, car le ministre attend votre rapport.

Je demande à Koula de me trouver une voiture de patrouille : avec la Seat, je passerais des heures dans la rue Karayoryi Servias à chercher une place pour me garer.

Je suis prêt à partir, lorsque j'entends dans le couloir le vacarme bien connu qui annonce l'arrivée des journalistes. Le sang me monte à la tête. Ce que je souhaite le moins en cet instant, c'est de discuter avec eux.

Je sors dans le couloir et suis assailli par la même question posée sur tous les tons.

– Vous avez vu le post sur Facebook, monsieur le commissaire ?

– Je l'ai vu, dis-je avec tout le calme qui me reste. Nous allons vérifier ce qu'il affirme et rechercher l'identité de son auteur, mais pour l'instant, il est bien trop tôt pour faire une déclaration.

Et je me dirige vers l'ascenseur sans me retourner.

En cinq minutes je suis au ministère. J'ai dû être annoncé, car on m'emmène au bureau du secrétaire général sans me questionner.

C'est un quinquagénaire gros et chauve.

– Marianna, appelle Mihaleas et Yannoukos, dit-il à sa secrétaire.

Puis il me fait asseoir.

Nous restons un moment sans dire un mot. Il m'observe, tandis que j'attends qu'il ouvre la bouche le premier. Finalement il m'accorde cette faveur.

– Vous croyez que les balivernes de ce type sur Facebook ont une quelconque valeur ? Sur Facebook et Twitter, chacun écrit toutes les sottises qui lui passent par la tête.

Je m'efforce de garder un ton neutre.

– Je suis d'accord avec vous, monsieur le Secrétaire général. Mais l'enquête, surtout en ce qui concerne Lazaros Kaplanis, est au point mort, et dans ce cas la police doit suivre toutes les pistes, même les plus improbables.

Sans lui laisser le temps de répondre, la porte s'ouvre et ses deux collaborateurs font leur entrée. Mihaleas a l'âge de son supérieur, Yannoukos est plus jeune.

– Ces messieurs, dit Lytras, ont travaillé avec Lazaros Kaplanis et pourront répondre à vos questions.

– Je suppose que vous avez lu le post sur Facebook, dis-je en préambule.

Ils répondent oui d'une seule voix.

Je veux leur faire comprendre que ce qu'ils me déclareront sera contrôlé.

– Nous trouverons tôt ou tard l'identité du troglodyte et nous l'interrogerons, dis-je. Mais je voudrais avoir votre point de vue. Y a-t-il une part de vérité dans ce que soutient l'inconnu ?

Un silence. Puis Mihaleas prend la parole.

– La seule part de vérité, c'est la surface blanche. Kaplanis n'était pas seulement renfermé, mais totalement opaque. Avec lui, tout se faisait en coulisse.

Ce sont les coulisses, justement, que nous allons devoir explorer, comme Dervisoglou l'avait prévu. Comment allons-nous nous y introduire ? Ce n'est pas le moment d'y penser.

Je me tourne vers Yannoukos.

– Quel est votre point de vue ?

Il ne répond pas tout de suite, mais me sourit.

– M. Mihaleas est directeur, monsieur le commissaire, et moi simple chef de division. M. Kaplanis était mon supérieur au secrétariat général des Finances publiques. On le craignait, non à cause de sa sévérité, mais parce qu'il dénonçait tout le monde, sans distinction. Les cadres subalternes connaissent deux choses mieux que leurs supérieurs : les corvées et les bruits de couloir. On apprend un tas de choses dans les couloirs. On entendait souvent parler d'une mutation, on voyait un collègue effondré à cause d'un blâme, et chacun savait que derrière il y avait une dénonciation de Kaplanis. Quant au reste publié dans le post, je n'ai pas d'opinion : tout cela se jouait dans les hautes sphères, inaccessibles au commun des mortels.

Bref, tout le monde est sûr que Kaplanis magouillait, sans savoir exactement quelles magouilles c'était, l'homme étant muet comme une tombe.

Je me décide à frapper un peu plus fort.

– Comment Kaplanis a-t-il pu passer du poste de directeur dans ce ministère à celui de directeur général de l'Institut national de la statistique ?

Les deux hommes tournent les yeux vers leur supérieur, lequel se crispe et cherche ses mots.

– C'est arrivé avant que je devienne secrétaire général, dit-il enfin.

– D'accord, mais sa mutation n'a-t-elle pas été discutée ensuite, n'avez-vous pas eu des échos ?

Il hésite à nouveau, sous le regard des deux autres.

– D'après ce que j'ai entendu dire, c'était le vœu de l'office statistique de l'Union européenne.

Me voyant surpris, il comprend qu'il me faut un cours de rattrapage.

– En tant que directeur ici, il avait de fréquents contacts avec la Commission européenne. Apparemment, il avait convaincu les Européens qu'il était l'homme idéal pour le poste. Je suppose que la précédente direction du ministère ne voulait pas rajouter une pression à celles qu'elle subissait déjà, et ne s'est pas opposée.

J'ai épuisé mes questions. Je me lève, remercie et donne trois poignées de main.

Dans l'ascenseur je me dis que tout le monde s'accorde : Kaplanis était un grand magouilleur. Mais nous ne savons toujours pas dans quelle direction chercher.

Je monte dans la voiture de patrouille et mets le cap vers la réunion suivante.

24

C'est le sous-chef qui m'accueille, comme d'habitude. Il a laissé des consignes à l'entrée pour que je monte directement à son bureau. Quand j'arrive, il ne cache pas son inquiétude.

– Comment cela s'est-il passé ?

Je hausse les épaules.

– Sans heurts, mais aussi sans révélations bouleversantes. Le seul point du post Facebook que nous avons pu confirmer, c'est que Kaplanis était un magouilleur.

Il laisse échapper un soupir de soulagement.

– Je dois vous dire que le chef a sué sang et eau pour convaincre le ministre. Celui-ci ne voulait en aucun cas qu'on interroge des cadres du ministère des Finances.

– Tout d'abord, il ne s'agissait pas d'un interrogatoire. Nous avons simplement discuté. Et puis nous ne cherchons pas les coupables au sein du ministère des Finances.

Il se penche vers moi et me glisse à l'oreille :

– Ses relations avec son confrère des Finances sont un peu tendues et il ne veut pas d'ennuis.

Puis il dit à voix haute :

– Venez, le chef nous attend.

Nous faisons une halte dans le bureau du chef, car lui aussi est mobilisé. Nous allons tous chez le ministre.

Les acolytes du ministre qui entrent et sortent du bureau nous font perdre un quart d'heure et, finalement, la secrétaire nous dit d'entrer.

Le ministre nous serre la main et se dirige vers la table de réunion. À peine sommes-nous assis qu'il se tourne vers moi.

– Je vous écoute.

Je lui décris dans le détail ma visite au ministère des Finances. Je le vois se détendre peu à peu.

– Donc il n'y a eu ni frictions, ni conflit ? demande-t-il, comme pour en être totalement sûr.

– Je peux vous assurer que toute la discussion s'est déroulée dans le calme. Le secrétaire général et ses collaborateurs ont répondu à toutes mes questions et je suis convaincu qu'ils m'ont dit tout ce qu'ils savaient.

– Bien, je vous félicite, dit-il satisfait.

Puis, reprenant son air grave :

– Il y a maintenant deux autres points dont nous devons discuter. Tout d'abord, il ne faut pas que votre entretien au ministère des Finances transpire dans la presse. Je ne veux pas qu'on me reproche de leur avoir mis les médias sur le dos. S'ils veulent ébruiter eux-mêmes l'affaire, ça les regarde. Le deuxième point, c'est que je ne veux aucun contact direct de la police avec l'office statistique européen. Si vous jugez qu'un tel contact est fondé et absolument nécessaire, je dois en être informé pour demander l'accord du bureau du Premier ministre.

– Je ne pense pas que cela sera nécessaire, monsieur le ministre. Il me paraît improbable qu'on ait tué Kaplanis parce que les Européens voulaient faire de lui le directeur de l'Institut.

– Cela me fait plaisir de l'entendre !

Le ministre est soulagé et, du coup, son intérêt pour l'enquête se réveille.

– Vous pensez que les infos récoltées au ministère vous seront utiles ?

– La seule chose que j'ai retenue de cet entretien, c'est que Kaplanis jouait sur plusieurs tableaux. Les deux cadres du ministère des Finances sont d'accord là-dessus. Ce qu'ils ne peuvent pas nous dire, c'est dans quel genre de magouilles il trempait. Pour le secrétaire général, Kaplanis était un cachottier. Par conséquent, des soupçons fondés, mais aucune certitude.

– Autrement dit, cette piste était du vent, commente ironiquement le ministre.

Il peut se le permettre, la victime n'étant ni un homme d'affaires, ni un homme politique, mais un simple fonctionnaire.

– Le problème, c'est l'absence de mobile, monsieur le ministre, et cela complique l'enquête, car nous ne savons pas dans quelle direction chercher. Notre seul espoir est de découvrir l'auteur de la publication sur Internet. Là encore, deux possibilités. La version pessimiste, c'est qu'il n'a lui aussi que des soupçons qu'il présente comme des certitudes. Mais si on reste optimiste, il connaît peut-être des détails qui pourraient nous aider.

– Je vous souhaite bonne chance, me répond le ministre, mettant fin à la réunion.

Notre trio quitte le bureau du ministre et nous retournons dans celui du chef pour faire le point. On commence par me complimenter.

– Je vous félicite, me dit le chef. Vous avez très bien géré une situation extrêmement délicate. Cependant, comme vous l'avez vous-même expliqué au ministre, toute la difficulté vient de l'absence de mobile. Toutes les pistes nous ont jusqu'à présent menés à une impasse. Alors qu'est-ce qu'on attend ? Un miracle ?

– Ou une erreur de la part des auteurs du crime, suggère le sous-chef.

Leurs regards se tournent vers moi : c'est moi l'expert en la matière. Je leur explique :

– Nous avons affaire à deux assassinats exécutés de la même manière. Même si nous n'en sommes pas sûrs, nous pouvons partir du principe que le mobile du deuxième crime est, sinon le même, du moins similaire.

– Où voulez-vous en venir ? demande le chef, intrigué.

– Dans le cas de Fokidis, le mobile était son hypocrisie. Un magnat du tourisme se présentait comme le bienfaiteur d'étudiants dans le besoin pour jeter de la poudre aux yeux, il évitait de payer des impôts faramineux en installant le siège de ses entreprises dans des paradis fiscaux. Dans le cas de Kaplanis, si le mobile est le même, il nous faut découvrir où réside l'hypocrisie. Fokidis en tirait une grande aisance financière, mais pour ce qui est de Kaplanis, on ne relève pas le moindre petit profit. C'est là le nœud du problème.

– Vous pensez que le troglodyte nous apportera des réponses ? demande le sous-chef.

– C'est exactement ce que j'ai dit au ministre. Bien sûr, j'ai une autre idée derrière la tête, mais je l'ai gardée pour moi.

– Laquelle ? demandent-ils en chœur.

– Dire aux journalistes que nous enquêtons sur les accusations du troglodyte. Ce qui obligera peut-être les auteurs du crime à sortir de leur trou. Mais j'ai besoin pour cela de votre accord, dis-je au chef.

Il réfléchit un instant.

– Attendons quelques jours, au cas où la Délinquance électronique découvrirait l'identité du type qui a publié le post. Si on voit qu'ils tardent, alors on pourra mettre votre plan à exécution.

Je comprends que cette promesse met fin à l'entretien et je me lève. Le sous-chef reste, apparemment ils ont encore des choses à se dire.

Je n'ai aucune raison de ne pas être satisfait puisque j'ai reçu les félicitations du chef. Ce n'est pas rien de voir ses actions en hausse alors qu'on n'a obtenu aucun résultat. C'est la seule ombre au tableau, mais je la chasse comme s'il s'agissait d'une mouche. J'ai droit à une pause optimiste.

Une fois dehors, je me dirige vers la voiture de patrouille quand j'entends qu'on m'appelle. Je me retourne et vois le garde à l'entrée me faire signe.

– Monsieur le commissaire ! Le chef veut vous voir tout de suite dans son bureau.

Je fais demi-tour et retourne au ministère en courant presque. Toute ma bonne humeur s'est envolée. Je ne sais pas ce qu'il me veut, mais pour me dire de revenir alors que je suis à peine parti, ce ne doit pas être pour m'annoncer une bonne nouvelle.

– Vite, il vous attend, me dit le planton dans l'antichambre, du ton de celui qui aimerait pouvoir me procurer une trottinette.

En entrant, je trouve mes deux supérieurs installés dans des fauteuils devant la télévision, à gauche du bureau du chef.

– Heureusement que vous n'étiez pas encore parti, me dit le chef. Prenez l'autre fauteuil et venez vous asseoir.

Tandis que je m'installe, mon œil tombe sur la légende : « Nouvelle déclaration des Idiots Nationaux ».

Je demande :

– Ils en ont parlé ?

– Pas encore, répond le sous-chef. C'est pour cela que nous vous avons rappelé.

Apparemment, la chaîne m'attendait aussi car une deuxième légende apparaît aussitôt : « Édition spéciale : Nouvelle déclaration des Idiots Nationaux ».

Tout de suite après, la présentatrice et le commentateur font leur apparition.

– Comme vous avez pu le voir, chers téléspectateurs, nous avons une nouvelle déclaration des assassins de Paris Fokidis et Lazaros Kaplanis.

La présentatrice se tourne vers le commentateur.

– Manos, comment la déclaration est-elle parvenue à la chaîne cette fois ? A-t-elle de nouveau été dictée ?

– Non, ma chère Léna. Cette fois, un type à moto est passé en trombe devant l'entrée de la chaîne et a jeté un carton sans s'arrêter. On a d'abord eu peur parce qu'on a cru à une bombe, mais le vigile a vu que le carton était ouvert et contenait une enveloppe. En l'ouvrant, on a trouvé la déclaration.

– Laissons d'abord nos téléspectateurs en prendre connaissance et nous en discuterons après.

La déclaration apparaît à l'écran, elle est cette fois écrite à l'ordinateur.

> *Vous autres, les journalistes, vous avalez les fake news de ce menteur sur Facebook. Quant à la police, elle ne vaut pas mieux que vous puisqu'elle s'intéresse à ces âneries. Autrefois, il n'y avait que la fake économie, maintenant on a aussi les fake news. La Grèce continue d'avancer et le fake constitue le pilier de son développement depuis la fake richesse des années quatre-vingt.*
>
> *Nous n'avons pas tué Kaplanis parce qu'il piétinait les autres pour s'élever. Nous l'avons tué à cause de son hypocrisie. Nous l'avons tué parce que ses statistiques montraient que le chômage était en baisse, alors que ceux qui*

travaillent touchent à peine de quoi vivre. Kaplanis et ses copains européens prétendent qu'on peut vivre avec cent euros par mois, alors que même un mendiant gagne plus que ça.
C'est pour cela que nous avons tué Kaplanis, pour son hypocrisie.

Mort aux hypocrites !
L'Armée des Idiots Nationaux

Le chef éteint la télé. Pas besoin d'entendre le dialogue entre présentatrice et commentateur.

– Les journalistes vous ont pris de vitesse et ont mis votre plan à exécution, me dit-il. En tout cas, vous aviez raison. Nous savons maintenant que le mobile des deux meurtres est le même : l'hypocrisie.

– La seule chose qui change, c'est le type de déclaration. Elles sont chaque fois différentes, observe le sous-chef.

– Ils font cela pour nous compliquer la tâche, lui dis-je. Quand quelque chose se répète, on retrouve plus facilement sa trace.

– En tout cas, ils sont intelligents, dit le chef.

Je complète :

– Et cultivés. Nous n'avons pas affaire à des terroristes qui tuent un gros poisson et se vantent ensuite de préparer la révolution. Ceux-là sont malins et ont un plan. Ils savent où frapper.

Un silence tombe. Le sous-chef regarde le chef.

– Après cette analyse, je crois que le moment est venu, lui dit-il.

Le chef se tourne vers moi.

– Je compte demander votre avancement, me dit-il comme si c'était la chose la plus évidente.

L'annonce est si soudaine que je reste sans voix. J'arrive tout juste à bredouiller un merci.

– Ne me remerciez pas. Cet avancement, vous l'avez mérité. Depuis que nous travaillons ensemble, j'ai eu tout le temps d'apprécier votre grande expérience à la Sûreté. Je ne peux pas encore vous dire à quel échelon se fera l'avancement, mais je suis quasiment sûr que je ne rencontrerai aucune difficulté, ni aucune objection. Le ministre lui-même est très satisfait de votre collaboration.

Puis il ajoute :

– Cette nouvelle va vous requinquer, car cette affaire vous en fait voir de toutes les couleurs.

Nous échangeons sourires et poignées de main, puis je les laisse. J'ai envie de descendre l'escalier en courant, mais ma joie est telle que j'ai peur de me rompre le cou et je choisis de prendre l'ascenseur.

Les félicitations reçues plus tôt n'étaient donc pas simplement des paroles en l'air. L'interstice à travers lequel j'essayais de passer, encouragé par Adriani, est devenu une porte à double battant. J'espère seulement qu'elle me conduira dans un salon, même petit, et pas dans une chambre à coucher, ce qui serait le cas si j'étais muté dans un autre service.

25

Je ne me souviens pas quand elle s'était pendue à mon cou pour la dernière fois, les larmes aux yeux.

– Tu le mérites, mon chéri, a-t-elle dit et répété. Depuis si longtemps. Mieux vaut tard que jamais.

Mon enthousiasme a fait place à l'émotion : j'ai compris combien elle désirait cet avancement, tout en feignant l'indifférence.

Elle m'a vite proposé d'annoncer la nouvelle à Katérina et Fanis, mais là j'ai mis le frein.

– Gardons le secret pour l'instant, ai-je dit. Tu viens d'entendre les chants de Noël, attendons l'Épiphanie. S'il y a contre-ordre, il y aura moins de monde à consoler.

Pour lui faire avaler la pilule, je lui ai proposé de fêter ça. En fait, depuis la naissance de notre petit-fils, nous ne sommes jamais sortis seuls.

– Où irons-nous ? dit-elle.

Je ne suis pas expert en tavernes. En règle générale, d'autres choisissent et je les suis. Je n'en connais qu'une dans Pangrati : celle de Vyrinis. Adriani n'a pas eu d'objection.

Nous y avons fêté ensemble cet événement auquel, depuis des années, on ne croyait plus.

Le lendemain matin, alors que je suis sur le point de partir, Adriani m'annonce la bonne nouvelle du jour :

– Je vais faire des tomates farcies. On ne peut pas fêter sans tomates farcies un événement qui nous change la vie.

Voyant mon sourire, elle ajoute :

– J'en donnerai aux enfants, mais sans leur dire pourquoi. Nous serons seuls à le savoir, nous deux.

En route vers l'avenue Alexandras, j'essaie de calmer mon euphorie et d'adopter une attitude professionnelle.

À la cafétéria, je retombe sur Vellidis et son café.

– Je me demande comment tu vas te dépatouiller de la nouvelle déclaration, dit-il avec un sourire ironique.

– On va s'en dépatouiller ensemble. Je passe à mon bureau et je vous appelle pour notre séance de remue-méninges quotidienne.

On dit que les bonnes nouvelles ouvrent l'appétit, c'est vrai. J'ai une faim de loup, malgré le festin de la veille. Je mange mon croissant et termine mon café avant d'appeler mes troupes. Tous arborent un large sourire.

– C'est la première fois que des criminels nous soutiennent à ce point, remarque Dermitzakis. Dès qu'on prend une fausse piste, ils viennent nous remettre dans le droit chemin.

– D'accord, dit Koula, mais ils nous aideraient davantage s'ils ne nous tiraient pas d'un pétrin pour nous jeter dans un autre.

– Vous avez raison tous les deux, dis-je. Ils nous ont aidés de plusieurs façons, c'est vrai, mais d'un autre côté, à cause d'eux, on patauge. Comment voulez-vous prévoir leur prochaine victime ? La Grèce et le monde sont pleins d'hypocrites et nous cherchons une aiguille dans une botte de foin.

– Eh bien, qu'est-ce qu'on fait ? me demande Dervisoglou. On cherche parmi les victimes de l'hypocrisie ?

– Autrement dit, tu proposes qu'on s'intéresse à tous ceux qui sont répertoriés comme des travailleurs alors qu'ils touchent trois cents euros par mois ? Tu sais combien ils sont ? C'est là le problème : le terrain des recherches est si grand qu'on ne sait pas par où commencer.

Je les regarde. Plongés dans le silence, ils pensent au Golgotha qui nous attend. Je les renvoie dans leur bureau.

Ils ont le moral à zéro, mais je ne vaux guère mieux. Je cours d'une réunion à l'autre, mais en même temps je sais qu'on élucide les crimes en allant de porte en porte, et non dans les bureaux de la police.

Soudain j'ai une idée. Je me dis que peut-être nous nous laissons égarer par les deux exécutions à la bombe. Si on les oublie, on a affaire à des quinquagénaires qui ne veulent pas renverser le système, comme les terroristes normaux, mais punir ceux qui profitent du système.

Si nous poursuivons l'enquête de la même façon, nous allons trébucher à chaque pas, je le crains. Il nous faut quelqu'un qui nous ouvre les yeux sur le mode de pensée de ces criminels. Nous connaissons leur mobile. D'accord, nous sommes tous environnés d'hypocrisie, mais cela ne fait pas de nous tous des assassins. Ce que nous ignorons, c'est ce qui les pousse à passer les bornes.

Le seul qui ait l'expérience nécessaire pour me conseiller, c'est Zissis. Il a passé les bornes toute sa vie.

Je préviens Koula que je serai absent pendant deux heures. Je prends la Seat et descends l'avenue Alexandras vers Kypseli. Ne m'étant jamais rendu le matin au refuge pour les sans-abri, je ne sais si Zissis sera disponible, mais le temps presse.

Je trouve Zissis dans l'entrée, avec des jeunes qui déchargent des cartons. Il me jette un regard inquiet.

– Un problème ?

– Oui. Je suis englué dans cette affaire et je voudrais en discuter avec toi.

– Attends que je termine avec cette livraison.

Il revient dix minutes plus tard et m'emmène au petit café des retraités. Nous prenons un café, je lui expose l'affaire et conclus :

– Je me suis dit que tu pourrais nous donner des idées, toi qui vois les choses sous un autre angle.

Les yeux fixés sur moi, il réfléchit. Puis il se lève.

– Allons-y.

– Où ça ?

– Au refuge. D'abord tu écouteras, puis on discutera.

Il paie les cafés et nous retournons au refuge. Il me dit de m'asseoir dans la buvette et disparaît. Je suis curieux de voir ce qu'il mijote.

Bientôt arrivent les sans-abri. La plupart savent qui je suis et demandent des nouvelles de mon petit-fils, dont Melpo qui s'en occupe leur a parlé. Zissis entre le dernier.

– Vous connaissez tous le commissaire Charitos. Il nous rend visite régulièrement et Melpo travaille chez lui. Vous n'avez donc aucune raison d'être gênés. Dites-lui ce que vous pensez de la déclaration que vous avez lue hier. Parlez librement. Il ne va arrêter personne.

– Ils ont bien fait ! s'écrie Anna le cordon-bleu. Mon fils est livreur. Heureusement que son père, Dieu ait son âme, lui avait offert un scooter avant la crise. Il paie le carburant de sa poche, et quand à la fin du mois il lui reste trois cents euros, il est fou de joie. Vous appelez ça un boulot ?

Une autre, dont j'ignore le nom, lui succède :

– Ma fille travaille dans un restaurant chinois pour deux cent cinquante euros, douze heures par jour, sans assurance.

Stathis, le joueur de jacquet, ajoute :

– Ce richard hypocrite et le système dont il était le serviteur nous racontent que le chômage est en baisse, mais ils nous cachent que les salaires ont dégringolé plus encore et qu'on bosse pour mourir de faim.

Anna reprend :

– Mais il ne méritait pas la mort lui aussi, l'autre, l'hôtelier, c'était quoi son nom ?

– Fokidis, dit Stathis.

– Il jouait les philanthropes et avait trouvé le truc pour ne pas payer d'impôts. D'un côté ils réduisent les retraites, et de l'autre ceux qui doivent payer des impôts, ce qui nous permet de toucher nos retraites, trouvent toujours une combine pour ne rien payer. Ma retraite à moi est tombée à quatre cents euros. J'en donne un peu à mon fils pour qu'il n'ait pas faim, et moi je me retrouve au refuge.

– Et ce n'est pas tout, lance un autre qui m'est inconnu. Quand l'entreprise où je travaillais a fermé, au début de la crise, j'avais cinquante ans. Depuis je n'ai plus de boulot. Qui embauche un quinqua quand il peut se payer un jeune à deux cent cinquante euros ? Le chômage a baissé, mais pour les jeunes seulement. Nous autres, on ne nous compte pas.

– Très bien, les amis, merci, intervient Zissis. Le commissaire a compris, on ne va pas lui saper le moral plus longtemps.

– J'espère que vous n'êtes pas fâché qu'on vous ait parlé franchement, dit Anna. Sinon Melpo va nous crier dessus. Nous savons que votre boulot c'est d'arrêter les assassins. Ce qu'on vous dit, c'est que les victimes n'étaient pas innocentes. Elles ne l'ont pas volé.

– Je ne suis pas du tout fâché. Au contraire, vous m'avez aidé à mieux comprendre la relation entre les assassins et leurs victimes.

– Allons-y, me dit Zissis, mettant fin à la discussion.

Je salue les sans-abri et nous retournons au petit café, où nous reprenons des cafés.

– Tu comprends, dit Zissis, pourquoi je voulais que tu parles avec eux ?

– Oui. Pour me faire comprendre que pour ceux qui touchent le fond, tuer ainsi, c'est rendre justice.

– Exact. Les terroristes tuent soi-disant pour changer le système, et tout ce qu'ils réussissent à faire, c'est terroriser les petites gens. Les assassins que tu recherches ne terrorisent pas. Au contraire, ils gagnent les applaudissements d'une grande partie de ceux qui souffrent.

Il s'arrête et me regarde.

– On regarde en arrière ?

– On regarde quoi ?

– L'époque où nous nous sommes connus. Tu sais, mon cher Kostas, que j'ai été dans la Résistance, que je me suis battu pendant la guerre civile, que j'ai été déporté, Aï Stratis, Makronissos... Tout ça pour que le prolétariat sorte vainqueur. Finalement le prolétariat s'est effondré, et nous avec. Le seul qui a vu juste, c'est Lénine.

Ce dont je me souviens concernant ce nom, c'est des discussions de mon père avec ses amis, qui se moquaient de Lénine ou le maudissaient.

– Vu juste ? Pourquoi ?

Je ne comprends pas comment les communistes ont pu s'effondrer, et pas Lénine.

– Le titre d'un de ses articles résume parfaitement la Grèce : « Un pas en avant, deux pas en arrière ». Et encore, Lénine était optimiste. Des pas en arrière, nous on en fait cinq au moins. Les trois en plus sont la punition pour le pas en avant.

Je ne relève pas, ne connaissant pas Lénine ni son article, et voyant l'amertume sur le visage de Zissis.

Il reprend :

– Si tu vas chercher parmi les terroristes, je crois que tu fais fausse route, Kostas. Ceux qui tuent sont des désespérés. Des terroristes du désespoir.

Il se lève.

– Il faut que je rentre au refuge. J'ai du boulot.

Je n'ai plus de questions. Je le remercie, le laisse partir et reste un peu pour mettre en ordre ce que j'ai entendu au refuge et en dehors.

Zissis a raison. Les assassins ne sont pas des terroristes, mais des perdants du système. C'est là qu'il faut chercher.

Facile à dire. Où chercher parmi les innombrables victimes de la crise, que leur détresse a plongées en enfer ?

26

– Parfait. Mais vous nous dites aussi où chercher ? Dans la masse des chômeurs, dans celle des sous-payés ou chez les quinquas ? demande Dermitzakis quand je fais part de mes déductions à mes collaborateurs.

– Tu as raison. Mais je n'ai pas dit que cerner le terrain des recherches nous simplifierait la tâche. Bien au contraire, vu son immensité.

– Normalement, on devrait commencer par la famille et les amis, pour ensuite aboutir au refuge des sans-abri, dit Askalidis.

– Et nous ne parlons ici que de Kaplanis, intervient Koula. Mais qu'allons-nous faire avec Fokidis ? Nous allons interroger tous les retraités qui ont vu leurs revenus diminuer parce que Fokidis ne payait pas d'impôts ?

S'ensuit un silence embarrassé, aucun d'entre nous n'ayant de réponse à ce labyrinthe de questions. C'est au tour de Dervisoglou de donner son avis.

– Au lieu d'aller pêcher à l'aveuglette, on ne devrait pas plutôt faire une nouvelle tentative auprès des deux amis de Kaplanis ? Les collègues ont raison, monsieur le commissaire. Impossible d'interroger tous les chômeurs, ni tous les bas salaires. Mais nous pouvons essayer encore avec ses amis. Il n'est pas exclu qu'ils aient oublié quelque chose ou qu'un détail nous ait échappé. Je sais que c'est un peu tiré par les cheveux, mais le noyé se raccroche à ses cheveux.

L'argument de Dervisoglou me donne soudain une idée. Je me souviens que l'un des amis de Kaplanis, Manos Efstathiou, est chômeur.

– Tu as raison, lui dis-je.

Puis je demande à Koula d'aller me chercher les coordonnées d'Efstathiou et de l'autre ami de Kaplanis, Kimon Pilavios.

– Dermitzakis, tu vas te rendre à l'Institut de la statistique avec Askalidis, pour parler avec Kimon Pilavios. Faites pression sur lui, pas comme s'il était suspect, mais au cas où il se souviendrait de quelque chose qui pourrait s'avérer utile. Koula, appelle Efstathiou et dis-lui de venir, nous aimerions nous entretenir avec lui. Il est préférable que l'entretien avec l'ami chômeur soit un peu plus officiel.

Dermitzakis et Askalidis se retirent et Dervisoglou retourne dans son bureau, en attendant Efstathiou.

J'en profite pour rester un peu seul avec mes pensées. À défaut d'une autre solution, le raisonnement de Dervisoglou paraît fondé. Mais comment les amis de Kaplanis pourraient-ils savoir s'il a reçu des menaces ? S'il leur en avait parlé, ils nous l'auraient déjà mentionné. D'un autre côté, aucun bas salaire ne serait allé menacer Kaplanis dans son bureau. Il ne serait même pas arrivé jusqu'à sa secrétaire.

Brusquement je comprends que nous avons été aveugles. La clochette sonnait sous nos yeux et nous regardions ailleurs. Si on s'en était pris à Kaplanis, ce devait être sur Facebook. Le post du troglodyte en était le meilleur témoignage.

J'appelle tout de suite Vellidis et je monte à son bureau. Après lui avoir fait un résumé détaillé de la situation, je lui explique la raison de ma présence.

– Tu n'as pas tort, admet-il. Nous allons chercher sur Internet au cas où il y aurait eu des plaintes, des accusations ou des attaques contre Kaplanis.

– Il faut aussi poursuivre les recherches sur l'identité du troglodyte. Il se pourrait qu'il en sache plus que ce qu'il prétend dans son post.

– Nous continuons à chercher, mais il faut bien te dire une chose. S'il s'agit de quelqu'un utilisant un pseudo pour de nombreuses publications, il nous sera facile de découvrir son identité. S'il s'est limité à un seul post, ce sera plus difficile.

Koula m'avertit qu'Efstathiou est arrivé et me demande si je vais lui parler dans le bureau des interrogatoires.

– Non, dans le mien, avec Dervisoglou.

Je préfère un environnement plus amical car je ne veux pas donner à l'entretien le caractère officiel d'un interrogatoire. Quand je redescends, Efstathiou est déjà dans mon bureau avec Dervisoglou.

– Monsieur Efstathiou, je vous ai fait venir parce que nous aurions besoin d'informations supplémentaires, lui dis-je en introduction.

– Volontiers, répond-il.

– Est-il jamais arrivé que Lazaros Kaplanis vous fasse part d'agressions dont il aurait fait l'objet de la part de personnes en colère ou en désaccord avec ses statistiques ?

Il me regarde, surpris.

– À qui pensez-vous ?

– À personne en particulier. Peut-être à des chômeurs ou à des bas salaires.

Il éclate de rire.

– Vous croyez vraiment, monsieur le commissaire, que les chômeurs et les bas salaires savent qui approuve et signe les statistiques ?

– Non, lui dit Dervisoglou, mais il n'est pas exclu que certains aient appris que Kaplanis en était responsable et l'aient eu dans le collimateur.

– Le seul collimateur aujourd'hui, c'est Internet, répond Efstathiou, confirmant ce que nous pensons, Vellidis et moi. Pour ma part, je n'ai jamais cherché à savoir si Lazaros avait fait l'objet d'agressions de ce genre. D'ailleurs, cela ne m'intéresse pas.

Il marque une pause et sourit.

– La seule crainte de Lazaros en ce qui concerne le chômage et les bas salaires, c'était pour son fils qui veut devenir acteur. Il ne m'a jamais mentionné autre chose.

Je demande à Dervisoglou :

– Tu as d'autres questions ?

– Non.

– Alors nous ne vous retiendrons pas plus longtemps, dis-je à Efstathiou. Nous vous remercions d'être venu.

– Même si vous avez fait chou blanc, me répond-il avant de prendre congé.

– Nikos et Thanassis nous apporteront sans doute les mêmes réponses de l'Institut de la statistique, me dit Dervisoglou.

Je l'informe de ma conversation avec Vellidis et de nos conclusions.

– Je dis à Koula de chercher de son côté ? demande-t-il.

– Pas la peine, la Délinquance électronique s'en charge.

Dervisoglou regagne son bureau et je reste seul à gérer mon inertie. Durant toutes mes années de service, je ne me suis jamais trouvé mêlé à une affaire aussi agaçante. J'essaie de me remonter le moral en pensant à mon avancement imminent, quand mon portable sonne.

– Bonjour, monsieur le commissaire, dit une voix inconnue. C'est Mihalis, du refuge pour les sans-abri. Je vous ai dit ce matin que je m'étais retrouvé au chômage parce que mon entreprise avait fermé. Quand vous êtes parti, j'ai soudain compris que cette entreprise faisait partie du groupe Fokidis. J'en ai parlé à Lambros qui m'a donné votre numéro et m'a dit de vous appeler.

Mon avancement n'est pas la seule nouvelle tombée du ciel, me dis-je. Ma première réaction est d'envoyer une voiture de patrouille chercher Mihalis pour lui éviter de payer le trajet, mais je renonce à le faire. Si on voit un sans-abri dans une voiture de police, tout le monde pensera qu'il a été arrêté.

– Vous avez très bien fait de m'appeler. Dans dix minutes, allez m'attendre au café d'Ayia Zoni où nous allons d'habitude avec Lambros. Je viens vous rejoindre.

J'entame mon deuxième trajet vers Kypseli. Heureusement, ce n'est pas loin et la circulation est fluide sur l'avenue Alexandras. Il me faut plus de temps pour trouver une place où me garer.

Mihalis est déjà dans le café à m'attendre en buvant un thé. Je m'assois en face de lui et commande un café.

– Avec ce que vous m'avez dit au téléphone, vous avez éveillé mon intérêt, lui dis-je en introduction.

En guise de réponse, il me regarde.

– Vous me vouvoyez ? demande-t-il.

Je le regarde à mon tour, surpris.

– Pourquoi ? Ça vous gêne ?

– Pas du tout. Mais c'est étrange d'entendre vouvoyer un sans-abri.

Je lui fais la faveur de continuer en le tutoyant.

– Tu peux me parler de tes relations avec la société de Fokidis ?

– Je travaillais dans son hôtel à Xylokastro. Ce n'était pas le même que celui de Sifnos, qui fermait après la saison estivale. Il était aussi ouvert en hiver, avec un personnel réduit, bien sûr. Un jour, nous avons tous été convoqués chez le directeur qui nous a dit que malheureusement l'hôtel allait fermer et que nous devions nous rendre au siège pour voir le directeur financier. Nous sommes restés bouche bée, mais nous ne pouvions rien faire. Quand nous sommes allés le trouver, le directeur financier nous a proposé de nous indemniser avec un mois de salaire. Nous avons protesté parce que nous étions nombreux à travailler dans l'hôtel depuis plus de dix ans. Mais il a coupé court. Il nous a dit que ceux qui avaient des objections pouvaient s'adresser aux tribunaux. On attendrait alors près de dix ans que l'affaire soit jugée.

Je lui demande :

– C'est arrivé quand ?

– Attendez, je n'ai pas fini. L'hôtel a rouvert l'été suivant. Lorsque certains d'entre nous y sont passés par curiosité pour voir qui y travaillait, ils ont constaté qu'il n'y avait que des jeunes.

Il se tait et me regarde. Je le regarde aussi. Il attend ma réaction, mais j'ai avalé ma langue. Je répète ma question, surtout pour surmonter mon embarras.

– Tu te souviens quand Fokidis a fermé son hôtel ?

– Il y a cinq ans. Je m'en souviens parce que ça marque le début de ma dégringolade.

– Tu sais s'il a fait la même chose dans un autre hôtel ?

– Oui, aux Nymphéas, à Anavyssos.

Je n'ai pas besoin de lui demander qui a été embauché aux Nymphéas. Je les ai vus de mes propres yeux. Il n'y avait que des jeunes gens.

– Merci, Mihalis. Tu m'as ouvert une porte, là où elles semblaient toutes verrouillées.

Je règle nos consommations, m'excuse d'être pressé et regagne la Seat au pas de course. Je reprends l'avenue

Alexandras et mets le cap sur Kifissia et le siège de la société Fokidis.

Je ne me présente pas, la jeune fille me reconnaît tout de suite. Je demande à parler à Pavlos Kelesidis, le directeur général. Elle me répond qu'il est en réunion et que je devrai attendre. Je maudis ma malchance, mais mon attente ne dépasse pas la demi-heure.

La secrétaire de Kelesidis vient me chercher en personne et me conduit directement à son bureau.

– Vous tombez malheureusement sur un mauvais jour, me dit Kelesidis sans me saluer. Aujourd'hui nous sommes littéralement débordés.

– Je ne vais pas vous importuner longtemps. Je n'ai que quelques brèves questions à vous poser.

– Je vous écoute.

– Il y a cinq ans, vous avez bien fermé votre hôtel à Xylokastro ?

Il me regarde sans comprendre où je veux en venir.

– Oui, nous l'avons fermé pendant l'hiver pour y faire des travaux.

– Quand vous avez rouvert, vous avez réembauché le même personnel ?

Il prend brusquement un air pincé.

– Je ne comprends pas votre question, me dit-il d'un ton glacial.

– Monsieur Kelesidis, nous ne nous intéressons pas à vos embauches, ni aux finances des hôtels de la société Fokidis. Est-ce que vous avez pu lire les déclarations des auteurs du crime ?

– Je les ai toutes lues.

– Nous étudions la possibilité que certains des employés licenciés de vos hôtels soient mêlés au meurtre de Paris Fokidis.

Mon explication le rassure.

– Non, nous n'avons pas embauché le même personnel, mais un autre, plus qualifié.

– Vous avez appliqué la même méthode dans d'autres hôtels ?

– Oui, dans celui où a été commis l'assassinat, les Nymphéas.

– Pourriez-vous me donner une liste du personnel licencié dans ces deux hôtels ?

Je lui donne l'adresse électronique du service et lui demande le numéro de sa secrétaire pour que Koula puisse communiquer avec elle si besoin.

– Je vous remercie, monsieur Kelesidis, dis-je en me levant. J'espère n'avoir pas trop abusé de votre temps.

– Aucune importance, répond-il. Il n'y a pas un seul employé de notre entreprise qui ne désire voir l'assassinat de son fondateur élucidé.

Je suis assis dans la Seat et j'ai enfin devant moi une image complète. Fokidis ne finançait pas les études de jeunes gens par générosité, ni pour brouiller les pistes sur ses fraudes fiscales. Il formait des jeunes pour les embaucher ensuite dans ses hôtels en leur offrant un bas salaire. Le foyer n'était que l'antichambre de sa société hôtelière et le système qu'il avait mis en place avait pour objectif un personnel qualifié à bas prix. Ses œuvres philanthropiques n'étaient qu'un paravent.

Bien sûr, ma théorie reste à vérifier, mais je n'ai aucun doute que c'était bien là son plan.

Retournant à mon bureau, je convoque mon équipe. Dermitzakis et Askalidis s'empressent de m'informer qu'ils n'ont rien tiré de Pilavios, le collègue de Kaplanis.

– Après notre conversation avec Efstathiou, l'autre ami de Kaplanis, je n'espérais pas grand-chose. Mais une nouvelle porte s'est ouverte là où l'on ne s'y attendait pas.

Je leur rapporte mon entretien avec Mihalis et ma visite au siège de la société Fokidis. Quand je leur expose ma théorie, Dermitzakis se lève d'un bond.

– Putain ! Ce type était un gros requin, s'exclame-t-il.

Je complète :

– Et un grand hypocrite. Les assassins qui crient « Mort aux hypocrites » n'ont pas tort. Même si bien sûr nous devons les arrêter.

Je marque une pause.

– Je veux que vous alliez tous, sauf Koula, au foyer Fokidis. Il faut que vous vous entreteniez avec les jeunes pour leur demander si on leur a proposé un poste dans un des hôtels. Mais parlez-leur en tête à tête. Qu'il n'y ait personne du foyer présent lors de ces entretiens.

Askalidis s'écrie, enthousiaste :

– On y va !

Je dis à Koula de m'apporter la liste du personnel des hôtels dès qu'elle l'aura reçue. S'ils tardent à l'envoyer, qu'elle appelle la secrétaire de Kelesidis.

– Des monstres pareils existent ? se demande Koula.

– Réveille-toi. Tu travailles dans la police et pas dans une ONG.

– Si j'avais su ce qui m'attendait, j'aurais fait des études d'économie avant de devenir flic. Au train où vont les choses, il faudra bientôt être économiste pour résoudre les crimes et appréhender les coupables, dit-elle avant de regagner son bureau.

27

J'espère que cette réunion sera la dernière aujourd'hui. Je suis dans le bureau de Guikas avec le trio bien connu – Koulakos, Karabetsos, Vellidis – à qui j'expose les derniers développements de l'affaire. Karabetsos et Vellidis sont surpris, mais Koulakos montre de l'agacement, je ne sais pourquoi.

– Voilà qui confirme ce que nous disons toujours, nous, les flics, commente Vellidis. Le renseignement arrive toujours de là où on ne l'attend pas.

– En tout cas, dit Karabetsos, ce Fokidis était le roi des hypocrites.

– Nous sommes trop cons ! explose alors Koulakos. Nous aurions dû comprendre ce que cachait cet étalage de philanthropie. La délinquance économique, c'est pourtant mon rayon ! Je ne me pardonnerai jamais de n'avoir pas cherché plus tôt.

– Pour trouver quoi ? demande Karabetsos. Tout était parfaitement légal. L'hypocrisie n'est pas un délit.

– Mais elle a mené à l'assassinat de Fokidis, rétorque Koulakos.

– D'accord, Ilias, lui dis-je. Mais Karabetsos n'a pas tort non plus. Parfois un indice venu de nulle part nous ouvre les yeux. J'ai demandé au directeur général de m'envoyer la liste des employés licenciés des deux hôtels. On pourra peut-être en interroger quelques-uns. Même si je doute que l'enquête nous rapproche des coupables.

– Pourquoi ? demande Vellidis.

– Tu ne peux pas tuer celui qui t'a lésé en donnant ton boulot à d'autres, puis celui qui a lésé ces mêmes autres en les payant si mal. Les deux ne collent pas ensemble.

– Tu n'as pas tort, dit Koulakos, mais que fait-on ?

– Enquêtons sur ceux que Fokidis a licenciés, et voyons où cela nous mène.

Je redescends dans mon bureau, où je trouve un mot de Koula : la liste des employés licenciés est arrivée.

Je suis trop exténué pour m'en occuper aujourd'hui. Avant de partir, j'appelle Adriani pour savoir où nous mangerons les tomates farcies.

– Chez nous, mais Mania et Uli vont venir. Notre Grec d'Allemagne est fou de joie à l'idée de manger des tomates farcies. Je voulais que nous dînions chez Katérina, mais elle m'a dit qu'avoir du monde tous les soirs n'était pas bon pour Lambros, alors je lui ai apporté un Tupperware, ils nous tiendront compagnie de loin.

Cela me convient : je ne me sens pas de sortir ce soir, même pour aller chez ma fille.

Je trouve Adriani seule chez nous. Mania et Uli ne sont pas arrivés. Je compte me détendre un peu avec Dimitrakos, mais Adriani me devance :

– Il y a du nouveau ?

– Doucement. Ces choses-là prennent du temps. Le chef ne décide pas tout seul.

– Tu as raison. Mais pendant toutes ces années, je me suis mis un bâillon, et maintenant que je l'ai retiré, je ne peux plus tenir ma langue.

C'est raté pour Dimitrakos ou les infos : voici nos convives.

– Vous savez ce que je fête aujourd'hui ? demande Uli, à peine sommes-nous assis.

– Ce que tu fêtes ? dis-je, tandis que Mania rit déjà.

– La réu… la réu…

Il a oublié le mot.

– La réunification, l'aide Mania.

– La réunification de l'Allemagne. Trouvez-moi un autre Allemand qui la fête avec des tomates farcies.

Ignorant nos rires, il interroge Adriani très sérieusement :

– Madame Adriani, vous m'apprendrez les tomates farcies ?

– Chaque chose en son temps, mon petit Uli. Apprends d'abord à faire la soupe aux haricots, puis nous passerons au plus difficile.

Elle se tourne vers nous.

– Je vais chercher le repas, avant qu'Uli n'envahisse la cuisine.

– Et Zissis ? dis-je. Il ne vient pas ?

– C'est l'anniversaire d'une des femmes du refuge et il a dû rester là-bas, m'explique-t-elle.

Elle apporte seulement les tomates farcies avec de la feta, sachant que nous allons nous jeter dessus et n'aurons plus faim pour autre chose. Puis elle retourne à la cuisine et en rapporte une bouteille de vin.

– Je la tenais en réserve, alors ce sera pour fêter la réunification allemande, dit-elle, les yeux fixés sur moi.

Je remplis les verres.

– À notre santé, dis-je, et je trinque d'abord avec Adriani.

– La santé d'abord, mon chéri, dit-elle, le reste viendra ensuite.

Nous levons nos verres à la santé des présents et de Lambros, mais dès la première gorgée, on sonne.

– Qui est-ce ? s'inquiète Adriani.

Elle court ouvrir et revient avec Zissis.
– Tu n'avais pas un anniversaire ? demande-t-elle.
– J'ai présenté mes vœux, bu un verre et je suis venu. Tu me vois manquer tes tomates farcies ?
Adriani met un autre couvert, je remplis le verre de Zissis et nous attaquons le repas. Qui a dit que la terreur seule nous laisse sans voix ? La gourmandise a le même effet. Pendant tout le repas, nous n'échangeons pas un mot. Puis viennent les soupirs de contentement et les éloges à la cuisinière.
– Uli, tu as trop mangé, dit Mania, tu vas ronfler toute la nuit.
– Je ne ronfle pas, répond-il. Je pense dans mon sommeil à ce festin et je soupire profondément.
– Que voulez-vous, il est allemand, conclut Mania, fataliste. Il aura toujours le dernier mot.
Elle se lève pour aider Adriani à débarrasser, tandis que nous passons au salon.
– Ce que tu as entendu t'a aidé ? me demande Zissis.
– Oui, surtout ce que m'a dit Mihalis. Tu as bien fait de l'inciter à m'appeler. Il nous a mis sur une piste qu'on n'attendait plus.
Il soupire.
– Je m'en réjouis, mais que faire ? Autrefois, nous nous battions pour que les pauvres puissent vivre mieux. Aujourd'hui, les pauvres se battent entre eux pour un boulot à trois cents euros.
Il se tourne vers Uli.
– En Allemagne vous n'en êtes pas encore arrivés là, mais ici, voilà où nous en sommes.
– Le dessert est servi ! crie Adriani, interrompant la conversation.
Nous nous rasseyons pour déguster la pasta flora qu'elle a préparée.

Heureusement : je n'avais guère envie d'une discussion désagréable après les tomates farcies. Les soupirs d'aise après le gâteau sont davantage les bienvenus que ceux qu'inspire le chômage.

28

– Nous l'avons trouvé !

L'enthousiasme de Vellidis vient m'interrompre au moment où j'essaie de mettre en place le programme de la journée.

– Qui ça ?

– Qui d'autre ? Le troglodyte !

– J'arrive !

Je me lève d'un bond et cours vers l'ascenseur.

Vellidis me reçoit avec un sourire aussi large qu'une autoroute.

– Je ne m'attendais pas à ce qu'on le localise si facilement.

– Comment avez-vous fait ?

– Nous nous sommes dit que le terme « troglodyte » n'était pas très courant chez les jeunes. Celui qui l'utilisait devait avoir un certain âge. Le deuxième point qui nous intriguait était le rapprochement entre le « troglodyte » et l'État clientéliste. Nous en avons conclu que nous recherchions un fonctionnaire retraité. Ils sont nombreux à tuer le temps sur Facebook, où chacun et chacune raconte ses malheurs. Nous avons fini par l'identifier. Il s'agit d'un certain Periklis Stefanakos, enseignant à la retraite.

Il me tend un papier où est noté ce qu'on sait de Stefanakos.

– Merci, Klearchos, lui dis-je. Avec la liste des employés licenciés de Fokidis, nous pouvons maintenant faire un pas de plus.

– En espérant que nous n'allons pas nous heurter à un nouvel obstacle. Parce qu'on en voit de toutes les couleurs.

Je redescends au pas de course dans mon bureau et appelle mon équipe. Je commence par donner à Koula le papier concernant Periklis Stefanakos.

– Laisse tomber ce que tu es en train de faire et commence à chercher. Trouve-moi son adresse et tout autre élément que tu pourras récolter.

Je m'adresse ensuite au trio restant.

– Vous allez passer au crible la liste des employés licenciés qu'on nous a envoyée de chez Fokidis. Ne vous occupez pas de ceux qui ont trouvé du travail entretemps. Seuls nous intéressent ceux qui sont encore au chômage, comme Mihalis du refuge pour les sans-abri. Il devient urgent de clarifier le paysage. Cette affaire est un vrai labyrinthe et nous avons déjà perdu trop de temps. Si les médias nous traînent dans la boue, on aura du mal à retomber sur nos pattes.

Mon équipe repart, remontée à bloc, et je reste seul. Pour l'instant, il semble inutile d'informer Koulakos et Karabetsos. Je dois d'abord me faire une idée sur ceux que nous allons interroger. Je m'apprête à appeler le sous-chef, mais il me devance.

– Le chef nous attend, m'annonce-t-il.

– J'allais vous appeler, car il y a de nouveaux développements.

– Tant mieux. Venez et vous nous direz tout.

Dans la Seat, pendant le trajet, je réfléchis à ce que je dois dire dans le bureau du chef pour ne pas susciter un enthousiasme excessif.

– Vais-je entendre de bonnes nouvelles ou allez-vous encore nous en apprendre des mauvaises ? me demande le chef avec un sourire.

Je décris dans le détail mes entretiens avec Mihalis et le directeur général de la société Fokidis, et je finis par annoncer que le troglodyte a été identifié. Ils m'écoutent et leur mine me laisse entendre qu'ils sont soulagés.

Le chef me le confirme.

– J'entrevois enfin un progrès, dit-il. Vous pensez que je suis trop optimiste ?

– Non. Cette fois nous pouvons espérer que les dépositions de Periklis Stefanakos, le troglodyte, et des employés licenciés du groupe Fokidis nous ouvriront peut-être la voie. Bien sûr, nous n'aurons aucune certitude avant de les avoir interrogés.

– On dit que les bonnes nouvelles n'arrivent pas toutes en même temps, mais aujourd'hui nous ferons une exception, dit le chef. Nous en avons, nous aussi.

Je vois où il veut en venir. Il me regarde en souriant. Je le regarde aussi, mais avec une angoisse secrète.

– Dès demain, vous prenez votre poste de sous-directeur de la Sûreté, m'annonce-t-il. J'en ai discuté avec le ministre, qui a tout de suite donné son accord. Je ne sais pas si et quand un nouveau directeur sera nommé, pour l'instant rien n'est encore décidé. Il n'est pas exclu que ce soit vous, mais il vous faudra pour cela monter en grade. Cela se fera dès que se tiendra le conseil gouvernemental des Affaires étrangères et de la Défense. D'ici là, vous êtes officiellement sous-directeur.

J'ai un nœud dans la gorge, mais j'arrive à bafouiller :

– Je vous remercie de votre confiance.

– Ne me remerciez pas. Depuis le début de notre collaboration, aussi bien M. Kapsidis que moi-même avons su apprécier votre travail. Au-delà de votre immense expérience, vous savez travailler méthodiquement. Et surtout : vous savez où chercher. La plus grande erreur aurait été de placer quelqu'un au-dessus de vous.

Il fait une pause et me lance un regard.

– Entre nous, tant que je serai chef, cela n'arrivera pas. Même si un directeur est nommé, je ferai en sorte que ce soit vous qui preniez les initiatives dans le service.

J'en reste sans voix et n'en crois pas mes oreilles. Mais je reprends mes esprits et parviens à lui dire :

– Votre confiance m'honore. J'essaierai de ne pas vous décevoir.

– Félicitations pour votre avancement, vous l'avez mérité, me dit le sous-chef, une fois sortis du bureau. Je suis heureux de voir que le chef apprécie vos capacités, ce n'est pas toujours le cas dans l'administration.

Nous nous séparons sur de nouveaux remerciements et une poignée de main chaleureuse. Dès que je rejoins la voiture, j'appelle Adriani.

– Tu es allée trop vite avec les tomates farcies, lui dis-je.

– Pourquoi ? demande-t-elle, effrayée. Ton avancement a été annulé ?

– Non, mais tu les as cuisinées trop tôt. C'est aujourd'hui qu'on me l'a annoncé. Je suis nommé sous-directeur de la Sûreté.

– Ce n'est pas toi qui as dit que les tomates farcies, c'était pour Noël ? Ce soir on va fêter l'Épiphanie !

Je l'entends qui se met à pleurer.

– Ne pleure pas, tu vas nous porter la poisse, lui dis-je en riant.

– Je pleure de joie. Ces larmes-là ne portent pas la poisse.

Puis elle ajoute plus calmement :

– Tu sais à quel point je suis contente. Pas seulement pour l'avancement, mais aussi parce qu'on te le devait.

Nous raccrochons et je démarre. J'essaie de me calmer. Le succès m'a tourné la tête et je crains un accrochage.

En arrivant au bureau, je réunis mon équipe. Ils supposent que c'est pour me faire leur rapport, mais je les arrête tout de suite.

– Ce sera pour plus tard. Pour l'instant, je veux vous annoncer quelque chose. C'est encore confidentiel et la nouvelle ne doit pas s'ébruiter. Elle sera officielle demain. Je suis nommé sous-directeur de la Sûreté.

Tous éclatent en hourras et en applaudissements. Puis ils viennent un à un me serrer la main.

– Il était temps. Et vous y êtes arrivé à la force du poignet, me dit Koula. La seule chose qui me chagrine, c'est que nous allons vous perdre.

– Et pourquoi ça ?

– Vous n'allez pas déménager au cinquième ?

– Non. Je reste dans mon bureau. Je n'ai aucune envie de devenir Guikas à la place de Guikas. Son bureau sera notre salle de réunion.

– Et qui occupera votre poste ? demande Dermitzakis qui brûle de le savoir.

– Pour le moment c'est toi, à l'ancienneté, lui dis-je. Il n'a pas été question d'un remplaçant et je ne pense pas qu'on en discutera sans me demander mon avis.

Cela le tranquillise, tout comme moi, car je ne veux pas de tensions dans le service tant que nous enquêtons sur une affaire si compliquée.

– Bien. Je vous remercie tous pour vos vœux et vos félicitations. Revenons-en maintenant à nos affaires. On commence par qui ?

Comme d'habitude, Koula intervient la première.

– J'ai pu localiser Periklis Stefanakos. Il a quatre-vingt-deux ans et habite 12, rue Menelaou à Kallithea. J'ai aussi son portable.

– Et les autres ? Vous avez retrouvé les employés licenciés des hôtels ?

– Pas tous, me répond Dermitzakis. Les recherches vont nécessiter du temps et de la patience. Certains parmi ceux que nous avons retrouvés sont encore au chômage. D'autres travaillent pendant la saison touristique seulement. Mais pour savoir quel salaire ils touchent, il faudra les interroger.

– Vous avez pu tirer quelque chose du foyer ?

C'est au tour d'Askalidis :

– Au départ, votre supposition était la bonne. Sauf qu'on ne donne pas une chance à tous les jeunes du foyer. Fokidis embauchait en priorité les meilleurs. Les autres devaient attendre qu'une place se libère ou se contenter d'un boulot saisonnier.

Il secoue la tête et soupire.

– Vous auriez dû voir tous ces jeunes. Maintenant que Fokidis est mort, ils tremblent tous à l'idée de perdre la perspective d'une place, même mal payée.

– Continuez avec les employés licenciés et on en reparle.

Je demande à Koula le numéro de portable de Stefanakos et l'appelle. Dès qu'il décroche, je lui dis :

– Commissaire Charitos. Je parle bien au troglodyte de l'État clientéliste ?

Suit un silence, puis une voix calme me répond :

– Finalement, vous m'avez trouvé.

– C'était une question de temps, monsieur Stefanakos. Mais j'aimerais qu'on puisse se voir pour en parler.

– Je suis suspect ?

– Nous savons que vous avez quatre-vingt-deux ans. Vous seriez suspect s'il y avait des poseurs de bombes de votre âge.

Il se met à rire.

– J'en discuterai volontiers, mais ce sera à vous de vous déplacer. À mon âge, une visite à la Sûreté n'est pas de mise.

– Vous êtes disponible maintenant ?

– Certainement.

Je feins de ne pas connaître son adresse et le laisse me la donner. Après réflexion, je décide de ne pas prendre la voiture de patrouille. Inutile de faire de l'esbroufe à cause de mon avancement. Mieux vaut rester fidèle à mes vieilles habitudes.

Je descends au garage et sors la Seat. L'itinéraire logique pour aller rue Menelaou est de prendre l'avenue Thisseos. Heureusement, c'est un trajet sans embouteillage. Je repère facilement l'immeuble de Stefanakos.

Il m'ouvre en personne. C'est un octogénaire grand, élancé, portant costume et cravate. Seule sa canne trahit son âge.

Il me tend la main pour se présenter, comme le font les gens de sa génération, et me conduit au salon. Nous nous installons dans des fauteuils face à face.

– Despina, appelle-t-il, et aussitôt apparaît une sexagénaire rondelette. Vous prendrez bien un café ? me demande-t-il.

Et pour que je me sente à l'aise, il ajoute :

– C'est l'heure où j'en bois un.

J'accepte et la dame rondelette se retire pour préparer les cafés.

– Je vis seul et Despina s'occupe de moi, m'explique-t-il. Ma femme est morte depuis de nombreuses années et mon fils est directeur d'une entreprise d'Internet à Londres. Lorsque je ne serai plus en mesure de vivre seul, j'irai dans une maison de retraite.

Il marque une petite pause, puis enchaîne :

– Mes connaissances du Web sont dues à mon fils qui m'a donné des cours. En raison de ma profession, j'étais familiarisé avec l'enseignement.

– Vous étiez professeur ?

– Non, proviseur. C'est comme ça que j'ai connu Kaplanis. Il était élève dans mon lycée. Mon antipathie pour lui remonte à ces années-là.

– Pourquoi ?

– Si nous vivions encore dans un régime de monarchie constitutionnelle, Kaplanis aurait sûrement été un grand personnage. C'était un excellent élève, mais il aimait s'entourer d'une cour. Ses courtisans étaient les privilégiés. Ceux qui ne faisaient pas partie de sa cour étaient ses concurrents. Il cherchait par tous les moyens à les écarter, parfois même à les anéantir. Il m'est souvent arrivé d'intervenir personnellement pour protéger ses victimes, même vis-à-vis des profs qui lui passaient tous ses caprices parce que c'était un élève brillant.

– Vous pensez qu'il a gardé la même attitude tout au long de sa carrière ?

– Je ne le pense pas, je le sais, car il se trouve qu'il a épousé ma nièce Loukia. Comment a-t-elle pu être aveuglée au point de tomber amoureuse de cet opportuniste sans scrupules ? Je ne me l'explique pas. En tout cas, ils se sont connus au lycée et ont eu une relation quand ils étaient étudiants. Quand Loukia a compris qui elle avait épousé, il ne lui restait plus qu'à divorcer.

– Quand vous avez publié votre post, vous déteniez des éléments que vous n'avez pas révélés ?

– Non. La seule chose que je savais avec certitude, c'est qu'aux yeux de Lazaros Kaplanis, il n'y avait que deux catégories de personnes. Ses courtisans et ses ennemis. Je vous le répète, il aurait fait un grand personnage.

Il réfléchit un peu avant de poursuivre :

– En rédigeant mon post, j'avais un autre objectif.

Je lui demande avec curiosité :

– Lequel ?

– J'avais lu les deux déclarations après l'assassinat de l'homme d'affaires. Les auteurs ont dissimulé leur mobile et ne l'ont confirmé que lorsque la police l'a découvert. Je voulais les provoquer, les obliger à se dévoiler.

Il s'arrête, plongé dans ses pensées.

– Encore aujourd'hui, je me demande pourquoi je l'ai fait. Peut-être parce que je me sentais indigné par cette image de cadre supérieur modèle jouissant de la confiance aveugle des Européens. Ou peut-être à cause de Loukia. Ma femme avait un faible pour elle, c'était sa nièce.

Il me regarde et sourit.

– Avouez quand même que j'ai réussi mon coup.

Je lui réponds en souriant aussi.

– D'accord avec vous. Même si dans votre post, vous avez eu des remarques désobligeantes sur les flics.

– Vous avez raison, mais excepté les courtisans du système, les gens de ma génération sympathisaient rarement avec la police.

– Et pourquoi « troglodyte de l'État clientéliste » ? Comment l'idée de la signature vous est-elle venue ?

Je pose la question par curiosité.

– L'administration en Grèce est une suite de cavernes, monsieur le commissaire. Et plus on avance, plus elles sont ténébreuses et doivent être explorées avec précaution. Je suis parvenu à traverser les cavernes jusqu'à la fonction de proviseur. Kaplanis, lui, était un troglodyte virtuose. Non seulement parce qu'il savait comme personne parcourir les cavernes, mais parce qu'il avait la capacité d'en créer, impraticables pour les autres.

Je n'ai pas d'autre question à lui poser.

– Je vous remercie pour le temps que vous m'avez accordé, mais aussi pour votre post. Vous nous avez beaucoup aidés.

Et parce que j'ai eu moi aussi de l'avancement, ce qui selon Stefanakos signifie traverser certaines cavernes avec succès, les deux troglodytes se saluent.

29

Au moment d'appeler Stella pour réunir l'état-major, mon portable sonne. Surprise : c'est Guikas.

– J'ai appris la bonne nouvelle, félicitations, me dit-il. J'en suis très heureux, non seulement à cause de notre collaboration passée, mais parce que tu l'as bien mérité. J'aimerais qu'on prenne un café, poursuit-il. Tu as du temps ?

Le temps, je n'en ai guère, mais il n'est pas facile de refuser. Je lui donne rendez-vous dans une demi-heure à la cafétéria au bout de l'avenue Alexandras, en me maudissant d'être incapable, malgré ma promotion, de me libérer du syndrome du subordonné.

Je m'apprête à partir, lorsque Dermitzakis me devance.

– Voilà, c'est fait, m'annonce-t-il. Parmi les employés licenciés des hôtels de Fokidis, cinq sont morts, dont deux se sont suicidés. Certains sont redevenus paysans dans leur village. Deux louent des chambres aux touristes. D'autres enchaînent les petits boulots. Nous en avons repéré cinq ou six au chômage, dont celui qui vous a téléphoné.

– Voilà qui est précis, bravo.

– Vous voyez, l'équipe continue d'être efficace maintenant que vous avez grimpé d'un échelon, répond-il en souriant.

Puis, de nouveau sérieux :

– On commence par lesquels ?

– Les chômeurs. On décidera de la suite en fonction du résultat de la pêche. De toute façon les paysans ne nous concernent pas.

– On les convoque un par un séparément ?

– On ne convoque personne pour l'instant. Je veux d'abord avoir pour chaque chômeur une fiche biographique. Notez leur situation familiale, leurs conditions de vie et tout ce qui peut nous intéresser. Ensuite, nous déciderons qui interroger.

Dermitzakis regagne son bureau et j'informe Koula que je serai absent pendant une heure pour voir Guikas.

– Il est au courant ?

– Oui.

– Je n'ai jamais vu personne d'aussi bien renseigné. Entre nous, on ne lui a pas rendu justice.

– Comment ça ?

– Il aurait dû diriger les services secrets.

Et elle éclate de rire.

Lorsque j'arrive à la cafétéria, Guikas m'attend devant son café. Je mets un moment à me remettre de ma surprise : j'ai devant moi un autre Guikas, avec blouson, T-shirt et chaussures de sport.

– Excusez mon retard, dis-je.

– Tu n'es pas en retard. C'est moi qui arrive toujours en avance, étant retraité.

Il me serre dans ses bras.

– Tu ne peux pas savoir comme je suis content, Kostas, murmure-t-il. Tu ne peux pas savoir.

– Je sais que pendant toutes ces années vous avez toujours estimé mon travail.

– D'abord tu dois me tutoyer, me corrige-t-il. Tu es maintenant sous-directeur de la Sûreté, et moi simple pêcheur. Normalement, c'est moi qui devrais te vouvoyer.

Puis, d'un ton presque solennel :

– Je suis fier de toi, Kostas. Fier de t'avoir eu pour collaborateur si longtemps. Nous avons eu des conflits, nous nous sommes parfois énervés l'un l'autre, mais tu ne peux pas nier que j'avais en toi une confiance absolue.

– Et tu me laissais faire mon travail, même quand tu avais des objections.

Et sans plus tarder je passe à la question brûlante :

– Comment l'as-tu su ?

Il rit.

– Je n'ai pas eu besoin d'activer mes anciens réseaux. Kapsidis m'a téléphoné. Il était tout content.

Bien sûr, me dis-je. Sans l'intervention du sous-chef, le chef n'aurait pas pris l'initiative.

– Excuse-moi de ne pas t'avoir appelé pour te l'annoncer moi-même, dis-je. Je devais garder le secret.

– Ce n'est pas grave. Je tiens seulement à te dire que tu as en Kapsidis un supérieur qui te fait totalement confiance, lui aussi. Avoir un tel soutien est d'autant plus important maintenant que c'est toi qui vas prendre les décisions. Et puis tant qu'il sera là, il n'acceptera pas qu'on te colle un directeur qui te mènera la vie dure. Même si le ministre exerce des pressions, il fera du directeur une potiche et travaillera avec toi.

– Je te remercie. Tu me soulages. Mais qu'est-ce que tu m'as dit tout à l'heure sur la pêche ?

Son visage s'éclaire, il sourit.

– Kostas, j'adore pêcher, tu ne peux pas imaginer. Nous passons désormais en Eubée la plupart du temps et je suis devenu un vrai pêcheur. J'ai appris la technique et les gens du coin se frottent les yeux en me voyant. On m'aurait dit que j'aurais ce talent un jour, je ne l'aurais jamais cru.

– Et que dit ta femme ?

– Elle se frotte les yeux, elle aussi, et elle bénit le ciel de ne pas m'avoir toute la journée à la maison pour que je lui casse les pieds. Nous sommes encore en Eubée. Dès notre retour, je t'appellerai pour qu'on dîne un soir avec ces dames.

– Je t'attends.

Nous nous étreignons une fois encore avant de nous séparer, comme de vieux amis qui ne se sont pas vus depuis longtemps.

En regagnant mon bureau je suis de bonne humeur, ce qui n'était pas souvent le cas lors de ma collaboration avec Guikas. Je réunis l'état-major dans son ancien bureau.

C'est l'une des rares fois où ils m'attendent au complet. Ils écoutent mon exposé, puis Vellidis prend la parole :

– Il faut envoyer une lettre de remerciement à Stefanakos. Grâce à lui, nous connaissons le mobile des Idiots dans le meurtre de Kaplanis.

– Il savait ce qu'il faisait, ajoute Karabetsos.

– Très juste, mais je crois que seuls les chômeurs de Fokidis nous mettront sur la voie, dit Koulakos.

– Tu as raison, dis-je, et c'est pourquoi je veux que tu participes aux interrogatoires. Tu es notre expert en économie et tes questions peuvent nous aider.

– Je viendrai volontiers.

– Et nous, quelle feuille de route ? me demande Karabetsos.

– Rien pour l'instant. Tu devras attendre le résultat des interrogatoires.

– Le seul qui puisse partir la conscience tranquille, parce qu'il a fait son devoir, c'est moi, dit Vellidis.

J'ai à peine réintégré mon bureau que Dermitzakis fait irruption, comme s'il avait des indics pour l'informer de mes déplacements.

– Nous avons déjà les bios de cinq chômeurs. Askalidis aura terminé celle du sixième pour demain matin. On les fait venir quand ?

– On verra ça demain. Quand nous les aurons toutes, nous saurons dans quel ordre les convoquer.

De toute façon, je n'ai pas envie de commencer aujourd'hui.

J'appelle Adriani pour qu'elle me dise où nous mangerons ce soir.

– Je suis chez Katérina. Je prépare des aubergines imam et de l'agneau au four. J'ai dit que tu avais une annonce à nous faire et elle a proposé qu'on dîne chez elle pour que Lambros soit informé, lui aussi.

Je regarde ma montre. Il me reste une heure à tuer avant de les rejoindre. Soudain je m'avise que je ne peux pas faire une telle annonce les mains vides. Adriani me remonterait sûrement les bretelles. J'hésite entre vin et gâteaux, et le vin l'emporte.

Je pars plus tôt pour faire mes achats.

30

Je m'attends à ce que Katérina m'accueille, mais c'est Adriani. Dès qu'elle voit les bouteilles de vin, elle exprime sa satisfaction.

– Bravo, c'est bien d'y avoir pensé. Je m'apprêtais à t'appeler.

– Tu croyais vraiment que j'allais venir les mains vides ? lui dis-je, marquant ainsi un point.

– Ne fais pas le malin et entre. Ils sont tous sur des charbons ardents.

Quand j'entre dans le salon, ma première impression est de me retrouver dans une réunion de parents d'élèves. À part la famille, il y a aussi les trois autres qui ont honoré les tomates farcies la veille.

– Allez papa, annonce vite la nouvelle. Si Lambros se met à pleurer, je serai obligée de vous laisser.

– Patiente un peu, lui dis-je. J'attends les équipes.

– Quelles équipes ? s'étonne Adriani.

– Les équipes de télé. Comment puis-je faire une annonce sans la télévision ?

– Ça y est, mon mari ne se sent plus, commente Adriani avec fatalisme.

– Arrête ton char, papa. Dis-nous la nouvelle, maintenant que Lambros me laisse un peu de répit.

Je raconte dans le détail mes deux entretiens avec le chef et le sous-chef. Pour finir, je leur offre en dessert ma rencontre avec Guikas.

Les réactions de mon auditoire passent de la surprise aux sourires et à l'enthousiasme. La première à s'élancer vers moi est ma fille. Elle tombe dans mes bras, me serre contre elle et, d'une voix à peine audible en raison de l'émotion, me dit :

– Tu ne sais pas à quel point je suis contente, papa. Tu ne sais pas à quel point.

Puis, pour cacher son émotion, elle lance à voix haute :

– Maintenant, je pourrai dire à Lambros que son grand-père est sous-directeur de la Sûreté et il sera tout fier.

– N'en sois pas si sûre.

– Pourquoi ? Ton avancement risque d'être annulé ?

– Non, mais ses camarades d'école diront de lui qu'il est le petit-fils d'un flic.

– Et ce sera tout à son honneur, dit Adriani, toujours prête à faire son commentaire.

C'est au tour de Fanis. Il m'attrape par les bras et m'embrasse sur les deux joues.

– Tu m'as remonté le moral, dit-il en riant.

– Ah bon ?

– Oui, maintenant que tu es monté en grade, je peux espérer devenir un jour directeur de clinique.

Mania, tout comme Katérina, me serre contre elle en m'embrassant et Uli exprime sa joie avec une poignée de main chaleureuse.

– Les tomates farcies d'hier, c'était un prélude à l'annonce ?

– Oui, Kostas voulait garder l'événement secret jusqu'à ce que ce soit officiel, lui explique Adriani.

Le répit accordé par Lambros prend fin car on entend ses pleurs. Katérina va le rejoindre dans sa chambre.

Zissis est le seul à ne pas avoir bougé de sa place. Je commence à penser que l'avancement d'un flic laisse le vieux communiste indifférent, quand il se lève et s'approche. Il me prend à l'écart, pose une main sur mon épaule et de l'autre serre la mienne.

– Voilà une des rares circonstances où l'administration grecque a fait le bon choix, me dit-il à voix basse. Ta famille a raison de se réjouir. Mais moi je sais, depuis l'époque où nous étions dans des camps adverses, à quel point tu es un homme intègre.

Ses paroles me touchent davantage que toutes les embrassades. Je fais avec lui ce que je n'ai pas fait avec les autres. Je le serre contre moi et lui murmure à l'oreille :

– Merci, Lambros, mais s'il te plaît, ne dis plus « ta famille ». Tu en fais partie.

Nos confessions mutuelles sont interrompues par Katérina qui apporte le bébé.

– Félicite ton grand-père, dit-elle en venant vers moi.

Je prends Lambros dans mes bras. Il me regarde et brusquement se met à pleurer.

– Pauvres de nous. Mon fils n'aime pas les flics, dit Fanis.

– Mais qu'est-ce que tu racontes ? intervient Adriani. Les bébés préfèrent leur maman et leur grand-mère parce que les bras des femmes sont plus tendres. Viens, mon chéri.

Elle le prend et, comme par miracle, il s'arrête de pleurer.

– Tu as vu ça ? dit Adriani à Fanis d'un air triomphant.

Katérina reprend le bébé.

– Je m'en occupe. Toi, tu dois préparer le dîner officiel.

Le fait d'être trimballé de l'un à l'autre a énervé le bébé qui se remet à pleurer. Katérina l'emmène dans sa chambre pour le calmer. Adriani et Mania s'occupent du repas et nous restons entre hommes.

– Que signifie cet avancement pour toi ? demande Fanis.

– D'un point de vue personnel ou en ce qui concerne le service ?

– En ce qui concerne le service, bien sûr. D'un point de vue personnel, c'est évident. Tu es content, comme le serait n'importe qui à ta place.

Je réfléchis avant de répondre.

– Si j'en crois mes deux supérieurs, je serai le responsable du service, même si un directeur est nommé à la place de Guikas. Ils me font confiance et je n'ai aucune raison de ne pas les croire. Bien sûr, personne ne sait ce qui peut se passer en cas de changement de direction, mais d'ici là nous avons le temps. J'aurai peut-être pris ma retraite.

– Et toi, Uli, qu'est-ce que tu en penses ? demande Zissis.

– Je ne comprends pas, répond Uli.

– Qu'est-ce que tu ne comprends pas ? lui demande Fanis.

– Moi, je travaille toujours seul. On me donne un travail à faire, je le fais et quand j'ai fini, j'en cherche un autre. Avoir de l'avancement, je ne peux pas savoir ce que c'est.

– Vous autres, les salariés, vous ne pouvez pas comprendre la libre entreprise, nous dit Zissis.

– Et toi, tu la comprends ? lui demande Fanis.

– J'arrive à la comprendre parce que toute ma vie j'ai été un chômeur libre.

Adriani apporte le plat d'aubergines imam tandis que Mania la suit avec la salade. Katérina arrive avec le vin. Nous prenons tous place à table et Fanis, en sommelier accrédité, nous sert.

Tous lèvent leur verre pour me féliciter. Adriani et Katérina viennent m'embrasser.

– Mania, prends-nous en photo, dit Katérina. Fanis, viens, toi aussi.

Mania sort son portable pour photographier la famille. Puis nous commençons à manger avec appétit. Les félicitations s'adressent maintenant aux aubergines d'Adriani.

Suit l'agneau au four avec les pommes de terre. Pour Katérina et moi, la saveur des plats d'Adriani est presque une routine, mais les autres qui ne les dégustent que rarement les accueillent chaque fois avec des acclamations.

Mania est en train d'apporter le dessert quand mon portable sonne. On m'appelle du centre opérationnel.

– Un poste de gendarmerie près du cap Sounion vient de nous avertir qu'un accident a eu lieu, monsieur le commissaire. Un véhicule est sorti de la route, il est tombé dans la mer.

– Depuis quand les accidents sont-ils du ressort de la Sûreté ?

– Je ne vous aurais pas dérangé, mais le capitaine du poste nous a dit aussi autre chose. La voiture de patrouille qui s'est rendue sur les lieux a été alertée par quelqu'un qui a déclaré avoir vu une camionnette barrer la route sur toute sa largeur. C'est en voulant l'éviter que le conducteur s'est jeté dans la mer. Le capitaine soupçonne une tentative d'assassinat et a dit de vous avertir.

– Bon. Je vais envoyer mon équipe sur les lieux pour voir ce qui se passe.

Je raccroche et appelle Dermitzakis. Je lui dis d'envoyer Askalidis, Koula et Dervisoglou pour qu'ils fassent un rapport.

– Il vaut mieux que j'y aille avec eux, répond Dermitzakis. Au cas où les choses iraient de travers.

Je lui dis de m'appeler s'il constate quelque chose de suspect. Nous raccrochons et je rejoins les autres à table pour le gâteau au chocolat. Je ne me souviens pas d'avoir jamais fêté mon anniversaire et je me rattrape avec mon avancement.

– Encore un assassinat ? demande Fanis.

– Non. Un accident vers le cap Sounion, mais le témoignage d'un conducteur complique les choses et j'ai envoyé deux de mes adjoints sur place vérifier qu'il n'y a rien de suspect.

Katérina sert le gâteau. Uli se lève et sort de son sac à dos une bouteille contenant un liquide ressemblant à du tsipouro.

– C'est quoi ? demande Zissis.

– De la grappa, répond Uli. Une eau-de-vie italienne qui rappelle le tsipouro. Sauf que les Italiens en boivent à la fin du repas.

L'accueil est unanime. Même Zissis exprime sa satisfaction.

– C'est pour ça que nous nous entendons bien avec les Italiens, commente Adriani.

– Parce qu'ils boivent de la grappa ? s'étonne sa fille.

– Grappa et tsipouro, c'est du pareil au même.

En fin de soirée tous sont de bonne humeur et je suis content d'avoir fêté mon avancement en famille.

Dermitzakis m'appelle dès que je mets en marche la Seat.

– Je crois que vous devriez venir, monsieur le commissaire.

J'éteins aussitôt le moteur.

– Pourquoi ? Il y a un problème ?

– On a retrouvé la camionnette. À Varkiza, devant le tunnel. Elle a fait l'objet d'une déclaration de vol hier en fin de matinée.

– Appelle Dimitriou qu'il aille là-bas avec son équipe. Je suppose que les gardes-côtes ont été appelés pour repêcher la voiture.

– Je préviens aussi le médecin légiste ?

– Attendons d'abord que le véhicule soit sorti de l'eau. Et envoie une voiture de patrouille me chercher.

Quand on a la poisse, on ne peut même pas profiter de la meilleure journée.

31

Il est une heure du matin lorsque j'arrive sur les lieux de l'accident. L'estomac lourd et la cervelle vaseuse d'avoir bien mangé et bien bu, je suis hors d'état de mener une enquête.

L'accident s'est produit précisément à l'endroit où l'on avait tenté de faire sauter le dictateur Papadopoulos.

La camionnette n'a pas bougé. On a fermé la voie vers Athènes et mis l'autre en double sens. À cette heure-là, de toute façon, la circulation est presque inexistante.

Le capitaine de gendarmerie s'approche pour me faire son rapport, qui n'ajoute rien d'essentiel à celui de Dermitzakis.

– Le témoin oculaire est encore là ?

– On l'a laissé partir, il était avec sa famille, mais nous avons ses coordonnées.

J'aperçois Dimitriou qui scrute la chaussée avec une lampe torche et je vais vers lui.

– À cette heure je n'ai pas de questions géniales à te poser, dis-moi seulement ce qui pourrait nous aider.

– On a trouvé la camionnette là où vous la voyez. Elle devait être garée côté mer avant de venir barrer la route.

Il me regarde.

– Je ne veux pas marcher sur vos plates-bandes, monsieur le commissaire, mais je ne pense pas qu'il s'agisse d'un accident. Apparemment quelqu'un a guetté la voiture et prévenu la camionnette. Il faisait nuit, le conducteur n'a pas vu l'obstacle à temps. Dans sa panique, il a dû foncer dans le ravin.

En quittant Dimitriou pour retrouver mes adjoints, je suis abordé par un collègue.

– Kapelas, des gardes-côtes, monsieur le commissaire. Malheureusement, nous ne pouvons pas remonter le véhicule avant le jour, mais j'ai fait venir deux hommes-grenouilles pour explorer le fond à cet endroit. Je vous informerai dès que j'aurai du nouveau.

Il retourne à son poste. En rejoignant mes troupes, je trouve Koula toute seule.

– Où sont les autres ?

– Ils font le tour des tavernes du coin à la recherche d'infos. J'ai terminé la première, mais je n'ai rien trouvé. Normal, on ne sait même pas qui ils étaient, ni s'ils ont ou non mangé sur place. On cherche à l'aveuglette.

Bientôt Askalidis, puis Dervisoglou reviennent les mains vides.

– Tout le monde nous regarde en haussant les épaules, dit Askalidis. Personne ne sait rien.

Dermitzakis est le dernier.

– On peut rentrer chez nous, monsieur le commissaire ? Chercher dans ces conditions, ça n'a pas de sens.

– Tu as raison, mais attendons ce que vont nous dire les plongeurs.

J'irais volontiers dormir moi aussi, dans l'état où je suis, mais je serre les dents. Je retourne vers Dimitriou. À côté de lui, un type dans les quarante ans examine la camionnette, l'air inquiet.

– Rien d'anormal ? lui demande Dimitriou.

– Apparemment, elle n'a pas souffert. Vous me la rendez quand ?

– Il faut d'abord qu'on l'examine à l'atelier. Si tout est en ordre, tu l'auras après-demain. Tu appelleras l'Identité judiciaire, ils te diront. Note ses coordonnées.

– Donc je vais rester un jour de plus sans bosser ? Putain, la poisse !

– Où l'avais-tu garée ? dis-je.

– Dans un terrain vague pas loin de chez moi, à Liossia. Je ne la laisse pas devant la maison, la rue est étroite, on me l'a emboutie deux ou trois fois. Ça fait des années que je la gare là-bas et je n'ai jamais eu d'ennuis. Comment me douter qu'on allait me la voler ? Voler une camionnette ! Si encore c'était une Mercedes ou une BMW...

Il se tourne vers Dimitriou :

– Fais quelque chose, mon vieux, pour qu'ils terminent plus tôt. Je sais, c'est pas ta faute, mais pour moi c'est mon gagne-pain.

– D'accord, je vais dire aux gars de s'en occuper dès demain matin. Appelle à dix heures, et si tout va bien tu pourras la reprendre.

Nous le laissons à ses angoisses et rejoignons les autres, avec parmi eux les deux hommes-grenouilles et le chef des gardes-côtes.

– Il y avait trois hommes dans la voiture, monsieur le commissaire, dit l'un des plongeurs. Autant qu'on puisse en juger, ils avaient entre quarante et cinquante ans. La voiture est une Hyundai avec des plaques grecques. Quand on l'aura remontée, demain, on en saura plus.

Je le remercie et me tourne vers mes adjoints :

– Refaites le tour des tavernes, certaines sont peut-être encore ouvertes, et demandez-leur s'ils ont eu trois hommes pour clients.

– On leur a dit qu'on repasserait, précise Dermitzakis.

Ils s'en vont pour une seconde tournée, me laissant seul avec le capitaine de gendarmerie.

– Comment voyez-vous les choses ? me demande-t-il.

– Je ne vois rien de précis. Pour l'instant, la seule piste, c'est la camionnette volée. Sinon, on pourrait aussi bien parler d'accident.

– Vous excluez formellement l'accident ?

– Oui. Cela ne fait aucun doute, la camionnette a volontairement barré la route à la voiture.

Considérant qu'il a fait son devoir en montrant de l'intérêt, il prend congé. Les policiers sont partis eux aussi, après avoir placé leurs barrières. Resté seul avec les chauffeurs des deux voitures de patrouille, je fais les cent pas pour essayer de hâter la digestion.

Askalidis revient le premier, suivi de Koula, tous deux les mains vides.

– Ils n'avaient que des couples ou des groupes, dit Askalidis.

Koula, même chose. Je commence à penser que nous n'arriverons à rien avant la remontée de la Hyundai, lorsque Dervisoglou déboule en courant presque.

– Ma taverne a eu trois hommes à dîner. Deux d'entre eux devaient être étrangers, car ils parlaient anglais tous les trois. Le troisième était grec. C'est lui qui a commandé les plats.

– Tu leur as demandé s'ils sont venus dans une Hyundai ?

– On ne sait pas. Mais l'un des serveurs a vu une Hyundai garée.

Cette nouvelle ne plaît à aucun de nous. C'est Dermitzakis, arrivé en dernier, qui va donner l'explication la plus plausible :

– Un Grec et deux étrangers, ça sent le règlement de comptes mafieux. Comme si les Idiots ne nous suffisaient pas, la mafia nous tombe dessus.

– De toute façon, dis-je, nous ne pouvons rien faire avant que la voiture soit remontée. Allons tous dormir.

Quant à savoir comment je vais réussir à fermer l'œil avec ce poids sur l'estomac, c'est une autre histoire. Mon seul espoir, c'est ma fatigue.

32

Le lendemain matin à huit heures, nous nous retrouvons tous au même endroit, fatigués, mal réveillés. La seule chose positive est que je n'ai plus ce poids sur l'estomac.

L'équipe des gardes-côtes s'est déjà mise au travail pour remonter la voiture et pour l'instant nous nous contentons d'assister au spectacle.

Dimitriou n'a que deux de ses adjoints avec lui. Il a laissé le reste de son équipe à l'atelier pour examiner la camionnette. Nous avons averti le médecin légiste pour qu'il vienne récupérer les trois victimes.

– Nous aurions pu venir plus tard, les gardes-côtes en ont pour un moment, dit Askalidis.

– Et s'ils finissent plus tôt ? réplique Dermitzakis. Ils seraient obligés d'attendre notre arrivée ? Et si ça ne peut pas se faire aujourd'hui pour une raison ou une autre, de notre côté il ne faudrait pas qu'on le sache ? Qu'on puisse avancer dans l'enquête entretemps ?

Askalidis comprend qu'il a fait une gaffe et il la boucle. Il aurait sûrement préféré être à la place de Koula et rester tranquille au bureau pour coordonner les équipes.

Je tourne de nouveau mon attention vers les tentatives des gardes-côtes, quand mon portable sonne. C'est le sous-chef.

– Où êtes-vous, commissaire ?

– Sur les lieux du crime. J'attends qu'on remonte le véhicule.

– Vous devez venir tout de suite au ministère. Nous avons une information. Si elle s'avère juste, nous sommes mal barrés.

J'informe mes adjoints et monte dans la voiture de patrouille. Durant le trajet de Sounion à l'avenue Mesoyion, j'essaie d'imaginer quel genre d'information pourrait avoir trait à l'accident. Aucune idée ne me vient. Je cesse de me casser la tête, à quoi bon.

– Votre appel m'a mis sens dessus dessous, dis-je au sous-chef dès que j'entre dans son bureau.

– J'espère vous avoir alarmé sans raison et être amené à vous présenter mes excuses, répond-il. Mais ce que j'ai appris ne me plaît pas du tout.

Il me désigne une chaise devant son bureau.

– Asseyons-nous, que je puisse vous exposer l'affaire dans le détail.

Aussitôt assis, il entre dans le vif du sujet.

– Ce matin, le ministre a reçu un coup de fil du ministre des Finances. La femme d'un des directeurs des finances publiques, Dimitris Nakos, a appelé un des collègues de son mari, inquiète, pour avertir qu'il n'était pas rentré chez lui hier soir. Il devait dîner avec deux collaborateurs étrangers. Le collègue a immédiatement appelé l'hôtel où résidaient les deux étrangers. Ils ne sont pas rentrés non plus. Le ministre des Finances a appelé le nôtre pour demander qu'on lance une enquête.

Je suis pris de sueurs froides. J'essaie de me concentrer afin de poser les bonnes questions.

– Vous savez qui sont ces deux étrangers ?

Le sous-chef prend un papier devant lui.

– Oui. L'un est un cadre de Bruxelles. Un Belge, Frank Westerman. L'autre est italien. Un cadre du FMI, Fabrizio Tebaldi.

– On connaît la raison de leur présence en Grèce ?

– Le collègue de Nakos, directeur de service lui aussi, dit qu'ils sont venus contrôler les chiffres en vue de la prochaine réunion du comité financier à Bruxelles. Ils étaient très satisfaits et Nakos les a invités à dîner pour fêter ça.

– Nous devons l'interroger au plus vite.

– Je peux arranger ça tout de suite, mais l'interrogatoire doit se dérouler en présence du chef, car c'est lui qui va informer le ministre.

– C'est entendu. D'ailleurs, si c'est ce que je crains, nous aurons sans cesse les deux ministres dans les pattes.

– Que craignez-vous ?

– Que les trois victimes de l'accident soient les trois hommes qui sont sortis dîner hier soir.

– C'est bien ce que je crains aussi.

Sur ces mots, nous rejoignons le chef dans son bureau. Quand nous lui exposons l'affaire, depuis l'accident de la veille jusqu'à nos conclusions, il blêmit.

– Je fais venir tout de suite ce directeur pour l'interroger.

Il appelle le secrétariat du ministre, puis se tourne vers moi.

– Votre avancement est tombé au bon moment, me dit-il.

Je ne saisis pas le rapport et lui demande pourquoi.

– Ne vous y trompez pas, monsieur le commissaire. Dès que la nouvelle sera connue à Bruxelles et à Francfort, des officiers de police européens vont débarquer et il faudra bien qu'un de leurs pairs leur serve d'interlocuteur.

Me voilà comblé d'aise, mais je ne peux rien dire car il a raison. Sauf que le privilège d'entretenir des relations internationales risque d'être remis en cause au quotidien quand j'aurai tout le monde sur le dos, les Grecs comme les étrangers.

Le portable met fin à mon pessimisme.

– Monsieur le commissaire, on a sorti le véhicule de l'eau. La Médecine légale peut récupérer les corps des trois victimes ?

– Non, qu'on attende parce qu'il est urgent de les identifier. Je vais venir avec un témoin qui les connaissait, mais cela va prendre du temps parce que nous devons d'abord l'interroger.

Suit un silence de mort. Personne n'a envie d'ouvrir la bouche et nous attendons le témoin. Il arrive, essoufflé, et se présente : Byron Zisopoulos.

– C'est eux ? demande-t-il, à peine assis.

– Nous le saurons bientôt. Vous pouvez nous dire à quel moment vous avez reçu le coup de fil de la femme de Dimitris Nakos ?

– Dès que je suis arrivé au bureau. En raccrochant, j'ai tout de suite appelé l'hôtel où sont descendus Frank et Fabrizio, et on m'a dit qu'ils n'avaient pas non plus passé la nuit dans leurs chambres.

– Vous connaissiez la raison de ce dîner ?

– En partie. Le reste, je l'ai appris par la femme de Nakos. Les deux experts étrangers avaient constaté que les indices économiques étaient positifs, et que le PNB et les recettes de l'État étaient en hausse. Ils étaient très satisfaits. Nakos tout joyeux me l'a annoncé lui-même. Ça, c'était avant-hier, un peu avant que la nouvelle soit diffusée dans les médias. D'après sa femme, ils voulaient fêter ça le soir même, mais Nakos avait un engagement familial. Alors ils sont sortis hier, parce que les deux experts repartaient aujourd'hui.

– Quelle marque de voiture Nakos conduisait-il ?

– Une Hyundai Tucson.

J'ai envie de m'écrier : « Le chemin de croix continue. » Le sous-chef le voit à mon air et comprend. Puis je me dis que peut-être la voiture qu'ils ont sortie de l'eau est un autre modèle Hyundai, même s'il s'agit sans doute d'un vœu pieux.

– Vous allez devoir nous accompagner pour l'identification des corps, monsieur Zisopoulos. S'il n'y avait que Nakos, j'aurais pu demander à sa femme de le faire. Mais vous êtes le seul à pouvoir identifier les deux autres. Je sais que c'est pénible, mais nous ne pouvons pas faire autrement, hélas.

– Vous plaisantez ? Bien sûr que je vais venir, me répond-il, et il se lève.

– Je veux que vous me teniez au courant, monsieur le commissaire, me dit le chef. Vous comprenez bien que si le pire se confirme, les deux ministères seront impliqués.

Je le rassure :

– Ne vous inquiétez pas, vous serez informé à chaque étape.

Je monte avec Zisopoulos dans la voiture de patrouille. Le trajet jusqu'à Varkiza est long, même avec la sirène. Nous restons tous deux silencieux au début, mais bientôt Zisopoulos explose.

– Pourquoi ? me demande-t-il. Pourquoi les avoir tués ?

– Attendons d'être sur place et d'entendre l'avis des techniciens. Il n'est pas exclu qu'il s'agisse d'un accident de la route.

En arrivant, nous apercevons une foule formant un cercle, vraisemblablement autour de la voiture. Plus loin sont garées les ambulances. Dès que nous approchons, les gens s'écartent et la Hyundai apparaît. Sa chute sur les rochers l'a amochée, elle est pleine de bosses.

Je demande à Zisopoulos :

– Même dans cet état, vous reconnaissez la voiture de Nakos ?

Il me le confirme et mon vœu pieux s'envole.

Heureusement, les corps sont dans les ambulances et Zisopoulos n'a pas à affronter tout de suite le choc de ce spectacle.

J'aperçois Dimitriou, mais pas Stavropoulos, le médecin légiste. Il a dû se dire que sa présence n'était pas nécessaire. Un premier examen des victimes sur les lieux de l'accident n'aurait rien révélé de plus.

– Je ne vais pas vous retenir longtemps, dis-je à Zisopoulos. Après l'identification, vous pourrez retourner au bureau avec la voiture de patrouille.

Je fais signe à Dermitzakis d'approcher. Je lui présente Zisopoulos et lui dis de l'accompagner. Tous les regards sont tournés vers les ambulances et nous attendons fiévreusement son verdict.

Zisopoulos se tient quelques instants devant la première ambulance, puis fait de même devant la deuxième. Il tourne alors son visage vers nous et se couvre les yeux de sa main, comme s'il avait le vertige.

Puis il s'approche de nous.

– Ce sont eux. Dimitris, Frank et Fabrizio.

Il éclate soudain :

– Pourquoi ? demande-t-il encore. Pourquoi les avoir tués ? Vous avez une explication ?

– Il est encore trop tôt pour tirer des conclusions, lui dis-je.

Je le remercie pour son aide et fais signe à Dermitzakis de le raccompagner jusqu'à la voiture.

J'appelle tout de suite le sous-chef pour l'informer de l'identification.

Dermitzakis revient, suivi par Askalidis et Dervisoglou.

– Il s'agit bien d'un acte criminel ou vous avez encore des doutes ? me demande Dermitzakis.

– Pas le moindre.

– Oui, mais comment pouvait-on savoir qu'ils iraient dîner ensemble tous les trois ? s'étonne Askalidis.

– La manœuvre paraît si audacieuse qu'il nous faudra du temps pour la reconstituer. Nous n'avons plus rien à faire ici. Rentrons au bureau pour en discuter tranquillement.

Dimitriou nous a rejoints et suit la discussion.

– Je suis d'accord avec vous, monsieur le commissaire, me dit-il. Et j'ajouterai quelque chose. Devant l'entrée du tunnel, il y a des traces de pneus. Le conducteur a dû voir la camionnette au dernier moment et a freiné brusquement. Il a perdu le contrôle de la voiture qui est tombée sur les rochers puis dans la mer. J'ai demandé au médecin légiste de procéder à une analyse toxicologique. Peut-être que le conducteur avait bu, puisqu'ils revenaient d'un dîner. Et une chose encore : la camionnette ne dispose que de deux places, celle du conducteur et celle du passager. Le reste est vide pour transporter des marchandises, comme nous l'a expliqué son propriétaire. Dans la camionnette, il n'y avait que le conducteur. Rien ne témoigne de la présence d'un passager. Celui qui conduisait a laissé la camionnette à cet endroit pour provoquer l'accident.

– C'est très utile de le savoir et il nous faudra évaluer ces éléments, lui dis-je.

Nous montons dans la deuxième voiture de patrouille pour retourner à la Sûreté.

33

Ils sont assis dans mon bureau et nous nous regardons. C'est à moi de lancer la discussion, mais par où commencer ?

– La première question est la plus simple, dis-je : comment savait-on que les deux étrangers se trouvaient à Athènes ?

– Enfin voyons, réagit Koula. Dès qu'un envoyé de Bruxelles ou du FMI pose le pied ici et se gratte le nez, il fait la une des médias.

– Très juste, mais il faut déterminer quand on a su que ces types allaient débarquer. Tu l'apprendras sûrement sur Internet.

Koula rejoint son ordinateur. Je me tourne vers les autres.

– La deuxième question est plus difficile : comment a-t-on su que les trois victimes iraient dîner ensemble hier soir ?

– On suivait de près leurs mouvements, répond Dervisoglou.

– On avait des complices au ministère, chez Nakos et à leur hôtel, ajoute Dermitzakis.

– Admettons. Si vraiment on les suivait de près, cela veut dire que nous n'avons pas affaire à une petite équipe. Ils ont suivi Fokidis jusque dans son hôtel. Puis Kaplanis. Et là ils semblent avoir des complices dans plusieurs endroits. Ce qui ne simplifie pas l'enquête.

– Il faut aller fouiner partout, intervient Askalidis.

– D'accord, mais j'ai bien peur qu'à vous trois vous n'y suffisiez pas. Je vais devoir demander à Karabetsos le soutien de l'Antiterrorisme.

Là-dessus, Koula réapparaît.

– La nouvelle de leur arrivée a été annoncée il y a quatre jours. Ils étaient censés contrôler les chiffres en vue de la prochaine réunion des experts à Bruxelles.

– On savait donc dans quel but ils venaient, commente Dermitzakis.

– Oui, et on les a tués quand ils ont annoncé leurs conclusions, ajoute Dervisoglou.

– Exact. Et cela peut sans doute nous aider à deviner qui sont les assassins. Ils auraient donc tué les trois hommes le lendemain de l'annonce de résultats positifs : hausse de notre PNB, des recettes de l'État... Reste à savoir pourquoi, mais je suis presque sûr que le mobile général est le même. Ce qui entraîne l'enquête dans deux directions. L'une pratique : il s'agit de déterminer qui a suivi les trois victimes, et quand. L'autre, disons, théorique : découvrir quel genre d'hypocrisie a été le mobile du meurtre.

Je m'interromps pour leur laisser la parole. Pas de réaction. Je continue.

– Organisons-nous. Koula, tu restes ici pour faire la liaison entre nous. Vous trois, vous allez chercher du côté du ministère, du domicile de Nakos et de l'hôtel. Je vais demander du renfort à Karabetsos. Je vais parler aussi à Koulakos, dont les connaissances en économie nous aideront à découvrir le mobile des trois meurtres.

Ils se lèvent déjà lorsque je les arrête.

– Vous avez les photos des chômeurs des hôtels de Fokidis ?

– Oui, dit Koula. La direction du personnel nous a communiqué leurs CV complets avec photos.

– Bien. Prenez les photos avec vous et montrez-les. Qu'ils soient reconnus ou non, dès la fin de votre enquête, rapportez-les-moi pour les interrogatoires.

Ils s'en vont tous et je demande à Stella d'appeler Koulakos et Karabetsos. En entrant dans son bureau, je la vois qui me sourit. Elle se lève d'un bond et me prend dans ses bras.

– Qu'est-ce qui t'arrive ?

– Comme j'assure encore officiellement le secrétariat, dit-elle avec un sourire en coin, j'ai reçu un document que je dois communiquer aux divers services de la direction de la Sûreté,

– Quel document ? dis-je, bien que j'aie déjà compris.

Elle ouvre un tiroir et me tend l'annonce de mon avancement. Le chef, apparemment, prévoyant la tempête qui nous attend, a eu soin de l'annoncer vite, pour consolider officiellement ma position.

– Je le diffuse tout de suite, dit-elle.

– Attends plutôt la fin de la journée.

La pression est telle que je n'ai pas de temps pour les éloges et les ronds de jambe. J'ajoute :

– Voilà, tu es désormais ma secrétaire.

– Et je sais que je vous le dois.

Nous sommes interrompus par l'arrivée de Karabetsos, que j'emmène dans le bureau des réunions.

– Alors, on rame toujours ? demande-t-il, à peine assis.

– On rame et on ne voit pas encore la côte. Je voudrais te demander un service.

– Dis-moi.

– Que tu me prêtes, en cas de besoin, deux ou trois hommes. Nous allons devoir enquêter sur trois fronts, et on ne sait pas comment l'affaire va tourner.

– Nous n'avons rien d'urgent pour l'instant. C'est quand tu voudras.

Tandis que je le remercie, Koulakos se pointe avec la même question.

– C'est du domaine de Vlassis ? demande-t-il en désignant Karabetsos.

– Non, je ne pense pas qu'il s'agisse de terrorisme.

Et je leur expose ma théorie. Koulakos a l'air songeur.

– Je pense que tu as raison, dit-il. Pour en être absolument sûrs, il va falloir attendre la proclamation, évidemment, mais je ne vois pas d'autre explication.

– Toi, le spécialiste, tu pourrais réfléchir à l'événement qui a déclenché ce nouveau meurtre.

Il replonge dans ses pensées.

– S'il se confirme que le mobile est bien l'hypocrisie, je pense que la clef, c'est la hausse du PNB et des recettes de l'État. Ils doivent considérer comme une hypocrisie une telle annonce, alors que tout le monde souffre. Sinon, je ne vois pas.

– Ça m'a l'air convaincant, dis-je. Merci.

– S'il a vu juste, tu lui devras un repas.

– On ne parle pas de cordes dans la maison d'un pendu, rappelle Koulakos. Le Golgotha qui nous attend a commencé par un repas.

Mon portable nous interrompt. Je suis accueilli par la voix angoissée du sous-chef.

– Monsieur le commissaire, venez tout de suite. Le ministre nous convoque.

Koulakos et Karabetsos se retirent et je demande à Stella d'appeler une voiture de patrouille. Le ton angoissé du sous-chef et son « tout de suite » excluent le recours à la Seat.

Pendant tout le trajet, je m'efforce de deviner la cause de cette urgence. L'explication la plus simple est qu'il veut être informé, suite à des pressions du ministère des Finances. La plus compliquée, la plus désagréable, c'est qu'il s'attend à ce que les Européens s'en mêlent et qu'il veut décider de la marche à suivre.

Le ton angoissé du sous-chef est confirmé par sa mine.

– Je ne suis pas optimiste, dit-il. Le chef n'a pas été invité, il a reçu un ordre.

Nous prenons le chef avec nous et le trio se dirige en silence vers le bureau du ministre. Sa secrétaire nous introduit aussitôt.

Le ministre, à son bureau, l'air aussi sombre que prévu, nous salue de la tête et se lève pour gagner la table des réunions. Il nous laisse à peine le temps de nous asseoir.

– J'ai reçu ce matin un appel du bureau du Premier ministre. Bruxelles et la Banque centrale européenne sont dans tous leurs états à la suite du meurtre de deux de leurs cadres. La Commission européenne envisage de nous envoyer un cadre d'Europol en observateur, pour suivre la progression de l'enquête et les tenir informés.

Voilà ce que tout le monde craignait, mais la confirmation est pire que la crainte. Nous digérons la nouvelle en silence, et j'essaie d'évaluer ce qu'elle signifie pour moi.

– Pour quand l'attendons-nous ? demande le chef.

– Ils voulaient l'envoyer dès demain, mais j'ai obtenu un sursis de quelques jours, le temps d'aboutir à des premiers résultats.

Il se tourne vers moi :

– Voilà pourquoi j'aimerais savoir où en est l'enquête.

Je lui fais un rapport détaillé, sans omettre ma théorie sur les idiots nationaux.

– Vous pensez donc que les trois crimes ont les mêmes auteurs ? dit le ministre.

– Nous le saurons très bientôt, peut-être même ce soir aux informations.

– Pourquoi ?

– S'il s'agit des mêmes, explique le sous-chef, ils feront une déclaration comme les autres fois, monsieur le ministre.

– En tout cas, on l'attend toujours, répond celui-ci.

– Les déclarations arrivent rarement le jour du crime, dis-je. C'est pourquoi le journal de ce soir sera décisif.

– Je veux être informé en temps réel afin de décider quand nous ferons venir le policier étranger. À moins qu'il ne vienne tout seul.

Il hoche la tête.

La réunion est terminée, mais aucun d'entre nous ne soupire de soulagement. Le chef nous demande de l'accompagner dans son bureau.

– Y a-t-il moyen d'accélérer les recherches ? demande-t-il. Si vous avez besoin de renforts en personnel, dites-le-moi.

– Je n'ai pas besoin de renforts, mais de votre accord pour un autre plan. Si, comme je le suppose, et comme c'était le cas les autres fois, la déclaration ne révèle pas le mobile immédiat du meurtre, j'aimerais être autorisé à dévoiler ma théorie à la presse.

– On y gagnerait quoi ? demande le sous-chef.

– On les obligerait à dévoiler leur mobile.

Je leur rappelle ma conversation avec Mihalis sur les licenciements dans les hôtels de Fokidis.

– Mon sentiment est que nous devons orienter l'enquête vers les chômeurs. Nous n'avons pas affaire à des terroristes professionnels, mais à des gens qui cherchent un emploi depuis des années et en sont réduits au désespoir.

– Vous n'avez pas tort, dit le sous-chef, tandis que le chef hoche la tête. En tout cas, le champ des recherches est immense.

– Je sais, mais nous nous sommes déjà renseignés sur les chômeurs de Fokidis, et nous commencerons par là.

– En tout cas, vous avez mon aval pour exposer votre théorie aux journalistes.

Je le remercie et prends le chemin du retour. Arrivé à la Sûreté, je repars aussitôt dans la Seat. Ce n'est pas le moment de monter dans mon bureau. Les collègues vont me tomber dessus avec leurs félicitations et c'est la dernière chose dont j'ai besoin pour l'instant.

34

Chaque fois que je le vois, je me rends compte que mon petit-fils n'est pas seulement le rejeton de la famille, mais un calmant très efficace.

En quittant la Sûreté hier soir, je me suis dit que ce serait une erreur de rentrer directement à la maison avec l'esprit aussi encombré. Passer d'abord chez Katérina m'aiderait à me détendre. Comme je m'y attendais, ma femme s'y trouvait encore.

– Je vois qu'on commence à s'offrir des pauses-café avec son petit-fils, m'a-t-elle dit en riant.

La pause m'a fait beaucoup de bien. J'ai vu Lambros et j'ai discuté avec ma fille et mon gendre. Je leur ai dit de mettre la télé à l'heure des infos pour ne pas rater une éventuelle déclaration, mais non, rien.

J'ai commencé alors à douter et me suis demandé si finalement mon hypothèse, lier les trois crimes, était juste.

Il est huit heures du matin, j'ai bu mon café et Adriani attend mon départ pour aller faire ses courses.

– En tout cas, Zissis a bien réussi son coup, dit-elle.

– Pourquoi ?

– Melpo est un vrai trésor. Tu ne peux pas imaginer à quel point elle aime Lambros. Elle s'en occupe comme une deuxième grand-mère.

– Dis-le-lui, ça lui fera plaisir.

C'est à ce moment-là que mon portable sonne.

– Je vous appelle du centre opérationnel, monsieur le commissaire. On a eu des appels de deux ministères, celui des Finances et celui de la Sécurité sociale.

Je commence à avoir la frousse.

– Que se passe-t-il ?

– On a affiché une déclaration devant les deux ministères.

– Dites-leur de ne toucher à rien et envoyez tout de suite une voiture devant chaque ministère. Qu'on bloque le trottoir et qu'on recouvre la déclaration. Je me rends tout de suite au ministère des Finances et j'envoie deux de mes adjoints au ministère de la Sécurité sociale.

Je raccroche et appelle Dermitzakis. Je lui explique en deux mots la situation.

– Dervisoglou et toi, vous allez au ministère de la Sécurité sociale et envoie-moi Askalidis au ministère des Finances. On reste en contact.

– Que se passe-t-il ? demande Adriani en voyant mon agitation.

– Je ne sais pas si ce sont eux les idiots ou s'ils nous prennent pour des idiots.

À son air, je vois qu'elle me prend pour un fou, mais je n'ai pas le temps de lui expliquer.

Je tourne dans l'avenue Vassileos Konstandinou pour prendre la rue Riyillis et rejoindre la place Syntagma. Une fois devant l'hôtel Grande-Bretagne, j'aperçois de loin la voiture de patrouille. Je laisse la Seat devant la Banque nationale et demande au vigile de veiller au grain.

Les policiers ont bloqué le trottoir et recouvert la déclaration d'une bâche noire. Les journalistes se sont rassemblés à l'angle de la rue Voulis. Certains protestent. Dès qu'ils me voient, ils accourent.

– La bâche noire dissimule la déclaration ? me demande la petite journaliste au collant rose.

– Comme vous le voyez, je viens d'arriver et je n'ai pas encore vu la déclaration. Mais vous, qui vous a avertie ?

– Un coup de fil anonyme, répond-elle.

– Pareil pour nous, confirme Merikas.

Manifestement, ils ont alerté la presse au cas où la déclaration serait passée inaperçue aux yeux des passants ou du personnel du ministère. Leur but était de faire du bruit et ils y sont parvenus : le trottoir d'en face est envahi par une foule qui suit le spectacle.

– Vous allez faire des annonces, monsieur le commissaire ? demande le jeune au T-shirt.

– Oui, mais pas ici, à la Sûreté. On vous donnera aussi une copie du document, s'il s'agit bien d'une déclaration. Donc ne perdez pas votre temps et laissez-nous faire notre travail.

– Le commissaire a raison, intervient Steryiou. Il ne peut pas faire de communiqué dans un espace public.

Les journalistes se retirent peu à peu, la foule se disperse, et moi j'appelle Dimitriou pour l'informer.

– J'aimerais que tu viennes ici avec un photographe et un spécialiste des empreintes, lui dis-je. Envoie les mêmes au ministère de la Sécurité sociale où se trouve déjà Dermitzakis.

Je dis aux policiers de relever la bâche et de ne laisser personne approcher. Je lis.

Les deux fonctionnaires européens et le nôtre sont morts. Notre mobile est désormais connu. Ils ont payé pour leur hypocrisie. Quelle hypocrisie ? C'est à la police de le découvrir. Nous avons affiché la déclaration devant deux ministères pour envoyer un message en Grèce et à l'étranger.

Mort aux hypocrites !
L'Armée des Idiots Nationaux

Message reçu ! J'appelle Dermitzakis et lui demande de me lire l'autre déclaration. C'est la même. Je m'en doutais, mais voulais quand même vérifier avant d'appeler le sous-chef.

Je lui lis la déclaration et propose de lui en envoyer une copie dès que l'Identité judiciaire en aura terminé.

– Oui, envoyez-la-moi ça, mais j'ai l'impression que c'est presque la même que les précédentes.

Je pourrais répondre que j'en suis content, mais je garde ma réflexion pour moi.

Dimitriou est arrivé avec son équipe. Il examine d'abord l'affiche.

– Si nous essayons de la décoller, elle va partir en morceaux, prévient-il.

– Prenez des photos, lui dis-je, essayez de relever des empreintes s'il y en a, même si cela m'étonnerait, puis détruisez-la. Après il faudra imprimer le texte et m'en envoyer une copie et une autre au sous-chef. La mienne est urgente parce que j'aurai bientôt les journalistes sur le dos et je leur ai promis de leur donner le texte.

Dimitriou appelle l'autre équipe pour qu'elle détruise aussi la déclaration.

Je n'ai plus rien à faire et je reprends le chemin de la Sûreté. Dès que je sors de l'ascenseur, je suis accueilli par les cris des journalistes.

– Vous allez enfin nous livrer des informations ? demande Merikas.

– Attendez encore un peu et je serai en mesure de vous communiquer la déclaration.

Ce qui a l'air de les calmer. J'entre dans mon bureau et appelle Koula.

– Mais qu'est-ce qu'on va faire d'eux, à la fin ? s'écrie-t-elle, exaspérée. Ils font tellement de bruit qu'on ne peut plus travailler. Ici, c'est un lieu de travail. Il faudrait qu'on leur dise d'attendre à la cafétéria jusqu'à ce qu'on les invite à monter.

– Tu as raison. Je vais m'en occuper. S'ils reviennent de nouveau attendre dans le couloir, vous aurez pour consigne de les envoyer à la cafétéria. Et maintenant, revenons à nos moutons. Dimitriou va t'envoyer la déclaration.

– Je l'ai déjà reçue.

– Bien. Va voir combien ils sont dehors et photocopie le document pour le distribuer.

Koula va faire ses photocopies et j'attends qu'elle les distribue. Les cris cessent, ce qui signifie qu'ils sont en train de la lire. Quand des voix s'élèvent de nouveau, j'ouvre la porte et sors dans le couloir.

– Avant d'aborder le sujet du jour, j'aimerais vous demander quelque chose. Quand vous venez pour un point-presse, je vous prie d'attendre à la cafétéria qu'on vous appelle. Le bruit dérange ceux qui travaillent dans les bureaux.

Les journalistes, visiblement embarrassés, se regardent entre eux.

– Vous avez raison, finit par dire le jeune au T-shirt.

– Excusez-nous, monsieur le commissaire. Dorénavant, nous attendrons à la cafétéria, ajoute Merikas.

– Je vous remercie. Venons-en maintenant à l'affaire qui nous occupe.

Je leur fais un rapport détaillé, depuis la soirée du triple meurtre jusqu'à aujourd'hui, et je conclus en leur demandant s'ils ont lu la déclaration.

– Nous l'avons lue et c'est presque une copie des précédentes, répond Steryiou.

– Bon, le mobile, c'est l'hypocrisie, dit Merikas. Mais vous avez une théorie sur ce que les auteurs des crimes considèrent comme de l'hypocrisie ?

– Une théorie, non, mais quelques soupçons. Laissons de côté l'assassinat de Paris Fokidis et prenons celui de Lazaros Kaplanis. Pourquoi les auteurs du crime ont-ils accusé la victime d'hypocrisie ? Parce qu'il a déclaré que le chômage était en baisse. Selon eux, il s'agissait d'hypocrisie parce que Kaplanis faisait aussi entrer dans ses statistiques tous ceux qui travaillent pour trois fois rien et n'arrivent pas à en vivre. Dans le cas des trois victimes de l'accident, il y a eu l'annonce d'une hausse du PNB et des recettes de l'État. Nous pouvons en conclure que l'hypocrisie dans leur cas résidait dans cette annonce.

– Ce que vous nous dites peut être divulgué ? demande la journaliste au collant rose.

– Bien sûr, il n'y a là rien de confidentiel. D'ailleurs, les auteurs des crimes mettent la police au défi de découvrir et de révéler l'hypocrisie.

– Nous vous remercions, disent-ils presque tous en chœur et ils me tournent le dos. Leur hâte de publier la déclaration et mes conclusions est telle qu'ils prennent quasiment la fuite.

Je retourne dans mon bureau et appelle le sous-chef pour l'informer.

– J'espère qu'ils vont mordre à l'appât et que nous obtiendrons des résultats, dit-il.

– Nous allons tout de suite procéder à l'interrogatoire des chômeurs des hôtels Fokidis, lui dis-je. Peut-être qu'il en sortira quelque chose.

Nous raccrochons et j'appelle mon équipe pour voir s'ils ont découvert quelque chose du côté du ministère des Finances, de l'hôtel où séjournaient deux des victimes ou du domicile de Nakos.

– Rien du côté du ministère, me dit Dervisoglou. C'est un lieu de passage, piétons et voitures défilent en permanence. Personne n'aurait pu remarquer quelqu'un surveillant l'entrée du ministère. Le patron du kiosque a tellement de travail qu'il ne se souvient de rien.

– Même chose à l'hôtel, dit Dermitzakis. À la réception, ils n'ont rien relevé de suspect. Mais comment l'auraient-ils pu ? Les deux étrangers disposaient d'une voiture de service. Il suffisait de se poster devant l'hôtel et de suivre leur voiture.

Je demande à Askalidis :

– Où habitait Nakos ?

– Rue Zalongou, un coin tranquille à Melissia. J'ai interrogé les voisins, mais ils ont tous haussé les épaules. Personne n'a rien remarqué.

– On a sûrement suivi les deux voitures, leur dis-je. Celle de Nakos et la voiture de service. C'est pour ça que personne n'a rien vu.

– Et comment savaient-ils où et quand frapper ? demande Dervisoglou.

– Il y a deux possibilités, explique Dermitzakis. Soit ils ont eu l'info de l'intérieur, soit ils ont vu Nakos arriver à l'hôtel. Dès que le trio est monté dans la Hyundai, ils ont dit au conducteur de la camionnette de se tenir prêt. Ils ont suivi la voiture et quand ils ont vu où les victimes comptaient dîner, ils n'avaient plus qu'à avertir le conducteur de la camionnette.

– Rends-toi demain au ministère, dis-je à Dervisoglou. Essaie d'apprendre si un autre que Zisopoulos était au courant pour le dîner ou s'il en a lui-même parlé à quelqu'un.

Je me tourne vers les autres.

– Nous avons négligé d'autres points aussi.

– Lesquels ? demande Dermitzakis.

– Nous ne sommes pas allés à l'hôtel de Fokidis montrer les photos des chômeurs au personnel du bar et à la réception. Peut-être que l'un d'entre eux se trouvait dans l'hôtel, le jour où Fokidis a été tué.

– Alors on attend d'abord les résultats de l'enquête de Dervisoglou ? On ne devrait pas aussi se renseigner à la réception de l'hôtel où sont descendus les étrangers ? Au cas où ils auraient demandé le nom d'une taverne.

– Pas la peine. C'est Nakos qui l'a choisie. Nous avons autre chose à faire.

– Quoi ?

– Interroger les chômeurs. Si on les bombarde de questions, peut-être qu'ils laisseront échapper quelque chose. Nous allons attendre le retour de Dervisoglou et d'Askalidis qui va se rendre à l'hôtel de Fokidis. Ensuite nous mettrons en route les interrogatoires.

– Nous les interrogerons tous ensemble ou séparément ? demande Dermitzakis.

– Convoque-les tous en même temps, mais nous les interrogerons un par un. En attendant leur tour, ils se rongeront les sangs.

Mes adjoints partent organiser leurs deux missions et moi je me prépare à descendre à la cafétéria. Depuis ce matin, je n'ai rien avalé, pas même un café.

Sauf que, comme dirait Adriani, l'homme propose et Dieu dispose. La porte de mon bureau s'ouvre avec fracas et font irruption Karabetsos, Koulakos et Vellidis.

– Maintenant, tu es officiellement notre chef, me dit Karabetsos. Félicitations, Kostas !

C'est à ce moment-là que je me souviens que Stella devait faire circuler l'annonce officielle de mon avancement.

– Finalement, tu es devenu calife à la place du calife. Me voilà prophète ! me dit Koulakos en riant et en me serrant la main.

– J'espère seulement ne pas devenir Guikas à la place de Guikas, lui dis-je.

– Tu ne le pourrais pas. Ce n'est pas ton style, commente Vellidis.

– En tout cas, moi, dit Karabetsos, je suis content de t'avoir pour chef au lieu d'un type venu de nulle part.

– J'apporterai des gâteaux demain pour fêter ça. Aujourd'hui, c'est la déclaration des Idiots Nationaux qui me les a bouffés.

Après une deuxième tournée de félicitations, mes nouveaux subordonnés se retirent et je peux finalement me consacrer à mon café et à mon croissant.

35

Dervisoglou et Askalidis rentrent les mains vides. Au ministère, on n'a reconnu aucun des employés licenciés de Fokidis. À l'hôtel, on a repéré deux d'entre eux, mais on ne les a pas vus le jour du meurtre. Ce qui est normal : on n'allait pas envoyer en mission quelqu'un de connu là-bas.

Entretemps Dermitzakis a rassemblé la première fournée de chômeurs.

– Je les ai tous mis dans le bureau des interrogatoires, dit-il, mais si on les interroge là-bas, il va falloir les déplacer.

– Laisse-les où ils sont. Nous irons chez Guikas.

Je monte au cinquième, bientôt rejoint par Dermitzakis et Askalidis. Je leur demande les bios des intéressés.

Je m'assois au bout de la table de réunion, entouré par mes collaborateurs.

Dervisoglou fait entrer un barbu au crâne rasé, approchant de la soixantaine, qui s'assoit face à moi et me regarde en silence.

– Vous vous appelez Ahilleas Koulis ?

– Oui.

– Vous avez travaillé dans les hôtels de Fokidis ?

– Oui, à Xylokastro.

– Vous avez été licencié en 2016 ?

– Tout dépend de ce qu'on appelle être licencié, répond-il avec un sourire amer. Moi je dis qu'on m'a licencié. L'entreprise m'a proposé la rupture du contrat de travail d'un commun accord.

– C'est-à-dire ? demande Dermitzakis.

– Ils m'ont proposé un mois de salaire comme indemnité, et si je n'étais pas d'accord je pouvais intenter une action en justice. La raison invoquée était que l'hôtel allait fermer. Il a bien fermé à la fin de la saison, et rouvert l'année suivante. J'ai pensé aller devant les tribunaux, avant de me dire que je n'étais pas fou.

– C'est-à-dire ? demande Dervisoglou.

– Tu en connais, des chômeurs qui ont de quoi se payer des avocats ? Ceux qui le font ont d'autres revenus. Moi, je n'avais que mon boulot.

– Et depuis vous êtes au chômage ? demande Dermitzakis.

Koulis sourit de nouveau.

– J'essaie de me persuader que non. Je prends tous les boulots que je trouve, depuis serveur jusqu'à agent d'entretien. Mais la fin de la journée, c'est aussi la fin des illusions, et tous les soirs je me dis qu'en fait je suis chômeur.

– Pourquoi le soir ?

– Je rentre chez mes beaux-parents. Ils nous hébergent et nous donnent à manger. Ils aident nos deux fils, qui n'ont pas fini leurs études. Ma femme est vendeuse dans un supermarché. Le patron la paie mal, et encore, quand il y pense.

Il s'interrompt et nous regarde.

– Jusqu'ici vous avez posé les questions. À mon tour maintenant. Pourquoi vous m'avez fait venir ? Parce que je suis chômeur, donc suspect ?

– Non, dis-je, mais vous savez que votre ancien patron, Fokidis, a été assassiné.

– Vous pensez que je suis dans le coup ?

– Non, mais nous voulons savoir si vous avez gardé des contacts avec d'anciens collègues.

Il répond sans hésiter.

– Aucun. Pour quoi faire ? Pleurer ensemble sur notre sort ? D'ailleurs, nos relations étaient purement professionnelles.

– Donc vous ne savez pas si certains de vos collègues cherchaient à se venger de Fokidis, dit Dermitzakis.

– Tu vois mon crâne rasé ?

– Oui.

– Tu sais pourquoi je le rase ? Parce que Fokidis interdisait à son personnel de se raser le crâne. Tu vois ma barbe ? La barbe aussi était interdite. Ma vengeance, la voilà, et ça s'arrête là. Maintenant, ce qu'ont fait les autres, je ne les vois plus, je n'en sais rien.

La conversation s'arrête là et Dervisoglou descend chercher le suivant.

– Il y en a combien ? dis-je à Dermitzakis.

– Cinq. J'espère que les autres en diront davantage.

Je sais que nous pêchons en eau trouble et qu'il faudra être patient.

Le suivant s'appelle Iordanis Ferlekis. Il est plus jeune que Koulis. Il s'assoit devant nous avec un mélange de colère et de chagrin. Inversant les rôles, il pose la première question.

– Pourquoi vous m'interrogez ? Vous croyez que je pourrais être mêlé au meurtre de Fokidis ?

– Nous ne croyons rien. Nous collectons des informations.

– Je ne l'ai pas tué, mais j'aurais bien aimé. Il a détruit ma vie, professionnelle et personnelle.

– La professionnelle, d'accord. Mais la personnelle ? s'étonne Askalidis.

– Ma femme est anglaise. Je l'ai rencontrée alors qu'elle était venue ici en touriste. Quand elle m'a vu licencié, incapable de retrouver du boulot, elle est repartie pour l'Angleterre avec nos deux enfants. Elle m'a dit que sans eux elle serait restée pour me soutenir, mais qu'elle ne pouvait pas gâcher leur avenir. Elle m'a promis de me les envoyer tous les étés. Les envoyer où ? Dans mon taudis en sous-sol ?

Il est lancé, il se défoule, il dit tout.

– Tout ce que j'ai gardé de ma vie d'avant, c'est mon ordinateur, avec l'espoir de faire des traductions de l'anglais pour payer mon loyer et m'offrir des brochettes le dimanche. Je me bats pour ne pas sombrer, mais c'est dur, car aujourd'hui tout le monde parle anglais. On ne me donne que des textes spécialisés. Et chaque fois que j'ai une commande correcte, je me soûle à mort dans l'espoir de dormir, vu que je dors à peine trois heures par nuit.

– Vous voyez certains de vos anciens collègues ? dis-je.

– Aucun. Je n'arrive déjà plus à supporter mes malheurs, alors ceux des autres… Et puis le seul pour lequel j'ai de l'estime, c'est Iason Doukaris.

– Qui est-ce ? demande Dermitzakis.

– Le chef du personnel. Le seul qui était opposé aux licenciements. Il soutenait que la qualité du service en souffrirait, puisque les jeunes qui nous remplaceraient n'auraient ni les connaissances, ni l'expérience.

– Qu'est-il devenu ? dis-je.

– Aucune idée. Je ne sais pas s'il est resté dans l'entreprise ou non. Nous n'avons jamais eu de relations suivies et nous n'en avons pas eu par la suite.

– Merci, monsieur, dis-je. Ce sera tout.

Il s'en va sans nous saluer, tandis que Dermitzakis me regarde, étonné.

– Vous le laissez partir comme ça ?

– Tu ne l'as pas regardé ? C'est un homme brisé. Tu le crois capable de former une bande et de tuer cinq personnes ?

Dermitzakis se tait, les autres aussi. Dervisoglou se lève pour aller chercher le suivant.

Renos Valassis, dans les cinquante ans, est très différent des précédents. Il répond aux questions calmement, de façon impersonnelle. C'est seulement lorsque Dermitzakis l'interroge sur ses relations avec ses collègues qu'on distingue dans sa voix une trace d'indignation.

– Je n'ai aucun contact avec eux pour deux raisons.

– Lesquelles ? demande Dermitzakis.

– D'abord, nous étions collègues de façon superficielle, et rivaux en fait. Il n'y a plus de raison de le cacher. Nous léchions tous Fokidis et les cadres supérieurs, c'est vrai. Chacun de nous s'efforçait d'écarter l'autre pour s'élever dans la hiérarchie. Et maintenant on ferait amis-amis, sous prétexte qu'on subit le même sort ?

– La seconde raison ? demande Dervisoglou.

– Je vais t'expliquer, mon petit, même si je ne suis pas sûr que tu comprendras. En fait, ce même sort dont je te parlais, ce n'est pas le chômage, mais l'âge. Nous avons tous autour de cinquante ans. Celui qui perd son boulot à cet âge-là n'a aucun espoir d'en retrouver un autre permanent. Aucun employeur n'engagera un type qui a quinze ans d'activité au plus devant lui. Il embauchera un jeune pour moins cher.

Nous restons tous sans voix. Il est le premier à nous donner la bonne explication.

– Vous connaissez un certain Iason Doukaris ? dis-je.

Valassis hausse les épaules.

– Uniquement de nom, c'était notre chef du personnel, mais je n'ai jamais eu aucun contact avec lui.

– L'un des employés licenciés nous a dit qu'il était le seul à vous avoir défendus.

– Défendus, c'est un grand mot. Il a sans doute eu quelques bonnes paroles en faveur de certains d'entre nous, mais c'est le résultat qui compte.

Dès son départ, je dis à Dermitzakis d'aller demander aux trois restants s'ils connaissent Iason Doukaris et ce qu'ils pensent de lui.

– Cela ne sert à rien de leur poser d'autres questions. Ils nous diront la même chose. L'important pour l'instant, c'est de retrouver Doukaris.

Askalidis et Dervisoglou l'accompagnent. Resté seul, j'appelle le sous-chef pour l'informer.

– L'information arrive au bon moment, dit-il.

– Pourquoi ?

– Nous aurons demain la visite du représentant d'Europol. Tenez-vous prêt.

Très bien, nous aurons du nouveau pour lui, même si cela ne concerne pas les deux meurtres qui l'intéressent.

Dermitzakis revient.

– Ils ne disent que du bien de Doukaris. Mais personne ne sait ce qu'il est devenu.

– Il ne peut pas avoir disparu. Il est probablement sur Facebook ou Twitter.

Je descends à mon bureau avec Dermitzakis et fais venir Koula.

– Nous cherchons à localiser un certain Iason Doukaris. Cherche-le sur Internet.

Je sens que j'ai eu ma dose, il est temps de rentrer chez moi. D'autant que le lendemain la journée sera rude, avec ce policier parachuté.

J'appelle Adriani pour savoir où elle est. Ce soir, je n'ai pas le courage de passer voir mon petit-fils.

– Je vais rester un peu ici, dit-elle. Lambros est agité.

– Qu'est-ce qu'il a ?

– Rien de spécial. Une colique sans doute. Mais Katérina a peut-être besoin d'aide.

– Ils ont un médecin à la maison.

– Un cardiologue, pas un pédiatre, répond-elle, sévèrement.

Puis, plus calmement :

– Il y a des haricots verts et de la feta dans le frigo. Si tu as faim, ne m'attends pas.

L'idée me vient dans la Seat. Je m'achète deux brochettes en chemin. Me retrouver seul, c'est l'occasion de m'offrir mon mets favori sans me faire gronder.

Je m'installe devant la télévision avec mes brochettes. Je suis curieux de voir si mes communiqués aux journalistes ont amené une réaction.

On dirait que je suis devin. Le journal commence par la nouvelle déclaration des Idiots. Je pense faire attendre mes brochettes, mais je ne veux pas les laisser refroidir. Je continue de manger, et tant pis si j'avale de travers.

– Comment nous est-elle parvenue, Manos ? demande la présentatrice.

– Comme la précédente. On nous l'a dictée. Et cette fois notre police reçoit des éloges. Quant à savoir si elle en sera fière, c'est une autre histoire.

– Lisons d'abord, dit-elle.

Le texte apparaît aussitôt sur l'écran.

Félicitations à notre police. Cette fois, elle a découvert l'hypocrisie aussitôt.
Les salauds d'ici et de l'étranger pavoisent à cause de la hausse du PNB, tout en sachant que le bénéfice va dans la poche de quelques riches, tandis que la majorité d'entre nous gémit, sa vie devenant chaque jour plus difficile.

Les serviteurs des milliardaires pavoisent aussi à cause de la hausse des recettes de l'État. Mais cette hausse provient des impôts payés par ceux qui se battent pour survivre. Ceux qui profitent de ces hausses trouvent moyen de se cacher dans des paradis fiscaux pour ne pas payer un centime. Qu'ils soient punis pour leur hypocrisie.

Mort aux hypocrites !
L'Armée des Idiots Nationaux

J'éteins la télévision, me souciant peu des commentaires. C'est l'un des rares moments dans cette affaire où je me sens satisfait. Je ne dois pas être le seul : mon portable sonne, c'est le sous-chef.

– Vous l'avez lue ?

– Oui.

– Bravo, monsieur le commissaire. Vous avez vu juste.

Au moment d'aller me coucher, je me rends compte soudain que si Adriani voit l'emballage des brochettes dans la poubelle, je vais me faire sonner les cloches.

Je nettoie mon assiette et la range à sa place. Puis je descends dans la rue jeter dans la benne le papier des brochettes.

36

L'idée me vient dans la Seat tandis que je me dirige vers l'avenue Alexandras. Les chômeurs qui nous ont parlé de Iason Doukaris et du soutien qu'il leur a apporté ne savent rien de lui et ignorent où il peut être aujourd'hui. Le seul à qui je n'ai pas posé la question est Mihalis du refuge pour les sans-abri, qui m'a révélé l'histoire des licenciements dans les hôtels de Fokidis. Il n'est pas exclu qu'il ait connu Doukaris et qu'il en sache un peu plus sur lui.

Je dépasse le tournant qui mène au garage et continue sur l'avenue en direction de Kypseli. Il est tôt, certes, mais je pense que les sans-abri ne passent pas la matinée au lit.

J'arrive au refuge et trouve facilement à me garer. Zissis est à son poste près de l'entrée. Il me regarde, surpris : je n'ai pas l'habitude de passer si tôt le matin.

– Tu as rêvé de nous ? me demande-t-il.

– Non, mais j'aimerais parler à Mihalis.

– Il est à la buvette.

Il l'appelle et dès que Mihalis me voit, il comprend.

– Vous voulez me parler ?

– Si tu as un peu de temps et si tu en as envie.

– Volontiers.

Nous allons au petit café où nous étions la fois précédente. Nos cafés arrivent et Mihalis attend que je commence.

– Tu m'as parlé la dernière fois des licenciements dans les hôtels de Fokidis. Je ne sais pas si ça va te faire plaisir, mais tu nous as beaucoup aidés. Tu nous as montré un aspect des entreprises de Fokidis qui nous était inconnu. Entretemps nous nous sommes entretenus avec d'autres chômeurs. Tous nous ont dit la même chose. Un certain Ferlekis nous a parlé de Iason Doukaris et nous a chanté ses louanges. Les autres chômeurs interrogés ensuite ont fait de même, mais ils ne savaient rien de plus à son sujet. Ils n'avaient eu aucune relation avec lui, ignoraient où il habite et ce qu'il fait maintenant. Et toi, tu l'as connu ?

– Doukaris ?

Il sourit.

– Doukaris était le chef du personnel et il a été le seul à remuer ciel et terre pour empêcher qu'on nous licencie. Je ne sais pas s'il l'a fait par sympathie pour nous ou parce qu'il croyait à ce qu'il disait : on ne licencie pas un personnel qualifié pour embaucher des jeunes inexpérimentés. En tout cas, il nous a défendus jusqu'à la fin et il l'a payé cher. Quand ils en ont eu fini avec nous, ils l'ont viré aussi.

– Il a été licencié ?

C'est pour moi un nouvel élément.

– Oui. Ç'a été le dernier à prendre la porte, comme on dit.

Je lui demande avec précaution :

– Vous aviez des contacts en dehors du boulot ?

– Oui, mais ils n'étaient pas d'ordre professionnel ou personnel. C'était à cause du foot.

Je reste sans voix.

– Le foot ?

– Oui. Nous étions tous deux des supporters du Panionios. Lui parce qu'il habitait à Nea Smyrni et moi parce que ma famille vient de Smyrne. Nous l'avons découvert par hasard.

Un lundi où nous étions dans son bureau, il nous a dit pour plaisanter de ne pas trop le bousculer parce que son équipe avait perdu. Je lui ai dit que j'étais aussi un supporter du Panionios et par la suite, tous les lundis, on s'appelait pour se féliciter quand l'équipe avait gagné, ou pour pleurer quand elle avait perdu. D'habitude on pleurait car le Panionios ne fait pas partie des équipes qui l'emportent souvent, ajoute Mihalis en souriant.

Je lui demande :

– Vous le faites encore ?

– Non. La dernière fois qu'il m'a appelé, c'était pour m'annoncer son licenciement et me dire que nous étions désormais des compagnons d'infortune.

– Tu sais s'il habite encore à Nea Smyrni ?

– Non, et je ne sais pas ce qu'il est devenu.

Je n'ai rien à ajouter, mais ce que j'ai appris devrait nous aider à retrouver Doukaris.

Dès que j'arrive au bureau, j'appelle Koula.

– Contacte la mairie de Nea Smyrni. Demande-leur si Iason Doukaris figure toujours dans leurs registres et à quelle adresse.

Puis j'informe toute l'équipe. Ils m'écoutent attentivement, jusqu'à ce qu'on en arrive au foot. Askalidis se lève d'un bond.

– Vous voyez bien que le foot ouvre des portes !

– Tu es toi aussi un supporter du Panionios ? lui demande Dervisoglou en riant.

– Bien sûr que non ! Moi, je suis pour l'Olympiakos. Je ne suis pas avec les perdants. D'ailleurs vous avez vu où ça les a menés, ces deux-là.

– Dis-moi Thanos, on devrait peut-être demander à l'entraîneur de l'Olympiakos de nous donner des cours de stratégie, lui dit Dermitzakis.

Sur ces mots, nous refermons la parenthèse.

– Lorsque Koula aura confirmé ces éléments, vous irez à la pêche aux infos à Nea Smyrni. Mais attention, je ne veux pas que vous contactiez Doukaris, ni que vous vous approchiez de son domicile. Je veux uniquement des infos. Nous déciderons après comment entrer en contact avec lui.

Je m'apprête à informer l'équipe des chefs, mais le sous-chef est plus rapide et m'appelle.

– Réunion d'urgence dans le bureau du ministre, l'homme d'Europol arrive aujourd'hui, m'annonce-t-il. Si ça continue, je vais demander qu'on mette en place une navette entre les avenues Alexandras et Mesoyion.

Comme je sais que la navette risque de tarder, connaissant l'administration grecque, je demande une voiture de patrouille. Je me dis que je devrais peut-être appeler Adriani pour prendre des nouvelles de Lambros, mais mieux vaut attendre mon retour. Si Adriani m'apprend quelque chose d'inquiétant, je ne pourrai pas me concentrer sur la réunion.

Comme d'habitude, je passe d'abord par le bureau du sous-chef, mais le planton m'envoie directement chez le ministre. Mes deux chefs sont déjà devant la porte et m'attendent. Notre trio entre dans le bureau.

– Félicitations ! dit aussitôt le ministre en me voyant. Le chef m'a expliqué votre astuce avec les journalistes et je suis content de voir que vous aviez raison, étant donné surtout l'arrivée de l'inspecteur étranger.

Il va à la table de réunion et nous le suivons. Il entre directement dans le vif du sujet.

– Comme vous le savez, l'envoyé d'Europol arrive aujourd'hui à Athènes. Il s'agirait d'un officier allemand ayant une grande expérience dans le crime international. J'irai l'accueillir avec un représentant de l'ambassade allemande, qui mettra un interprète à sa disposition. Ma première question est celle-ci : avons-nous quelque chose à lui présenter, en dehors de la nouvelle déclaration ?

Les deux autres me regardent. Je décris brièvement les interrogatoires des chômeurs de la société Fokidis et j'en arrive à Iason Doukaris.

– Et que comptez-vous apprendre de ce Doukaris quand vous l'aurez retrouvé ?

– Il nous serait utile de savoir s'il y a eu des discussions en coulisse ou même des conflits.

– Très juste, dit le chef. Mais je prévois que votre confrère étranger voudra se concentrer sur le triple assassinat, car deux des victimes étaient des cadres étrangers.

– Je sais, mais il est encore trop tôt pour avancer dans la troisième affaire. Du reste, il paraît certain que les auteurs des crimes sont les mêmes dans les trois cas. Enquêter sur le premier assassinat où nous avons davantage d'éléments nous mettra peut-être sur la bonne voie.

– Entendu, dit le ministre. Et maintenant la deuxième question : jusqu'à quel point le policier étranger sera-t-il impliqué ?

– Il vous faudra trouver un moyen de communiquer avec lui pour que vous ne l'ayez pas toujours dans les pattes, me dit le sous-chef.

– Il sera constamment tenu au courant de la marche de l'enquête. J'écouterai volontiers son avis et ses propositions. S'il y a un interprète, il pourra participer aux réunions. Mais il est clair qu'il ne pourra pas assister aux interrogatoires. Indépendamment de l'aspect légal de la chose, d'un point de vue pratique, sa présence risquerait d'avoir une influence négative.

– Vous avez raison et je vous donne mon accord, me dit le ministre. S'il insiste pour assister aux interrogatoires, envoyez-le-moi.

Ça me soulage de l'entendre, car il me sort de l'impasse. Le sous-chef semble penser la même chose.

– On nous a dit que c'est un policier très expérimenté. Bien sûr, cela ne signifie pas que c'est un caractère facile ou quelqu'un avec qui on peut facilement travailler.

Il marque une pause et ajoute en souriant :

– Bon courage !

Dans la voiture de patrouille, j'appelle Adriani pour avoir des nouvelles de mon petit-fils. Elle me dit que tout va bien.

Mon seul souci reste donc le policier étranger.

37

Je ne regagne pas mon bureau, mais monte au cinquième, direction le bureau de réunion provisoire. Provisoire, car ce sera bientôt le mien. Je dis à Stella d'appeler d'urgence Koulakos, Karabetsos et Vellidis. Je dois leur annoncer l'arrivée de l'homme d'Europol.

Ils arrivent en même temps, comme s'ils s'étaient donné le mot.

– Tu ne vas tout de même pas nous annoncer une quatrième victime ? dit Karabetsos.

Je le rassure sur ce point, nous nous asseyons et je les mets au courant. Ils m'écoutent avec attention.

– Et nous, demande Koulakos, en quoi sommes-nous concernés ?

– Vous n'êtes pas directement impliqués. Je veux simplement que vous soyez prêts, car nous aurons sûrement une réunion avec lui, ne serait-ce que pour le persuader que la direction de la Sûreté tout entière est sur le coup.

– On va essayer, dit Koulakos, mais on peut aussi bien se heurter à ses préjugés. Moi qui m'occupe de délinquance économique, je désespère souvent de convaincre ces gens-là.

– Ce n'est pas le cas partout, intervient Vellidis. Nous, à la délinquance électronique, nous avons une collaboration irréprochable avec Europol.

– Même chose pour l'Antiterrorisme, appuie Karabetsos. Ils nous estiment beaucoup et demandent toujours notre avis.

Je suis à peine redescendu à mon bureau que mes quatre adjoints déboulent.

– Il y a du nouveau ! m'annonce Dermitzakis, tout joyeux.

– Je vous écoute.

– On a retrouvé Doukaris ! Il vit à Nea Smyrni depuis toujours et tout le monde le connaît. Les chômeurs avaient raison. On ne dit que du bien de lui.

– Il est marié, sans enfants, ajoute Koula. Il habite rue Attalias, près de la grande place.

– Il travaille ?

– Il est au chômage pour l'instant, répond Dervisoglou. Sa femme avait une boutique de vêtements, mais avec la crise elle a dû la fermer.

– De quoi vit-il ?

Dervisoglou hausse les épaules.

– Tout ce qu'on sait, c'est qu'il est propriétaire de son appartement, il n'a donc pas de loyer à payer.

– Autre chose, dit Koula. Il n'a pas de compte Facebook ou Twitter. Et même pas de portable. J'ai eu son numéro de fixe par les Télécommunications.

– Appelle-le, que je lui parle.

Dès que je me présente, lui, aussitôt :

– Monsieur le commissaire, j'ai appris que vous me cherchiez dans tout Nea Smyrni. Le plus simple était de frapper à ma porte.

– D'abord, nous ne savions pas où vous habitez, et ensuite mes collaborateurs n'avaient pas l'ordre d'entrer en contact avec vous. Nous voulons seulement vous poser quelques questions concernant les hôtels de Fokidis.

– Voulez-vous que je me déplace ou préférez-vous venir ici ?

Je me dis qu'il serait intéressant de voir l'endroit où il vit.
– Nous viendrons vous voir. C'est plus simple.
– Très bien, je vous attends.
J'emmène Dermitzakis et nous prenons une voiture de patrouille. Nous avons un peu de mal au début malgré la sirène, la rue Philellinon et l'avenue Amalias étant bouchées, mais dans l'avenue Syngrou la circulation devient fluide. La rue Attalias donne sur la place.
Une dame dans les cinquante ans, souriante, nous accueille.
– Iason vous attend dans le salon, dit-elle, et elle nous montre le chemin.
Iason Doukaris se lève pour nous accueillir. De taille moyenne, presque chauve, il doit être un peu plus âgé qu'elle.
– L'affaire est donc si importante pour que vous mettiez tout Nea Smyrni sens dessus dessous afin de me retrouver ?
– Nous ne pensions pas troubler votre quartier à ce point, dit Dermitzakis.
– Nea Smyrni est un quartier de réfugiés. Tout le monde se connaît et tout se sait.
Je prends la parole.
– Au cours de notre enquête, nous avons entendu plusieurs fois votre nom. Tous les chômeurs disent du bien de vous et de ce que vous avez fait pour les défendre. Nous avons donc pensé que vous pourriez nous donner des informations utiles.
Doukaris réfléchit.
– Fokidis était un homme d'affaires de génie. Non seulement il gérait parfaitement ses hôtels, mais il savait prévoir l'avenir. Voilà pourquoi il a tant investi dans la formation des jeunes. C'était cela, le but de ses bourses et de son foyer pour étudiants sans ressources. À l'époque, nous avons tous admiré sa générosité. Mais quand il a commencé à licencier les anciens pour embaucher des jeunes, nous avons compris.

Il leur donnait un demi-salaire, et eux lui baisaient les mains. Les autres haussaient les épaules, on ne pouvait pas faire autrement. Moi, en tout cas, j'étais choqué. Il renvoyait des employés de longue date, et qui plus est sans indemnités !

Il sourit tristement.

– Et vous savez quoi ? Je pensais que la qualité du service allait baisser. Eh bien, non, les hôtels de Fokidis sont toujours pleins et il a gagné des masses d'argent. Ce sont les anciens qui ont payé, et moi avec eux. Il m'a viré pour faute professionnelle. Au moment où ma femme a dû fermer sa boutique.

– Et depuis lors vous êtes au chômage ?

– Heureusement, j'ai touché toutes mes indemnités. Nous sommes propriétaires de notre appartement. Ma femme a sa maison de famille à Céphalonie. À la bonne époque, nous y passions les vacances. Maintenant, nous la louons l'été à des touristes, soit à des familles, soit par chambres. C'est notre seule ressource.

Doukaris pousse un soupir mi-fataliste, mi-soulagé.

– Nous avons adapté notre vie à la nouvelle situation, mais je ne me plains pas. Pour d'autres c'est bien pire. Vous savez, je n'ai pas de portable et je ne fréquente pas les réseaux sociaux.

– Pourquoi ? demande Dermitzakis.

– J'en ferais quoi ? Tapoter sur mon portable toute la journée ou rester devant l'ordinateur et me joindre à des conversations ineptes ? Les rares amis qui ne m'ont pas oublié connaissent mon numéro de fixe. Et je suis à la maison toute la journée.

– Une question, dis-je. Pensez-vous qu'un ou plusieurs des employés licenciés aient pu tuer Fokidis, ou être complices du meurtre, pour se venger de lui ?

– S'il avait été tué avec une arme, pistolet ou fusil, je dirais oui, peut-être. Mais on a mis une bombe dans sa voiture. Vous le savez mieux que moi, ce genre de crime exige une préparation, or ces chômeurs sont brisés, ils n'arrivent même pas à organiser la journée du lendemain. Et rédiger cette déclaration que j'ai lue, cela aussi c'est au-dessus de leurs forces.

– Vous avez travaillé pour Fokidis. Savez-vous s'il avait des ennemis ?

Il rit.

– Des ennemis qui voulaient vraiment sa mort ? Oui, bien sûr. Pas seulement en Grèce, mais à l'étranger.

– Qui a des raisons de tuer le propriétaire d'une chaîne d'hôtels ? s'étonne Dermitzakis.

– Ceux qui pratiquent le blanchiment d'argent, répond Dourakis sans hésiter. L'hôtellerie est concernée, comme toutes les autres entreprises aujourd'hui. Or Fokidis, à part ses hôtels, avait aussi son agence de voyages à Londres. Et quelque chose d'autre en plus, qui attirait encore moins l'attention.

– Quoi donc ?

– Mais les bourses et le foyer ! Personne ne s'occupe des bonnes œuvres. C'est donc une combine sûre. D'accord, Fokidis s'en servait pour former un personnel à bon marché. Mais qui s'est demandé si cette explication facile ne cachait pas autre chose ?

Tiens, me dis-je, Koulakos lui-même n'y a pas pensé. Je vais lui dire d'étudier la question.

Dermitzakis me fait signe qu'il en a terminé.

– Merci, M. Doukaris, dis-je. Vous nous avez bien aidés.

– Il a raison, me dit Dermitzakis tandis que nous montons en voiture. Nous n'avons pas pensé à l'argent sale. C'est peut-être la clef de toute l'affaire.

Ce n'est pas exclu, mais j'ai tout de même des doutes. Rentré au bureau, je réunis mon équipe et laisse parler Dermitzakis. On l'écoute avec attention, puis Dervisoglou se tourne vers moi.

– Je me pose une question, monsieur le commissaire, dit-il.

– Je t'écoute.

– Pourquoi se concentrer uniquement sur le meurtre de Fokidis ? Cela ne nous aiderait pas de nous intéresser aux deux autres affaires ?

– Les auteurs sont les mêmes dans les trois cas, d'accord ?

– D'accord.

– Tout a commencé par le meurtre de Fokidis, vrai ou faux ?

– C'est vrai.

– Donc, si on trouve une piste concernant le premier meurtre, cela nous donnera des indices quant aux deux autres. Pour l'instant, c'est celui-ci qui se prête le mieux à l'enquête, et c'est pourquoi j'insiste. D'autre part, ce qui me gêne dans cette histoire de blanchiment d'argent, c'est que même si Fokidis a fort bien pu s'y adonner, dans les deux autres affaires l'hypothèse ne colle pas.

Fin de la discussion. Mes collaborateurs retournent à leur bureau et je m'apprête à passer voir mon petit-fils.

38

Il me paraît en pleine forme. Lorsque je me penche au-dessus de son berceau, il me regarde dans les yeux et soudain me tend les bras. Je reste bouche bée : c'est la première fois qu'il le fait. D'habitude quand il me voit, il pleure.

– Il veut que tu le prennes dans tes bras, m'explique Katérina.

Je le sors de son berceau, sûr qu'il va se mettre à pleurer. Mais il me regarde d'un air sérieux, sans ouvrir la bouche.

– Regardez-moi ça, il fait des mamours à son grand-père, fait Mania étonnée.

– C'est moi qui m'occupe de lui toute la journée, et lui, il fond dès qu'il voit son grand-père, commente Adriani.

Je mentirais si je disais que je ne suis pas fier. Et puis Lambros me calme, comme s'il me désintoxiquait des soucis et de l'angoisse. J'ai mis de côté le policier étranger, même si je sais que le répit sera court. Dès que j'irai me coucher, je serai assailli de pensées et le sommeil me quittera.

– Passe-le-moi, il va se mettre à pleurer, dit Katérina. Il n'en a pas marre de toi, mais c'est l'heure de son repas.

Nous la laissons seule avec son fils et passons dans le séjour. Toute la famille est là, sauf Uli et Zissis. Uli parce qu'il doit finir un programme, et Zissis parce qu'il y a des travaux au refuge et qu'il doit venir plus tard.

– Mes parents arrivent demain, nous annonce Fanis. Ils veulent voir leur petit-fils.

– Depuis quand tu le sais ? demande Adriani.

– Ils m'ont appelé cet après-midi.

– Bien. Ils logeront chez nous.

C'est la dernière chose qu'il me faut en ce moment. Heureusement, Fanis arrive à la rescousse.

– Hors de question, dit-il d'un ton catégorique.

– Et pourquoi ça ? Ils logent toujours chez nous.

– Oui, mais cette fois, il y a Lambros et la situation a changé. Tu ne peux pas être toute la journée ici pour aider Katérina et ensuite courir chez toi t'occuper de mes parents.

– Mais puisque c'est Melpo qui s'occupe de Lambros, remarque Adriani.

– Il n'empêche que tu passes tes journées ici. Et je ne pense pas que ça va changer avec l'arrivée de mes parents, lui dit Fanis, lui clouant le bec. D'ailleurs, ils viennent pour voir leur petit-fils, ils voudront être tout le temps avec lui.

– Et où vont-ils dormir ? demande Adriani.

– Dans le bureau de Katérina. Nous y avons installé un canapé-lit.

Il hésite un instant, puis poursuit :

– Il y a aussi une autre raison.

– Laquelle ? s'étonne Adriani.

– Ils vont vous casser les pieds toute la journée. Mon père ne peut pas encore avaler le fait que son premier petit-fils ne porte pas son prénom.

– Et toi, il ne va pas te les casser ? demande Mania.

– Non, parce que j'ai été catégorique là-dessus et il n'osera pas.

Je n'ouvre pas la bouche, car l'obsession de l'autre grand-père concernant le prénom me paraît absurde et ringarde. En tout cas, Fanis a convaincu Adriani qui cesse de discuter.

L'arrivée de Zissis détend heureusement l'atmosphère. Fanis lui conseille de passer d'abord par la chambre de Lambros s'il veut le voir éveillé. Adriani l'accompagne. J'ignore si c'est pour le surveiller ou pour profiter du spectacle. En tout cas, ils ressortent ensemble de la chambre et restent dans le couloir, discutant à voix basse.

Mania vient s'asseoir à côté de moi.

– Vous en êtes où dans cette affaire embrouillée qui vous est tombée dessus ?

Étant donné que je déteste parler boulot en dehors des horaires de travail, je me contente de lui annoncer l'arrivée du policier étranger.

– S'il vous demande une analyse psychologique, amenez-le-moi, me dit-elle.

– Pourquoi il me demanderait ça ?

– Parce que tous les policiers étrangers mettent l'analyse psychologique à toutes les sauces, me répond-elle. Je ne sais pas si ça les aide, mais ils ne font pas un pas sans analyse psychologique.

Je me mets à rire.

– Je pense que je vais l'amener, si ce n'est pour une analyse psychologique, au moins pour rencontrer Uli.

Elle me regarde surprise.

– Uli ? Qu'est-ce qu'il a à voir là-dedans ?

– Quand le policier étranger verra que je suis copain avec un Allemand, mes actions vont monter en flèche.

C'est à son tour d'éclater de rire, mais elle reprend vite son sérieux.

– Cela dit, il n'y a pas de quoi rire. Peut-être qu'Uli pourra être utile.

Katérina vient avec le bébé. Tous défilent pour lui souhaiter bonne nuit. Je suis curieux de voir comment il va réagir en me voyant, mais il me jette un regard du style « je ne t'ai jamais vu, je ne te connais pas ».

– Il ne faut pas trop en demander non plus, commente Adriani. Il ne va pas sauter de joie chaque fois qu'il te verra.

Je retourne m'asseoir sur le canapé et Zissis m'y rejoint.

– Je vois que ça se passe bien entre Mihalis et toi, me dit-il.

– Il m'a ouvert les yeux en me parlant des licenciements.

Je m'apprête à lui expliquer, mais il m'arrête.

– Pas la peine. Je connais toute l'histoire.

Adriani me fait signe qu'il est temps de partir. Mania se lève aussi. Adriani propose à Zissis de venir dîner avec nous, mais il est pressé de rentrer au refuge.

Dans la Seat, je demande à Adriani :

– On mange des brochettes ce soir ?

Elle me regarde de travers.

– Depuis quand en sommes-nous réduits à manger des brochettes chez nous ?

J'ai envie de répondre depuis hier soir, mais je le garde pour moi.

À peine arrivée, elle s'engouffre dans la cuisine. J'en profite pour allumer la télé, au cas où nous aurions du nouveau, mais les infos sont consacrées à la politique et je vais rejoindre ma femme pour lui tenir compagnie. En la voyant penchée au-dessus de la casserole, je lui demande ce qu'elle prépare.

– J'avais des épinards dans le congélateur et je les prépare avec du riz. Ce n'est pas grand-chose, mais c'est mieux que des brochettes.

Ça, c'est elle qui le dit, mais je préfère me taire, là encore. Elle semble avoir compris quelque chose car elle me dit d'un ton ironique :

– Bien sûr, chacun ses goûts.

Nous nous mettons à table et, une fois de plus, je m'étonne qu'elle puisse préparer un repas aussi savoureux en un temps record.

– J'ai parlé avec Zissis, dit-elle tandis que nous mangeons. Je lui ai demandé de dire à Melpo de passer chez nous demain avant d'aller chez Katérina. Je ne sais pas comment les parents de Fanis vont se comporter avec elle et je voudrais l'avertir. Si les choses tournent mal, nous lui donnerons un congé et c'est moi qui irai chez Katérina jusqu'à leur départ.

Je voudrais l'aider à débarrasser, mais elle m'envoie me coucher, ce que j'apprécie particulièrement.

39

Je passe par mon bureau pour prévenir mes collaborateurs que je m'installe aujourd'hui dans le bureau de Guikas. Il s'agit d'en mettre plein la vue au policier étranger.

– Très bien, monsieur le sous-directeur, s'exclame Koula.

– Si tu veux te faire muter, lui dis-je, il y a des façons plus simples de s'y prendre.

Je les entends rire derrière moi tandis que je me dirige vers l'ascenseur. Arrivé au cinquième, j'informe Stella de ma décision.

Contrairement à Koula, elle me sourit.

– Je suis heureuse de vous avoir pour supérieur, dit-elle.

J'entre dans le bureau, fais un pas, puis je m'arrête et regarde autour de moi. Tout m'est étranger, tout me déplaît. Jusqu'à présent j'entrais là chez mon supérieur, mais l'habitant permanent a un autre regard.

L'endroit est froid et trop grand. Le bureau où je vais m'asseoir, trop grand aussi. Et vide, comme un parking désert.

J'appelle Koula et lui demande d'apporter tous les dossiers de l'enquête. Je veux donner des détails précis au visiteur et lui montrer que je travaille pour de bon.

Koula m'apporte les dossiers. Je les étale sur le bureau pour couvrir sa vacuité qui me gêne, rendre le lieu plus familier, calmer peut-être mon angoisse à l'idée de cette visite imminente. Et ce petit arrangement a un effet positif sur mon humeur.

Heureusement, l'attente ne dure pas trop longtemps. Le bureau du chef m'appelle : l'homme est en route.

Ma première réaction est d'appeler mes collaborateurs moi-même, mais je me ravise. Il vaut mieux suivre dès le début les usages. J'appelle donc Stella et lui dis d'avertir mes supérieurs ainsi que mon équipe, afin qu'ils se tiennent prêts en cas de besoin.

Une demi-heure plus tard, Stella m'annonce l'arrivée du policier et de son interprète. Kurt Rotman est un grand gaillard dans les quarante-cinq ans. L'interprète, un jeune Grec.

– *Do you speak English ?* demande Rotman.

Je réponds que oui.

– *Fine, then we will talk in English.*

Je lui réponds que ce sera plus simple en effet, mais que j'aimerais lui faire mon rapport en grec pour éviter les erreurs.

Il approuve et je lui résume toute l'affaire, y compris les deux crimes qui ne le concernent pas. Puis je lui montre les déclarations.

– Pouvez-vous m'expliquer, demande-t-il, pourquoi ils n'ont pas utilisé la bombe pour le meurtre des trois hommes ?

– Il fallait les tuer tous les trois. Or il y avait deux voitures. Ils ne pouvaient pas savoir à l'avance dans laquelle se trouveraient les victimes. Je pense qu'ils avaient prévu de causer un accident, c'est pourquoi ils ont volé la camionnette.

Et je passe à la question décisive :

– Quelle est votre opinion ?

Il réfléchit.

– Ils sont intelligents. Cela se voit à leurs déclarations, au jeu qu'ils jouent avec la police. Et surtout à leurs arguments.

– Que voulez-vous dire ?

– Ces arguments ont un fond de vérité. C'est vrai, de nombreux chefs d'entreprise transfèrent leur siège social dans des paradis fiscaux pour éviter de payer des impôts. C'est vrai, il y a un écart énorme entre le niveau d'instruction des jeunes d'aujourd'hui et les salaires de misère qu'ils touchent. C'est vrai, de nombreux chefs d'entreprise licencient les employés âgés et bien payés pour embaucher des jeunes qui leur coûtent moins cher. C'est vrai aussi que ces jeunes sont considérés partout comme des travailleurs, alors que leurs salaires suffisent à peine pour payer leur loyer et leurs repas. C'est vrai enfin que quand l'économie va mieux, les profits vont dans la poche des riches et les autres n'y gagnent rien.

Je suis stupéfait de son analyse, de sa franchise. Il sourit.

– Je ne sais pas comment vous vivez à Athènes, dit-il, mais les grandes villes d'Europe se métamorphosent en ghettos pour les riches. Une famille de salariés ne peut plus acheter, ni même louer un appartement en ville. Elle est obligée de vivre en banlieue.

Nous nous regardons. Le regard de l'interprète va de l'un à l'autre.

– Et malgré tout, poursuit l'Allemand, nous sommes obligés de les arrêter. Les assassins sont livrés à la justice, même quand ils ont raison… Pouvez-vous m'expliquer comment vous menez l'enquête ?

Je lui explique mon choix de privilégier le premier meurtre. Il partage mon analyse. Je commence à penser que nous allons bien nous entendre. Il monte sans cesse dans mon estime.

– J'aimerais voir le lieu du troisième meurtre, dit-il, si c'est possible.

– Bien sûr. Je vous accompagne.

Je demande à Stella de nous trouver une voiture et je dis à Dermitzakis de venir avec nous, puisque c'est lui qui a enquêté sur les lieux. J'emmène également Dimitriou, qui expliquera au visiteur les manœuvres de la camionnette.

Je propose à Rotman de s'asseoir à côté du conducteur pour profiter de la vue. Dermitzakis et l'interprète montent à l'arrière avec moi.

À l'entrée de l'avenue Souniou qui longe la côte, Rotman s'exclame :

– Quelle vue extraordinaire ! Si je vivais ici, j'aimerais avoir une maison dans ce coin.

– Mais pour aller travailler à la Sûreté, dit Dermitzakis, il vous faudrait trois heures de voiture par jour.

– Il y a tant de circulation ?

– Quand on se rapproche d'Athènes, dis-je, la zone est très peuplée.

Nous arrivons sur les lieux. Je résume l'accident et montre l'endroit où la Hyundai a plongé dans la mer. Rotman, sur le bord de la route, regarde les rochers et les vagues.

Entretemps Dimitriou est arrivé. Je fais les présentations et il décrit les mouvements des voitures.

– Maintenant je vois précisément comment ils ont agi, me dit Rotman.

– La voiture est arrivée à grande vitesse, dit Dermitzakis, la route était déserte à cette heure-là. Et l'autopsie nous a appris ce matin que le conducteur avait un fort degré d'alcool dans le sang.

– Voulez-vous voir le restaurant où ils ont dîné ? dis-je à l'Allemand.

– Si possible.

Je l'y envoie dans la voiture de patrouille avec l'interprète et Dermitzakis.

– D'où sort-il, celui-là ? me demande Dimitriou.

– C'est l'envoyé d'Europol. Quand tu as sur le dos le meurtre de deux étrangers en mission officielle chez nous, bonjour les ennuis.

Rotman revient satisfait. Je lui propose, pour faire bonne mesure, de rencontrer mes collègues de la Délinquance économique et électronique. Je suis sûr que Koulakos et Vellidis n'auront rien de plus à lui dire, mais je préfère qu'il parle avec tout le monde, qu'on n'aille pas demain nous soupçonner de lui avoir caché des choses.

Rotman est ravi et nous prenons le chemin du retour.

Sitôt au bureau, je demande à Stella d'appeler mes deux collègues. Ils devaient être sur le qui-vive, car ils se pointent aussitôt.

Vellidis explique d'abord que les auteurs des crimes n'ont jamais utilisé Internet ni les réseaux sociaux. Ils ont eu recours à des moyens plus simples et plus anciens. Ils le font, selon lui, pour gêner l'enquête.

Puis Koulakos prend la parole. Il raconte comment nous avons découvert que le siège des entreprises de Fokidis était aux îles Caïman. Il a également apporté une copie de la déclaration des trois victimes sur la hausse du PNB et des recettes de l'État.

Rotman les écoute avec attention, sans les interrompre. Puis il se tourne vers moi.

– Je tiens à vous remercier pour l'excellence de votre information, monsieur le commissaire. Vous m'avez donné une image très complète, et il me sera désormais bien plus facile de suivre le déroulement de l'enquête.

Il nous serre la main à tous, puis fait signe à l'interprète et quitte avec lui le bureau.

Je lui aurais volontiers présenté Uli, mais les parents de Fanis sont là et je dois aller les saluer.

– Il avait l'air content, note Koulakos. Si des éloges tombent de là-haut, n'oublie pas de nous inclure.

Il rit et nous nous quittons dans la bonne humeur.

J'estime en avoir fait assez aujourd'hui et je m'apprête à passer chez Katérina pour accueillir les autres grands-parents.

40

Sevasti m'a ouvert avec son petit-fils dans les bras. La tête de Lambros était posée sur son épaule et elle lui caressait le dos.

– Grâce à Dieu, il est splendide, a-t-elle dit avec enthousiasme en me voyant.

Prodromos tout fier disait : « Une bête… une vraie bête ! » La famille était au grand complet. Adriani arrivée plus tôt m'attendait. La soirée s'écoulait dans la joie et la bonne humeur. À un moment, j'ai pensé que ma fille et mon gendre avaient besoin de souffler et j'ai proposé aux autres grands-parents d'aller dîner au restaurant. Ma proposition a été chaleureusement accueillie, et comme je voulais éviter les tavernes à poisson, vu que du côté de Volos ils n'ont que ça, nous sommes allés manger de la viande chez Karavitis.

Tout se passait bien et nos invités semblaient apprécier les plats, mais à un moment Prodromos, qui s'arrange toujours pour casser l'ambiance, a remis sur le tapis la question du prénom.

– On a beau dire, moi ça me contrarie qu'on donne à mon petit-fils un prénom étranger à la famille.

J'ai failli exploser mais me suis retenu et lui ai une nouvelle fois rappelé que le choix des parents ne nous concernait pas.

– C'est vrai, s'est soudain écriée Sevasti. J'en ai assez de t'entendre. Et puis ils sont jeunes, ils auront d'autres enfants, aie un peu de patience ! Moi, en tout cas, s'ils ont une fille, je ne veux pas qu'on l'appelle Sevasti, c'est un prénom démodé qui paraît aujourd'hui ridicule. J'aimerais mille fois mieux qu'elle s'appelle Adriani, c'est bien plus joli.

– Merci, tu me flattes, lui a dit Adriani.

Nous avons ri et l'atmosphère s'est détendue. Nous les avons déposés chez Katérina et sommes rentrés à la maison.

Il est maintenant huit heures du matin et je m'apprête à boire mon café avec Adriani, quand nous sommes interrompus par Melpo qui vient prendre ses instructions. Cela ne me gêne pas de la faire participer au café matinal, car elle a gagné la sympathie de tout le monde.

Mais je n'ai pas le temps d'avaler la première gorgée que mon portable sonne.

– On nous a appelés du centre opérationnel, monsieur le commissaire, me dit Dermitzakis. Une bombe a explosé dans un parking, avenue Amphitheas. L'employé du parking est mort sur le coup et une femme est en train de hurler que c'est elle qu'on voulait tuer.

– Elle hurle en grec ?

– Oui.

La nouvelle victime n'est pas une étrangère. Au point où nous en sommes, c'est une consolation.

– Avertis l'Identité judiciaire et le légiste. Prends toute l'équipe avec toi et on se retrouve là-bas.

Dermitzakis m'explique où se trouve le parking, puis j'appelle Stella pour lui dire d'informer le secrétariat du sous-chef. Je n'ai ni le temps ni la patience d'attendre une voiture de patrouille et je prends la Seat.

Je paie chèrement mon impatience. Avec la voiture de patrouille, je serais arrivé plus vite. Je suis pris dans les embouteillages dès la place Syntagma jusqu'au bout du trajet à Amphithea. Le parking se trouve sur l'avenue, à la limite du quartier de Faliro, à côté d'un cinéma. On a entouré les lieux d'un ruban rouge. Des gens qui veulent récupérer leur voiture protestent tandis que les policiers essaient de leur expliquer.

La camionnette de l'Identité judiciaire et l'ambulance de la Médecine légale sont arrivées avant moi.

Un homme d'une quarantaine d'années voit les policiers s'approcher de moi. Il comprend que je dirige les opérations et se hâte de me prendre à partie.

– C'est toi le patron ici ?

Je lui réponds :

– Il n'y a pas de patron dans la police.

– Oh, ça va ! On va pas s'arrêter à des détails ! C'est toi qui commandes ?

– Oui.

– Dis-leur de nous laisser récupérer nos voitures.

– Dès que nous aurons fini.

– La mienne est garée à l'autre bout du parking et n'a rien à voir avec votre enquête. On est pressés et on n'a pas que ça à faire.

Je lui réponds avant de m'éloigner :

– Pour une fois, prends le bus ou un taxi, tu ne vas pas en mourir.

Je vais d'abord voir l'endroit où se trouvait la voiture. Elle est partie en morceaux et, comme pour les explosions précédentes, il ne reste du conducteur qu'une masse informe. Les voitures garées à côté ont été sérieusement endommagées.

– Même chose que pour les véhicules de Fokidis et Kaplanis, m'explique Dimitriou qui est venu me rejoindre.

– Sauf qu'ils se sont trompés de victime, ajoute Dermitzakis.

Je lui réponds :

– Il nous faut découvrir pourquoi ils se sont trompés. Où se trouve la femme qui criait que c'est elle qu'on voulait tuer ?

– Les policiers du commissariat local l'ont raccompagnée chez elle.

Je me mets aussitôt en colère :

– Et pourquoi pas à l'hôpital pendant qu'on y est ? Dis-leur de me l'amener illico et envoie-moi Koula.

Entretemps, Stavropoulos s'est approché.

– Ce que j'ai à dire ? marmonne-t-il. Pareil que les autres fois : rien.

– Je comprends.

– Donc je peux emmener le corps ?

– Encore un peu de patience. Ils ont gaffé en envoyant la propriétaire de la voiture chez elle. J'attends qu'on me la ramène pour l'interroger sur place.

Ce qui ne lui plaît pas, mais il ne peut rien objecter. Il s'éloigne au moment où Koula arrive.

– Je vais bientôt interroger la propriétaire de la voiture qui a échappé à la mort. Je voudrais que tu sois à mes côtés.

– Je sais, pour le soutien psychologique, me répond-elle.

La voiture de patrouille avec la victime manquée n'est pas encore arrivée et j'en profite pour appeler le sous-chef. Il fait la même remarque que moi.

– Heureusement que la victime n'est pas une étrangère. Sinon, c'était encore parti pour des problèmes internationaux.

– Non, c'est le même schéma que pour Fokidis et Kaplanis. Mais cette fois ils se sont trompés de victime. Je vous dirai pourquoi dès que j'aurai interrogé la femme qui en a réchappé.

Je vois la voiture de patrouille se garer devant le parking. Dervisoglou en sort et vient en courant.

– Nous l'avons amenée, m'annonce-t-il.

– Je veux les horaires d'ouverture et tous les éléments qui concernent le parking, lui dis-je. Demandez aussi s'il y a un autre employé, à part celui qui s'est fait tuer.

Je prends Koula avec moi et vais vers la voiture. La femme assise à l'arrière semble approcher de l'âge de la retraite. Habillée comme pour aller au bureau, elle est encore bouleversée.

– Je n'arrive pas à y croire, murmure-t-elle, tandis que je m'assois à côté d'elle. Je n'arrive pas à y croire.

Puis elle devient hystérique.

– C'est moi qu'on voulait tuer ! Moi ! Pourquoi ? Je n'ai jamais fait de mal à personne.

– Calmez-vous, lui dit Koula assise à l'avant. Le commissaire va vous poser quelques questions et ensuite vous pourrez rentrer chez vous. Mais il faut rester calme car ce que vous nous direz peut aider à trouver les coupables.

La femme pousse un profond soupir.

Je lui demande son nom.

– Hariklia Lambraki.

– Vous travaillez où ?

– À la Banque de Grèce. Dans un an, je prends ma retraite.

– Dites-nous ce qui s'est passé ce matin.

– J'habite rue Orfeos, à deux pas du parking. Comme tous les matins, je suis venue récupérer ma voiture pour aller au travail. Mais d'autres véhicules la bloquaient et je ne pouvais pas la sortir. Je suis allée trouver Christos, l'employé, et lui ai crié dessus parce qu'il avait laissé d'autres voitures se garer autour de la mienne alors qu'il savait très bien que je venais la récupérer tous les jours à huit heures. Il m'a proposé de la sortir lui-même. Il a d'abord éloigné les autres voitures, puis il est monté dans la mienne. Dès qu'il a voulu démarrer, elle a explosé.

Elle s'arrête et éclate en sanglots.

– Heureusement que j'attendais devant l'entrée du parking. C'est Christos, le malheureux, qui l'a payé de sa vie.

Puis elle répète :

– Mais pourquoi vouloir me tuer ? Qu'est-ce que je leur ai fait ? Je n'ai jamais fait de mal à personne de toute ma vie.

Inutile de lui expliquer, ce serait trop long.

– Vous laissez toujours votre voiture dans le parking ?

– Oui, parce que dans ma rue, une fois sur deux, je ne trouve pas où me garer. Je paie le parking au mois et j'ai l'esprit tranquille.

– Je vous remercie. Je ne vais pas vous fatiguer davantage.

Je dis à Koula de la raccompagner chez elle et je sors de la voiture.

Dervisoglou vient vers moi.

– Le parking est ouvert dix-huit heures par jour, de six heures du matin à minuit. Il y a deux employés qui travaillent par roulement. Ce matin, c'était au tour de Christos. Cet après-midi, il y aura un certain Lakis.

– Trouvez ce Lakis le plus vite possible pour qu'on puisse lui parler.

Je m'apprête à appeler le sous-chef, mais Dermitzakis déboule.

– L'un des clients habituels du parking a vu quelque chose. Je crois que vous devriez l'entendre.

Nous nous dirigeons vers une Peugeot garée à l'extérieur du parking. Son conducteur est dehors et nous attend.

– Vous pourriez répéter au commissaire ce que vous avez vu hier soir ? lui demande Dermitzakis.

– Je suis venu laisser ma voiture un peu avant l'heure de la fermeture. J'habite plus haut et en rentrant chez moi, j'ai vu une voiture avec trois passagers qui regardaient du côté du parking. Je n'y aurais pas prêté attention, mais ça m'a semblé bizarre qu'ils regardent le parking. À une heure pareille, soit on laisse sa voiture au parking, soit on s'en va. On ne reste pas là à en discuter.

– Vous vous souvenez de la voiture ?

Il réfléchit un instant.

– Je crois que c'était une Toyota.

– Vous avez pu voir leurs visages ?

– Non, il faisait nuit. Mais les phares d'un taxi qui passait à ce moment-là m'ont permis de distinguer deux hommes et une femme. La femme était au volant.

– Je vous remercie. Laissez-nous vos coordonnées. Nous vous demanderons de venir faire une déposition.

Pendant que Dermitzakis les note, j'appelle le sous-chef.

– C'est presque une copie conforme des deux autres assassinats à la bombe, dit-il.

Puis il ajoute :

– Désolé de vous arracher à votre enquête, monsieur le commissaire, mais vous devez venir. Le ministre a organisé une réunion avec les ambassadeurs de Belgique et d'Italie. Il y aura aussi votre collègue d'Europol.

Je lui réponds que je risque de tarder : je me trouve sur les lieux du crime, sur l'avenue Amphitheas, et le trajet est long jusqu'à l'avenue Mesoyion.

Il ne manquait plus que ça !

41

Heureusement, j'ai l'idée lumineuse de prendre une voiture de patrouille, qui nous ouvre le chemin avec sa sirène. Je suis vite rendu au ministère, et la secrétaire du ministre me fait tout de suite entrer : on m'attend.

Il y a là, en plus du ministre, les deux ambassadeurs, mes supérieurs et Rotman. Manque seulement l'interprète, car tout le monde parle anglais.

– Nous avons donc un nouveau meurtre ? demande le ministre.

– Oui, dis-je, mais cette fois on s'est trompé de victime.

– Laissons cela pour l'instant et passons à votre rapport, pour ne pas retarder ces messieurs. Limitez-vous au meurtre des deux étrangers, le reste ne les intéresse pas.

Je fais mon rapport, ils m'écoutent attentivement, même si à la fin ce n'est pas moi qu'ils remercient, mais le ministre. L'ambassadeur de Belgique se tourne vers Rotman.

– Quelle est votre opinion, monsieur le commissaire ?

– D'abord, je dois dire que la police grecque a fait un travail remarquable. J'ai l'impression d'avoir suivi moi-même l'enquête pas à pas. Cela dit, j'ai du mal à comprendre le mobile des criminels. Pourquoi tuer ceux qui vous apportent une nouvelle agréable ? Les victimes annoncent que le pays sort enfin d'une crise longue et douloureuse, et au lieu de les féliciter, on les tue. Même chose pour les deux crimes précédents. Pourquoi tuer celui qui vous annonce une baisse du chômage ? Pourquoi tuer quelqu'un qui fournit du travail aux jeunes ? Parce qu'il a son siège dans un paradis fiscal ? D'accord, cela peut déplaire, mais c'est légal. Quant aux bas salaires, le responsable en est le marché du travail, et non l'Institut de la statistique.

Un silence. Les deux ambassadeurs hochent la tête en signe d'approbation.

Je suis sidéré. Rotman vient de dire exactement le contraire de ses commentaires lors de notre première rencontre. Je suis indigné, mais me retiens pour ne pas mettre en difficulté les miens.

– Quelle est votre opinion sur ce que vient de nous dire M. Rotman ? me demande le chef.

– Le mobile n'a d'importance que dans la mesure où il nous aide à repérer les auteurs. Qu'ils aient raison ou tort, cela ne concerne pas l'enquête. Du moment qu'ils ont tué six personnes, nous devons les arrêter et les livrer à la justice.

Je parle les yeux tournés vers Rotman, pour lui rappeler que c'était là sa propre conclusion de la veille.

– Très juste, monsieur le commissaire, dit l'ambassadeur de Belgique.

Et voilà mon prix de consolation.

Les ambassadeurs remercient le ministre et nous serrent la main. Ils semblent satisfaits, tout comme le ministre.

– À quel hôtel êtes-vous ? dis-je à Rotman.

– Au Caravelle.

– Très bien, je vous raccompagne.

– Ce sera pour moi l'occasion de vous dire adieu, car je pars demain.

J'attends un peu avant de lui poser la question brûlante :

– Hier, vous avez parlé différemment du mobile des criminels.

Sa réponse met du temps à venir. Puis :

– Ce que je crois, c'est ma remarque d'hier.

– Alors pourquoi dire le contraire aujourd'hui ?

Cette fois il n'hésite pas à répondre.

– Je ne suis pas du côté des perdants, monsieur le commissaire. J'ai quarante-cinq ans et une partie de ma carrière devant moi. Je dois dire aux gagnants ce qu'ils ont envie d'entendre. Sinon, je peux dire adieu à ma carrière. *Losers have no success story, my dear colleague.*

Il m'a rendu furieux, mais là je suis consolé. Moi qui ai réussi, au dernier moment, à grimper les échelons en restant avec les perdants.

Arrivé devant l'hôtel Caravelle, je descends de voiture pour saluer Rotman plus officiellement. Nous nous serrons la main, nous redisons le plaisir que nous avons eu à nous connaître, et nous séparons avec le sourire.

Je tourne dans la rue Dioharous en direction de l'avenue Vassilissis Sofias. Quand j'arrive à la Sûreté, l'après-midi est bien avancé. Je rejoins mon bureau habituel. Inutile que mes collaborateurs fassent le va-et-vient entre le troisième et le cinquième étages.

Je fais venir toute l'équipe.

– Nous avons trouvé l'autre employé du parking, m'annonce Dermitzakis. Il nous a dit quelque chose d'intéressant.

– Je t'écoute.

– La veille de l'attentat, un type lui a demandé quelles étaient les heures d'ouverture du parking. S'il fermait plus tôt certains jours. Le jeune gars l'a renseigné, pensant tenir là un client.

– Il s'en souvenait ? Il vous l'a décrit ?

– C'était un homme dans les cinquante ans, de taille moyenne, châtain, avec une moustache.

Cela me rappelle quelque chose, mais je fouille en vain ma mémoire.

– Envoyez-le demain à l'Identité judiciaire, qu'on fasse un portrait-robot d'après sa description. Nous avons peut-être rencontré ce type lors d'un des crimes précédents.

– On peut le convoquer maintenant, propose Askalidis.

– Non, il est tard, n'agissons pas à la va-vite. Je préfère attendre demain.

Je me tourne vers Koula.

– Tu as des infos sur Mme Lambraki ?

– Elle travaille à la Banque de Grèce où elle dirige le service du crédit. Sachant qu'elle était dans le même lot que les autres victimes, elle s'arrachait les cheveux, elle se demandait ce qu'on avait contre elle.

– Je veux savoir qui possède une Toyota à Athènes, lui dis-je. Ce ne sera pas facile, je sais, nous n'avons pas le numéro de la voiture. Mais on ne sait jamais.

Je n'ai pas d'autres questions. J'espère qu'il m'en viendra quand je verrai le portrait-robot du type.

Il me reste à voir Koulakos. Quand je lui rapporte le dernier crime, il me regarde, l'air égaré.

– Je ne comprends pas pourquoi on a voulu tuer une directrice de la Banque de Grèce.

– Si toi, tu ne comprends pas, comment veux-tu que moi, je comprenne ? C'est pourquoi je veux que nous interrogions Mme Lambraki demain ensemble. Tu pourras sans doute en tirer davantage que moi.

– Pas de problème. Préviens-moi et j'arrive.

Je décide que ma journée s'arrête là. Mon équipe est déjà partie. Je libère Stella.

Je monte dans la Seat avec l'espoir de ne pas tomber sur les autres grands-parents, car je n'ai pas la force de supporter les bavardages de politesse.

Ils sont de sortie, mais je tombe sur Mania et Uli. Il est assis sur le canapé, tandis qu'elle parle avec ma femme. Je vois à leurs têtes que quelque chose ne va pas.

– Que se passe-t-il ?

Adriani se tourne vers Mania.

– Dis-le-lui.

– Katérina est dans tous ses états à cause de ses beaux-parents. Ils ont bouleversé la vie de Lambros. Ils le prennent tout le temps dans leurs bras, mettent leur grain de sel à tout moment et ça lui tape sur les nerfs. Quand elle leur dit que le programme concernant Lambros est différent, ils répondent qu'eux aussi ont élevé des enfants et qu'ils savent comment faire. Melpo ne sait plus où se mettre. Elle fait la cuisine pour aider Katérina et s'efforce de la calmer.

– Fanis est au courant ?

– Oui, et ça le rend furieux. Il est prêt à leur dire de s'en aller.

– Pourquoi il ne m'a pas écoutée quand j'ai proposé d'héberger ses parents ? dit Adriani en colère.

– Ça n'a pas de sens de discuter, ça ne changera rien, dis-je. Ils vont rester quelques jours, puis ils repartiront à Volos.

– Oui, mais l'enfant aura perdu ses habitudes et ma fille aura un mal fou à tout remettre en ordre. Heureusement qu'elle a Melpo.

C'est l'une de ces journées où rien ne vous est épargné. Je vais m'asseoir à côté d'Uli, dans l'espoir de changer de sujet.

– C'est ça, les familles grecques, dis-je.

– En Allemagne, ce sont les parents qui décident. Les grands-parents donnent leur avis quand on le leur demande.

Mais on ne trouve pas facilement chez nous l'affection et le soutien qu'offrent les familles grecques.

Je lui raconte ma rencontre avec Rotman, pour changer de sujet. Il hoche la tête.

– Tu comprends maintenant, dit-il, pourquoi je préfère travailler seul. Si j'étais en entreprise, je devrais faire comme ce Rotman.

La voix de Mania nous interrompt.

– Venez, monsieur le commissaire, il y a quelque chose pour vous aux infos.

Je cours la rejoindre et tombe sur l'image familière : la présentatrice discutant avec le journaliste habituel.

– Comment la déclaration nous est-elle parvenue, Manos ?

– Comme l'une des précédentes. Un homme à moto est passé en trombe et a jeté l'enveloppe aux pieds du vigile.

– Lisons d'abord le texte.

Il apparaît à l'écran.

Nous tenons à exprimer notre consternation après la mort d'un innocent. Nous demandons pardon à sa famille.
Notre but était de tuer, non pas le malheureux employé du parking, mais Hariklia Lambraki.
Elle dirige le service du crédit. Elle est donc en grande partie responsable du laxisme des banques, qui ont distribué aux Grecs, les yeux fermés, des prêts et des cartes de crédit sans contrôle de la Banque de Grèce. Elles en étaient venues à consentir des prêts pour des vacances ou des robes de mariée. Elles faisaient des affaires en or, et les Grecs en sont venus à penser que les prêts faisaient partie de leurs revenus.
C'est ainsi que tout s'est gâté. La direction de la Banque de Grèce n'a pas pris la moindre mesure pour freiner les banques.

Notre échec tragique est symboliquement porteur de deux leçons.
D'abord, quoi qu'on fasse, il est impossible de toucher aux banques. Elles sont invulnérables.
Ensuite, ceux qui paient pour les autres dans le conflit avec les banques, ce sont les victimes innocentes.
Nous demandons encore une fois pardon à la famille du malheureux et annonçons l'arrêt de notre action. Elle ne peut se poursuivre au prix de la vie d'innocents.

L'Armée des Idiots Nationaux

– Éteins, dis-je, je me passerai de leurs commentaires.

Adriani se signe.

– Toi, tu dois les envoyer en prison, je sais, dit-elle. Mais moi, je leur tire mon chapeau.

– Tu veux me faire plaisir ?

– Qu'est-ce que tu veux ?

– Tu pourrais préparer à manger ? Avaler tout ça, l'estomac vide, c'est trop dur.

Dommage que Rotman ne soit pas avec nous. Je serais curieux d'avoir son opinion. Mais quoi qu'on fasse, chacun voit midi à sa porte.

42

Arrivé au bureau, je demande où nous en sommes avec l'employé du parking.

– Askalidis l'a accompagné à l'Identité judiciaire, me dit Dermitzakis.

Le portrait-robot va prendre du temps. En attendant, je décide d'interroger Hariklia Lambraki. Je confie à Koula la mission de la faire venir à la Sûreté afin de l'interroger avec Koulakos.

– Elle est à son bureau et nous prie de lui envoyer une voiture de patrouille, me dit Koula peu après.

J'accepte parce que je comprends qu'elle est encore bouleversée. J'avertis Koulakos et monte au cinquième. Il vaut mieux que l'interrogatoire se déroule dans un bureau revalorisé.

– Te voilà installé dans ton nouveau bureau, me dit Koulakos en souriant.

– Pour l'instant, seulement pour les rencontres officielles, même si l'idée ne m'emballe pas, mais à un moment il faudra bien que je m'y installe pour de bon.

– Pourquoi ?

– Quelqu'un va me remplacer à la tête du service et par conséquent il occupera mon bureau. Je devrai changer mes habitudes.

La conversation est interrompue par l'arrivée de Hariklia Lambraki. Elle paraît plus calme. Elle s'assoit dans un fauteuil en face de Koulakos.

– J'ai serré les dents et suis allée au bureau, nous explique-t-elle. Je vis seule et je ne voulais pas passer la journée à broyer du noir. Au travail je suis toujours occupée et j'arrive à oublier.

Je lui présente Koulakos et entre dans le vif du sujet.

– Madame Lambraki, nous vous avons fait venir parce que nous avons quelques questions. Avez-vous lu la déclaration des auteurs du crime ?

– Oui, répond-elle, reprise par son agitation. Hier soir j'ai regardé les infos pour essayer de comprendre pourquoi on avait voulu me tuer. Je me suis mise en colère ! Vouloir me tuer pour des bêtises pareilles !

– Pourquoi considérez-vous que ce sont des bêtises ? demande Koulakos.

– Le service que je dirige contrôle uniquement la légalité des opérations bancaires. Les prêts aux particuliers et aux sociétés relèvent des banques, et cette activité est tout à fait légale. Les banques sont en droit d'accorder des prêts et la Banque de Grèce n'a pas le pouvoir de les en empêcher. Et puis ce sont les particuliers qui décident s'ils veulent ou non un emprunt. Les banques ne sont ni leurs conseillers, ni leurs tuteurs. Ce sont des entreprises dont l'objectif est le profit.

– Vous connaissez un certain Fabrizio Tebaldi, cadre du FMI ? demande Koulakos.

– J'ai eu l'occasion de faire sa connaissance, mais je n'ai pas collaboré avec lui. Tebaldi est surtout en contact avec notre ministère des Finances et les autres représentants européens.

Soudain, cela lui revient :

– C'est celui qui a été tué avec l'homme de Bruxelles ?

– Précisément, lui dis-je.

– Et vous croyez qu'on a voulu me tuer pour les mêmes raisons ?

– Nous ne croyons rien, lui explique Koulakos. Nous menons une enquête et il est encore trop tôt pour tirer des conclusions.

– En tout cas, Tebaldi, je le connaissais à peine. Et l'autre, pas du tout.

Je lui demande :

– Avez-vous remarqué dernièrement quelque chose d'inhabituel ? D'apparemment étrange ?

– Absolument rien, répond-elle sans hésitation.

– Une voiture qui vous aurait suivie pendant votre trajet ou au moment d'arriver au parking ?

– Non, tout était comme d'habitude.

Nous n'avons pas d'autre question et, après avoir dit à Stella d'appeler la voiture de patrouille pour la raccompagner à la banque, nous la remercions et elle repart.

– Cette fois, nous avons raté notre coup, commente Koulakos.

– Oui, mais j'ai encore un petit espoir.

Je lui parle du type qui demandait des renseignements à l'employé du parking.

– Avec un peu de chance, le portrait-robot correspondra à quelqu'un qu'on connaît et nous aurons fait un grand pas.

– Espérons, parce que la dernière déclaration des Idiots n'est pas une grande consolation. Si, comme ils le disent, ils arrêtent les attentats, certains auront ainsi la vie sauve, mais nous, avec deux victimes de l'étranger, nous ne serons sauvés que lorsque nous aurons arrêté les assassins.

Nous nous séparons et je regagne mon bureau. Au moment où je m'assois, Dermitzakis fait irruption.

– Venez. J'ai l'employé du parking et le portrait-robot, me dit-il tout content.

Je l'accompagne dans le bureau des interrogatoires. L'employé est un jeune homme d'une vingtaine d'années. Il fait défiler des images sur l'écran de son portable, si absorbé qu'il ne remarque pas notre présence.

Le croquis est posé devant Dervisoglou. Je le prends et le regarde. Du premier coup d'œil, cela me rappelle quelqu'un mais je n'arrive pas à me souvenir où et quand j'ai vu ce visage.

Soudain, ça me revient. Ce doit être Manos Efstathiou, l'ami de Kaplanis. Je l'avais interrogé après le meurtre et il m'avait déclaré être chômeur et homme au foyer.

Je fais signe à Dermitzakis et nous nous rendons ensemble dans le bureau des adjoints.

– C'est sans doute Efstathiou, l'ami de Kaplanis que j'ai interrogé après le meurtre, dis-je. Il habite rue Syrou à Kypseli, l'adresse exacte doit être dans le compte-rendu. Prends un photographe de l'Identité judiciaire avec toi pour le photographier.

Je me tourne vers Koula :

– Cherche à savoir si Efstathiou a une voiture et de quelle marque elle est.

C'est la première lueur d'espoir dans cette affaire et je reprends le dessus. Si j'ai raison au sujet d'Efstathiou, nous ne cherchions pas le bon chômeur.

Le jeune employé du parking est toujours accaparé par son téléphone.

– Éteins ton portable car je dois te poser quelques questions, lui dis-je.

Je le crois capable de me répondre par SMS.

Il ne cache pas son mécontentement mais range le portable dans sa poche.

– Comment tu t'appelles ?

– Lakis Rokas.

– Parle-nous de ta rencontre avec celui qui est venu se renseigner au parking. Qu'est-ce qu'il t'a dit ?

– Il est venu vers huit heures du soir. Au début, il m'a demandé s'il y avait des places de libres. Je lui ai dit qu'il y en a toujours. Après, il a voulu connaître les horaires d'ouverture. Je lui ai expliqué que s'il ne venait pas récupérer sa voiture avant minuit, il devrait attendre le lendemain matin à six heures. Puis il a voulu faire un tour dans le parking pour voir comment étaient garées les voitures. J'ai trouvé ça un peu bizarre parce que le parking est entouré d'un grillage et on peut tout voir de la rue. Mais je me suis dit, laisse-le faire tous les tours qu'il veut, parce que je n'avais pas très envie de discuter.

– Tu l'as accompagné ?

– Je ne peux pas quitter mon poste, sauf quand je dois m'occuper des voitures. Et puis, de toute façon, pourquoi l'accompagner ? Il n'allait pas voler une voiture.

– Tu vas nous laisser ton numéro, lui dis-je. Nous avons repéré celui qui est venu te poser des questions. Nous aurons bientôt sa photo et il faudra que tu reviennes pour nous dire s'il s'agit bien de lui.

– D'accord, mais je vais aussi vous donner le numéro de mon patron pour que vous lui expliquiez. Sinon, je risque de perdre ma place.

Dervisoglou note ses coordonnées et de mon côté je fonce dans le bureau de Vellidis.

– Tu m'as l'air en forme, me dit-il. On a du nouveau ?

– C'est la première fois que je peux répondre oui.

Je lui donne le nom d'Efstathiou.

– Je voudrais une liste de ses appels et un enregistrement de ses conversations.

– Pas de problème, assure Velidis. Tu auras bientôt les résultats.

Koula m'a laissé un message pour que je la rappelle.

– Manos Efstathiou n'a pas de voiture, me dit-elle, mais il a une moto, une Yamaha.

– Dis à Dervisoglou de demander à la chaîne qui a diffusé la déclaration si celui qui a jeté l'enveloppe aux pieds du vigile conduisait une moto Yamaha.

Bien sûr, l'homme conduisait vite et il sera difficile au vigile de confirmer le modèle de la moto.

J'appelle le sous-chef pour lui annoncer la bonne nouvelle.

– La chance nous sourit enfin, dit-il.

– Sous réserve que notre témoin certifie que l'homme du parking était bien Efstathiou.

– Espérons-le. Je vais transmettre la bonne nouvelle au chef, me répond-il avant de raccrocher.

43

Je ne pensais pas qu'on parviendrait à photographier Efstathiou tout de suite, mais je suis resté au bureau encore un peu, par conscience professionnelle surtout. Lorsqu'au bout d'une heure j'ai compris que cela n'avait pas de sens, j'ai décidé de rentrer chez moi.

Heureusement, j'y ai trouvé une atmosphère plus détendue que la veille. Les parents de Fanis allaient partir le lendemain. Comme Adriani me l'a expliqué, Fanis leur a dit que leur présence continuelle troublait l'enfant et leur a proposé d'aller à l'hôtel. Ils ont décidé de rentrer chez eux, après avoir arraché la promesse qu'on leur amènerait l'enfant à Volos dès qu'il serait en âge de voyager, quelques mois plus tard.

Adriani a insisté pour que nous allions les saluer. Je n'en avais pas la moindre envie, obsédé que je suis par mon affaire. Mais elle avait raison et j'ai fait de nécessité vertu. Nous ne sommes pas restés longtemps, heureusement. Nous avons dit ce qu'il fallait, j'ai prétexté la fatigue d'une enquête difficile et nous avons pris congé.

À peine entré dans mon bureau ce matin, j'apprends par Stella que Vellidis me cherche. Laissant de côté le protocole, je monte aussitôt dans son bureau. Son regard me dit qu'il a de bonnes nouvelles.

– On a trouvé dans le portable d'Efstathiou une série d'appels à une certaine Olga Triandi. Nous n'avons pas encore pu écouter leurs conversations, mais elles sont si fréquentes que cela nous rend curieux.

– Tu peux me dire quand ils ont commencé à s'appeler souvent ?

Il consulte ses papiers. La date qu'il me donne tombe une semaine avant le meurtre de Fokidis.

Je regagne mon bureau et j'appelle Koula.

– Dis-moi si une certaine Olga Triandi possède une Toyota.

Il faut maintenant localiser cette femme. Je ne serais pas étonné si c'était elle, la femme qui rôdait dans l'hôtel, le jour du meurtre.

Je pense mettre le sous-chef au courant, mais mieux vaut attendre confirmation.

La porte s'ouvre et Dermitzakis entre en trombe. Il pose sur mon bureau la photo d'Efstathiou.

– Il ne vous a pas menti, il s'occupe du ménage ! On a dû poireauter longtemps avant qu'il sorte faire ses courses.

– Doucement. Il n'est pas exclu qu'en plus du ménage, il travaille aussi dans le meurtre.

Et je lui rapporte ma conversation avec Vellidis.

Dermitzakis lâche un sifflement, qu'interrompt l'entrée de Koula et Dervisoglou.

– Olga Triandi possède une Toyota, dit-elle.

– Et ce n'est pas tout, ajoute Dervisoglou. C'est la femme de Iason Doukaris.

– Mais bien sûr ! s'écrie Dermitzakis en se levant d'un bond. Quand nous avons enquêté sur elle et son magasin qu'elle a dû fermer, tout le monde l'appelait Olga. Et certains, plus jeunes, ajoutaient son nom de famille, Triandi.

J'ai envie, moi aussi, de me lever d'un bond. Si la femme de Doukaris est impliquée dans les meurtres, elle n'a pu le faire à l'insu de son mari. Donc il est presque certain que Doukaris fait partie de la bande.

Je lutte contre la tempête de mes pensées. Il faut que je garde mon sang-froid pour ne pas perdre le fil de l'enquête.

– Appelle le commissariat de Paleo Faliro, dis-je à Dervisoglou, et dis-leur de m'envoyer tout de suite l'employé du parking dans une voiture de patrouille.

Et je me tourne vers les autres.

– S'il reconnaît Efstathiou sur la photo, alors nous sommes tout près du but. Sinon, nous poursuivrons l'enquête, mais nous aurons au moins des éléments pour le faire.

C'est là que je reçois l'appel de Vellidis.

– Nous avons la transcription des échanges entre Efstathiou et Triandi, mais je ne sais pas si elle te sera utile.

– Pourquoi ?

– Je ne vois rien là-dedans qui constitue un indice indiscutable.

Je monte aussitôt à son bureau. Il étale devant moi la transcription. En effet, il n'y a presque rien. Ils échangent trois mots et raccrochent.

Je suis plus heureux en me concentrant sur les dates. Le matin du meurtre de Fokidis, Efstathiou dit à Triandi de laisser la voiture à bonne distance. Deux jours avant le triple meurtre, il lui dit : « C'est bon, nous l'avons. » Il s'agit sûrement de la camionnette. Le soir de l'attentat contre Lambraki, il lui demande d'attendre devant l'église. Ayios Sostis probablement, sur l'avenue Syngrou. C'est de là qu'ils ont pris l'avenue Amphitheas.

Je comprends pourquoi Doukaris n'avait pas de portable. Les appels passaient par sa femme.

– Tes conclusions ? demande Vellidis.

– Elles sont deux. La première : le coordonnateur des opérations, c'est Efstathiou. La deuxième : apparemment, il y a toujours au préalable une réunion des membres de la bande, pour s'organiser, après quoi les échanges téléphoniques se réduisent à l'essentiel.

– Cela me semble logique.

– Nous savons qu'Efstathiou et Triandi sont impliqués. Nous n'avons pas d'éléments concernant Doukaris et nous ne savons pas qui a posé les bombes. Je doute que ce soit l'un d'eux.

Je demande à Vellidis une copie des conversations et redescends dans mon bureau. Dervisoglou m'informe que le gardien du parking m'attend chez mes adjoints.

– Je l'amène ?

– Non. Emmène-le dans le bureau des interrogatoires et dis à Koula de venir avec son ordinateur pour enregistrer sa déposition.

Je prends la photo d'Efstathiou et les rejoins.

– C'est lui, s'écrie le jeune homme aussitôt. C'est lui qui est venu m'interroger la veille de l'accident.

– Tu es bien sûr ? Sache que tu seras convoqué au procès comme témoin.

– C'est lui. J'en mettrais ma main au feu.

– Bravo, mon gars. Tu ne peux pas savoir à quel point tu nous aides.

– Je m'attendais à tout, sauf à recevoir les compliments des flics. Jusqu'à présent je me faisais toujours insulter.

Je réunis mes troupes dans mon bureau. Ils me regardent tous avec un large sourire.

– Allez me chercher Efstathiou pour interrogatoire, dis-je à Askalidis et Dervisoglou. S'il n'est pas d'accord, demandez-lui s'il préfère un mandat d'amener. Et ne le laissez surtout pas téléphoner.

– Qui s'occupe de Triandi ? demande Dermitzakis.

– Personne. Pendant qu'on s'occupe d'Efstathiou, on la laisse dormir tranquille.

Dès leur départ, j'appelle le sous-chef pour lui apprendre la bonne nouvelle. Il est ravi.

– Donc nous sommes au bout de nos peines ?

– Je dirais à quatre-vingts pour cent. Reste à déterminer le rôle joué par Doukaris et surtout à repérer l'exécuteur, celui qui a posé les bombes.

– Je préviens le chef. Si vous réussissez, la prochaine fois nous vous ferons venir non pas pour une réunion, mais pour une fête.

44

Dermitzakis m'annonce que Manos Efstathiou se trouve dans le bureau des interrogatoires.

– Je veux que tu sois avec moi pour l'interrogatoire et Koula fera la transcription. Il faut qu'il se sente sous pression. À mon avis, ce n'est pas lui l'assassin, mais il est la boussole qui nous mènera aux autres.

Dermitzakis va chercher Koula. Je ne suis pas pressé de commencer. Je préfère laisser mariner Efstathiou pour faire monter l'angoisse.

Entretemps, Askalidis débarque.

– J'ai mené à bien les deux missions que vous m'avez confiées, monsieur le commissaire, dit-il, satisfait.

– Bravo, mais c'est le résultat qui m'intéresse.

– À l'hôtel de Fokidis, une des jeunes employées de la réception a l'impression qu'Efstathiou se trouvait dans l'hôtel le jour du meurtre. Mais elle n'en est pas totalement certaine parce que trop de temps s'est écoulé depuis. Elle pense le reconnaître en le voyant. De son côté, le vigile de la chaîne est pratiquement sûr que celui qui a lancé la déclaration conduisait une Yamaha. Il a demandé la photo de la moto pour s'en assurer. Il n'a pas pu voir le visage du conducteur, il portait un casque.

Nous n'avons donc que le témoignage du gardien du parking, mais cela nous suffit pour l'instant.

Le moment est venu de passer dans le bureau des interrogatoires. Dermitzakis et Koula s'y trouvent déjà et m'attendent. Efstathiou est assis en face d'eux. Dès qu'il me voit, il se lève d'un bond.

– Vous n'auriez pas dû me faire venir ici de cette manière, dit-il en colère. Il vous suffisait de m'appeler et je serais venu.

– Monsieur Efstathiou, ceci est un interrogatoire officiel et il sera transcrit, lui dis-je.

Il change d'expression. Il vient tout juste de se rendre compte de la gravité de la situation.

– Pourriez-vous nous expliquer la raison de votre présence dans le parking de l'avenue Amphitheas, la veille de l'attentat contre Hariklia Lambraki ?

Ma question le prend au dépourvu et il perd les pédales.

– De quel parking et de quelle Lambraki vous me parlez ? Je ne comprends rien, dit-il pour gagner du temps.

– Cette partie de cache-cache ne sert à rien, l'interrompt Dermitzakis. Nous avons montré votre photo au gardien du parking et il vous a reconnu. Il nous a dit que vous lui aviez posé des questions sur les horaires d'ouverture et que vous aviez voulu faire un tour à l'intérieur pour voir comment étaient garées les voitures.

C'est à mon tour d'intervenir :

– Vous n'avez pas de voiture. Vous conduisez une moto Yamaha. Par conséquent, pourquoi vous intéresser à un parking ?

– Je passais dans le coin et un ami m'a demandé de me renseigner.

– Un ami ou une amie ? demande Dermitzakis.

– Je ne comprends pas. Quelle importance ?

Je lui demande :

– Est-ce que par hasard ce ne serait pas Olga Triandi ? Car vous aviez rendez-vous le lendemain devant l'église Ayios Sostis sur l'avenue Syngrou.

Il est complètement perdu et ne sait pas quoi répondre.

– Cela simplifierait les choses, pour vous aussi bien que pour nous, si vous nous donniez la véritable raison de votre présence dans ce parking, lui dis-je. Je veux être honnête avec vous. Nous avons contrôlé les appels passés depuis votre portable et nous savons que vous communiquez régulièrement avec Olga Triandi.

– Où est le mal ?

Il essaie de se reprendre.

– Nous sommes amis. Nous pourrions être amants. C'est interdit ?

Dermitzakis prend un air accablé.

– Oh, ça suffit, Efstathiou, arrête de nous faire marcher. Elle a quoi comme voiture, Triandi ?

– Une Toyota.

– Très juste. Et tu considères que c'est une coïncidence si la veille de l'attentat, une Toyota était garée pas loin du parking avec à son bord trois passagers dont une femme qui était au volant ? Fais pas l'innocent, un passant a vu la Toyota et ses passagers.

Les révélations lui tombent dessus comme des baffes. Efstathiou a avalé sa langue. Il regarde un coup moi, un coup Dermitzakis. Je me dis que si nous voulons obtenir des réponses, il vaut mieux le laisser seul.

– Nous allons vous donner le temps de réfléchir à tout ça, lui dis-je. J'espère qu'après, vous nous direz la vérité. C'est dans votre intérêt.

Nous le laissons seul et je dis à Koula de poster un garde devant la porte, au cas où, poussé par la panique, Efstathiou voudrait prendre ses jambes à son cou. Dermitzakis et moi regagnons mon bureau.

– Envoie Askalidis et Dervisoglou chercher Olga Triandi, lui dis-je. L'heure est venue de les confronter.

Je reste seul pour mettre de l'ordre dans mes pensées. L'interrogatoire a montré qu'Efstathiou se sent coincé. Il se dérobe aux questions et sa panique est visible.

Je suis interrompu par un appel du sous-chef.

Je lui raconte l'interrogatoire en détail.

– Jusqu'à présent, tout se présente bien. Reste à voir ce qui va sortir de la confrontation entre Efstathiou et Triandi.

– Le ministre a l'intention de faire venir les ambassadeurs pour les informer dès que nous aurons résolu l'affaire. Je vous le dis pour que vous vous teniez prêt.

J'essaie de réfréner mon impatience jusqu'à l'arrivée d'Olga Triandi, quand soudain, la porte s'ouvre avec fracas et Dervisoglou fait irruption.

– Nous n'avons pas seulement Olga Triandi, mais aussi deux autres personnes, m'annonce-t-il.

Je bondis de ma chaise.

– Qui sont les deux autres ?

– L'un est Doukaris, l'ex-chef du personnel de Fokidis. Olga Triandi est sa femme. L'autre est l'un des chômeurs que nous avons interrogés, mais je ne me souviens plus de son nom.

– Vous les avez mis où ?

– Dans le bureau des interrogatoires. Ils nous ont dit qu'ils étaient les complices d'Efstathiou.

Je fonce vers la salle et y trouve le quatuor. Dermitzakis est avec eux.

– Vous avez devant vous les « Idiots Nationaux », monsieur le commissaire, me dit Doukaris en souriant. Nous sommes venus nous rendre.

Je regarde Olga Triandi. C'est la femme qui m'a ouvert la porte quand je suis allé chez Doukaris. L'autre est Renos Valassis, un des chômeurs que nous avons interrogés.

– Ne perdons pas de temps, racontez-moi l'histoire depuis le début, dis-je à Doukaris.

– Nous aurions pu rester les citoyens honnêtes et respectables que nous avons été toute notre vie si nous n'avions pas subi le même coup dur, m'explique-t-il. Renos a été le premier à se retrouver au chômage quand l'entreprise où il travaillait a fermé. Ensuite Fokidis a licencié tous ceux qui avaient plus de quarante-cinq ans pour embaucher des jeunes à moitié prix. Il a fini par me virer parce que je m'opposais aux licenciements. À la même époque, Olga a dû fermer sa boutique en raison de la crise. Les coups pleuvaient et nous, nous avions le sentiment d'avoir tout perdu.

– À quel moment l'idée vous est-elle venue ?

Efstathiou prend la parole.

– Le bar à vins de Loukia, la femme de Kaplanis, était notre lieu de rendez-vous. On s'y retrouvait souvent le soir. Quand les ennuis nous sont tombés dessus, on y allait de temps en temps nous lamenter sur notre sort. Loukia avait pitié de nous et nous offrait un verre ou deux. C'était ce qui faisait le plus mal. Finalement, c'est Renos qui a eu l'idée.

Il laisse Valassis poursuivre.

– Un soir où on passait des larmes à la colère, je leur ai demandé pourquoi ce serait nous, les victimes, et non Fokidis. Pourquoi ne pas inverser les rôles et faire de lui la victime ? La décision a été prise et nous avons mis au point son exécution.

Je lui demande :

– Qui a posé la bombe ?

– Moi, répond Valassis.

– Tu es un pro de l'hôtellerie, d'accord, mais tu t'y connais aussi en bombes ? demande Dermitzakis.

– Mon père était officier dans l'armée, il était chargé des armes et munitions. C'est lui qui m'a appris.

– Tu devras nous donner ses coordonnées. Nous serons obligés de l'interroger, lui dis-je.

– Volontiers, me répond-il. Il s'appelle Dimosthenis Valassis et il demeure au cimetière de Zografou. Il est mort il y a six mois, avec le chagrin de me savoir au chômage.

Je poursuis les questions.

– Et qui a rédigé les déclarations calligraphiées ? Vous n'auriez pas un autre complice que vous nous cachez, par hasard ?

– Les déclarations, c'est moi, dit Olga Triandi. Quand j'allais à l'école, j'écrivais en pattes de mouche et je recevais des fessées. J'ai appris la calligraphie pour échapper aux fessées, mais aussi par entêtement, pour prouver à ma mère que je pouvais le faire. Quand j'avais ma boutique, mes offres promotionnelles étaient calligraphiées car je m'étais rendu compte que ça attirait les clients.

Nous cherchons les complications, mais les explications sont souvent très simples, me dis-je.

– Comment avez-vous organisé l'assassinat de Fokidis ? demande Dermitzakis à Valassis.

– Olga et Renos faisaient le guet à la réception. Moi j'ai attendu l'arrivée de Fokidis et je suis entré dans le garage à un moment où il n'y avait personne. Je savais qu'il n'y avait pas d'employé en hiver. J'ai posé la bombe et je suis parti. Olga et Renos ont profité de la panique de l'explosion pour disparaître. Iason n'était pas avec nous car on aurait pu le reconnaître, tandis que personne ne connaissait Olga.

– Pourquoi signer « L'Armée des Idiots Nationaux » si vous n'étiez que quatre ? demande Dermitzakis.

– Vous vous trompez, mon cher, lui répond Doukaris. Nous ne sommes pas quatre, nous représentons toute la classe moyenne. L'Armée des Idiots Nationaux, c'est la classe moyenne. C'est nous qui payons le plus d'impôts quand d'autres, comme Fokidis, trouvent le moyen d'y échapper. Nous qui risquons de nous retrouver au chômage, soit parce qu'à cinquante ans nous coûtons trop cher, soit parce que nous sommes obligés de fermer boutique en raison de la crise. Nous qui avons cotisé toute notre vie et qui nous retrouvons avec des retraites rabotées. Nous ne sommes pas des planqués, nous n'appartenons pas à l'État clientéliste, nous travaillons dur et l'État nous récompense avec les charges les plus lourdes. L'Armée des Idiots Nationaux ? Nous tous !

C'est Rotman qui devrait entendre ça, me dis-je.

– D'accord, je comprends votre colère à l'égard de Fokidis. Mais pourquoi tuer Kaplanis ? Ce n'était pas un homme d'affaires, lui, mais un fonctionnaire.

– L'idée était de moi, mais c'était sa faute à lui, me dit Efstathiou.

– Comment ça ?

– Parce que chaque fois qu'on se voyait, je l'entendais geindre sur son fils qui voulait devenir acteur, condamné à vivre avec un salaire de misère. « En réalité il sera chômeur et ce sera à moi et à sa mère de le faire vivre », criait-il. Au même moment, il faisait entrer dans ses statistiques ceux qui touchaient ces salaires de misère et qu'il considérait comme des chômeurs. Son hypocrisie me mettait hors de moi.

– C'est la même hypocrisie qui nous a conduits à l'exécution des trois économistes, intervient Doukaris. Ils ont eu le culot de pavoiser avec la hausse du PNB et des recettes de l'État, alors qu'ils savaient très bien que tout ça irait dans les poches des riches et provenait de nos poches à nous qui sont vides. Demandez à ma femme qui a dû fermer son magasin et à qui ça coûte toujours la peau des fesses en impôts, cotisations et emprunts.

Olga Triandi approuve de la tête.

– Oui, sauf que moi je n'étais pas d'accord pour Hariklia Lambraki.

Je lui demande pourquoi.

– Parce que les banques sont invulnérables, monsieur le commissaire. Que ce soit la Lehman Brothers ou une Lambraki, les banques sont invulnérables et quiconque s'en prend à elles va droit dans le mur. C'est ce qui nous est arrivé et nous le savions depuis le début. Mais nous avons maintenant la mort d'un innocent sur la conscience.

Elle se tait et se prend la tête entre les mains.

– C'est pour cela que nous sommes venus nous rendre, dit Doukaris. Pour être cohérents avec notre signature.

– C'est-à-dire ?

– Comme tous les idiots nationaux, nous aussi nous devons payer pour avoir osé nous attaquer aux banques, me répond-il en ébauchant un sourire.

– Vous comprenez, bien sûr, que vous irez tous en prison, leur dis-je.

Efstathiou et Valassis éclatent de rire.

– Monsieur le commissaire, me dit Valassis, un chômeur doit se battre tous les jours pour trouver de quoi manger. En prison, nous n'aurons plus un tel souci. Nous aurons notre pitance assurée.

– Et ma femme soufflera un peu, puisqu'elle ne sera plus obligée de me nourrir, complète Efstathiou.

– D'ailleurs, il n'y a pas de mal sans bien, commente Doukaris.

– Comment ça ?

– Quand les médias vont s'emparer de l'affaire au cours du procès, peut-être que certains de nos idiots nationaux vont se réveiller et comprendre ce qui les attend.

Son commentaire met fin à l'interrogatoire. Je dis à Dervisoglou de les mettre en cellule.

Je retourne dans mon bureau pour souffler un peu. Depuis le temps que je fréquente des assassins, c'est la première fois que je suis confronté à un cas pareil.

Dès que je mets le sous-chef au courant, il reste un moment sans voix. Puis il me dit :

– Au moment du procès, il faudra veiller à renforcer la garde. Celui qui vous a mentionné les médias a raison. Il n'est pas exclu qu'il y ait des manifs de soutien des classes moyennes. Je vais informer le chef et vous appellerai pour vous dire quand le ministre doit rencontrer les ambassadeurs.

Il me rappelle un quart d'heure plus tard pour m'annoncer que la réunion est prévue le lendemain à onze heures.

Je me dis qu'il faudrait convoquer les chefs de service pour leur faire un résumé de l'affaire, mais je remets cela aussi au lendemain.

La seule chose que je souhaite maintenant, c'est prendre mon petit-fils dans mes bras.

DU MÊME AUTEUR

AUX ÉDITIONS DU SEUIL

Le Che s'est suicidé
2006
et coll. « Points Policiers », n° 1599

Actionnaire principal
2009
et coll. « Points Policiers », n° 2455
sous le titre Publicité meurtrière

L'empoisonneuse d'Istanbul
2010
et coll. « Points Policiers », n° 4602

Liquidations à la grecque
2012
Prix Le Point du polar européen 2013
et coll. « Points Policiers », n° 3123

Le justicier d'Athènes
2013
et coll. « Points Policiers », n° 3330

Pain, éducation, liberté
2014
et coll. « Points Policiers », n° 4068

Épilogue meurtrier
2015
et coll. « Points Policiers », n° 4461

Offshore
2018
et coll. « Points Policiers », n° 4942

Trois jours
2019
et coll. « Points Policiers », n° 5128

Le Séminaire des assassins
2020
et coll. « Points Policiers », n° 5386

AUX ÉDITIONS JC LATTÈS

Journal de la nuit
1998

Une défense béton
2001

AUX ÉDITIONS LE MIEL DES ANGES

À travers Athènes
2018

RÉALISATION : NORD COMPO À VILLENEUVE-D'ASCQ
ACHEVÉ D'IMPRIMER SUR ROTO-PAGE
PAR L'IMPRIMERIE FLOCH À MAYENNE
DÉPÔT LÉGAL : JUIN 2021. N° 147406 (98361)
Imprimé en France